一粒の麦

小説・高山右近

誠にまことに汝らに告ぐ、一粒の麦、地に落ちて死なずば、ただ一つにてあらん、
もし死なば、多くの実を結ぶべし。

ヨハネによる福音書12章24節―25節

もくじ

第一章　揺籃の山々

一

天文二十一年（一五五二）もようやく春を迎え、あたりの山色が華やいできた。

時は戦国の世。群雄割拠の様相を呈した室町時代も末期のことである。

（京の都では雪が舞ったが、どうやらあれが打ちどめ。この陽気だと桜もまぢかだ――）

都での用件を終え、単騎、街道を西南へ走っていた武士ははじめて休憩し、深く息を吸った。

自領の見慣れた山並みに、身も心もほぐれていく。

摂津の国の国人領主、高山飛騨守《たかやまひだのかみ》である。

長身で肩幅が広く、堂々たる体躯。齢は三十に満たない。

あといくつかの峠を越えれば、彼が治める高山（現在の大阪府豊能町《とよの》）に帰りつく。

高山の地はのどかな山里で、四方を重畳たる山々に囲まれ、平地でも四五〇メートルの標高がある。都と大坂へはほぼ等距離であるため、僻地のようでいて、実は都の動静にも敏感な土地柄だった。

進取の気性に富んでいた飛騨守はたびたび都へ行き、さまざまな文化が花開いた場をめぐりながら、旧人に会うなどして教養を積んだ。

武辺に偏りがちなのを改めようという考えからで、このたびもそれが目的であったため、供を連れていない。

休憩を終えて再び馬上の人となった飛騨守は、もう鞭も当てず、ゆるゆると馬を進ませた。

左右の田畑や森の様子にも目を光らせていく。

作物の育ちぐあいはどうか。木々の管理に怠りはないか。

せまい版図ではあるが、かけがえのない父祖の地である。

戦いに備えて、兵糧や資材確保の努力が欠かせない。

すっかり領主の顔に戻っていた時、家来の一人、沼田源衛門《げんえもん》が馬を飛ばして迎えにきた。

「殿、無事のご帰還、何よりでございます」

「おう、留守中変わったことはなかったか」

飛騨守は馬から降り、城までのあと半里ほどは歩いて帰ることにし、手綱を源衛門に渡した。長時間の騎馬のせいで尻が痛い。

「それが殿、お喜びくだされ。昨日の朝方でございました、若様がお生まれになりました。いささか早産なれど母子ともにお健やかで――」

「なぜ、それを先に言わん！」

飛騨守は手綱をひったくるや馬に乗りなおし、ピシッと鞭を当てた。

馬も主人の喜びを察したらしく、一目散に城へと疾駆していく。

その人馬一体のあわてぶりがよほどおかしかったのか、源衛門は大笑いした。

高山城は、城というよりも要塞に近く、こんもりとした丘陵のいただきに、土塁で固めた館が建っている。ふもとに領主一家の屋敷があった。

飛騨守はその自邸に駆けこんだ。

「ややはどこぞ」

躍りあがるようにして廊下に出た飛騨守がぶつかりそうになったのは、産婆のおつるだった。集落に住む働き者の老女で、足腰も口も達者だ。

「これこれ殿、奥方のお体に障りますれば、おちついてくだされや」

寝所のふすまをあけると、ふとんから半身を起こした夫人のそばで、侍女がおくるみに包まれた赤子を抱いていた。

飛騨守が待ち望んだ高山家の嫡男。

この男児こそ、のちの高山右近である。

二

嫡男の誕生に手足を舞わせて喜んだ飛騨守は、この子を「彦五郎」と命名した。

彦五郎は順調に成長し、生まれたころは泣くか眠るかのどちらかで表情が漠然としていたが、三カ月もすると利発そうな顔立ちになっていた。

「どうじゃ、わしに似ておろうが」

飛騨守は家来たちに向かって、盛んに息子を見せびらかした。

「されど殿、奥方にむしろ似ておられるようにお見受けしますな。目元が涼しげで沈着冷静な感じのところなどは特に――」

領主の短気な性格をよく知る沼田源衛門が、からかいまじりに答える。

愛妻家でもある飛騨守は苦笑いするだけだった。

高山家の祖は、平安前期の宇多天皇の皇子敦実親王から出たとの伝承があるが、現在では、その系譜は近江の国・甲賀に発するという説が有力になりつつある。『甲賀郡志』の記録によると、甲賀武士五十三家の一家である高山氏には、源平合戦における一場面「藤戸の渡」で佐々木盛綱の配下にあって活躍した者がいた。

南北朝時代の戦いでは、甲賀武士の多くが足利方に与する中、同氏一族は南朝方に忠誠を誓い、各地に転戦したが、味方の退却で多くの戦死者を出した。

次男筋の高山氏は南朝軍の敗北が決定的となった段階で、配下の者たちと落ち延び、摂津・高山に隠れ住んだとされる。摂津国高山に根づいた同氏は、室町末期、それまで同地の荘園をめぐって入り乱れた他勢力との紛争をおさめ、名実ともに土着の国人領主としての地歩を固めていった。摂津での紆余曲折については『勝尾寺文書』に詳しい。

三

日中は残暑がきびしかったが、夜のとばりがおりると熱気も去り、吹きわたる風に秋の気配が漂うころとなった。

飛騨守はこの夜、彦五郎がぐずって泣きやまないため眠れず、居館を出て城へのぼり、寝ずの番の兵がいる見張り所の一角であぐらをかいた。

夜空をあおぐと、星のまたたき以外には何もなく、静謐《せいひつ》をきわめている。

だが、頭上に広がる宇宙の深淵には、実は大音響が満ち満ちているのではないのか。余りに清浄かつ壮麗なので、人間の耳では聴きとれないだけではないか。

飛騨守はそんなふうに神仏の存在を感じることがあった。

熱心な仏教徒であり、念仏も禅も好きだったが、それで真に心が満たされたという経験がない。真理に対する渇望感が、この男の奥底でうずいていた。

（地上のことなど、この無窮で果てなき天空と比べれば些事も些事。お互いに欲を張って争い、血を流しあうことの何と愚かで虚しいことか。だが、そうとは知りつつも、こういう時代に生まれあわせた以上、戦いを避けて通るわけにはいかぬ。これも我らの哀しい定め――）

飛騨守はため息をもらした。

（しょせんは一介の国衆にして小さな所領。弱肉強食の乱世にあっては、どの有力者につくかで将来が決まる）

都では、細川晴元が同族の細川高国を滅ぼして管領職を奪い、幕府を掌握していたが、その晴元も家臣の三好長慶《みよしながよし》に都から追い落とされてしまった。

三好は阿波国の豪族の出である。それが実権を握ると、細川管領のすべてを引き継いで、既存勢力に頼らない形で畿内を平定した。それまで登用されなかった国人領主たちを積極的に用いて、幕府を新しい体制へと変貌させたのである。

江戸中期に刊行された『武将感状記』には、三好長慶の人柄を示唆する挿話がある。

都における第一の実力者でありながら、威張るようなところがなく、いつも穏やかな物腰だったようだ。いくさ上手である一方、連歌もたしなみ、武略あり風雅ありの人物像が浮かびあがる。

また、三好は禅に深く帰依しており、大徳寺をたびたび訪ねた。

ちなみにその死後、彼の菩提のために建てられた同寺の聚光院《じゅこういん》に肖像画が現存するが、ととのった目鼻立ちと、威風堂々の姿で描かれており、全盛期に「日本の副王」と呼ばれた器量を伝えている。

北摂に根城をおく飛騨守は、そんな三好の勢力が、予想以上に速く足元に迫ってきたことを脅威に感じていた。

（三好長慶は飛ぶ鳥落す勢いじゃ。今や山城、丹波はもちろん、和泉、淡路、讃岐まで傘下におさめているそうな。我らもこのままでは済むまい——）

夜空のもと、あれこれと思慮を重ねる飛騨守のそばへ、城の下の斜面をつたってひそかに忍び寄る影があった。

下草や落ち葉が積もっているのに、闇の中で足音さえ立てない。

次の瞬間、虫が一声、「チチッチチッ」と鳴いた。

と、その方向へ、飛騨守はいきなり「ピイーッー」という鋭い口笛を吹いた。

宿直《とのい》の兵が異変を察知して駆け寄ろうとしたが、飛騨守はそれを手で制した。

「曲者ではない。親しい朋輩じゃ」

その言葉を待っていたかのように見張り所の階下から姿を現わしたのは、山伏姿の小柄な男である。

「ここにいるのがよくわかったな」

飛騨守は抑えた声で言った。

「昼から殿の動静をひそかに見守っておりました」

「ならば昼か夕方、屋敷に来ればよいものを」

「大事な話は夜にするのが肝要かと――それに人目にはつきたくありませぬ」

この男、名を法覚坊という。

高山一族の父祖の地、近江は甲賀の同心で、半年前から飛騨守の密命を帯びて畿内の情勢をさぐっていたのだ。

当時、各地では敵国の動きを偵察するため、山伏や薬売り、虚無僧《こむそう》、御師などに扮した間者が出没していた。特に修験道《しゅげんどう》から多くの者が用いられたのは、健脚で、時には法力を駆使できるためである。

甲賀の北部には飯道山という名山があり、京都醍醐寺三宝院系の修験道の道場となっていた。そのふもとにある高山は、この修験者養成の道場を支える集落の一つだったのである。

さて、法覚坊のつかんだところによれば、三好長慶の勢威はめざましいが、小さなことにこだわらない性格があだになっている。大所帯を采配する中で、つい人まかせにしてしまう。

三好三人衆と言われる阿波出身の家老団の専横を許したのも、そのせいだ。

「長慶の時代も長くはない、ということか」

「側近として重んじられてきた松永久秀が次を狙っておりますな。いずれ松永が長慶にとってかわるのは必定かと」

事実、松永は徐々に自分の地盤を広げ、河内と大和の国ざかいの信貴山に城を築くまでになっていた。

さすがの三好長慶も飼い犬に手をかまれた格好で、松永の下剋上によって命運は尽きようとしていたのである。

このような見通しに立ち、飛騨守は松永につくのが得策だと判断、よしみを結ぶべく書状を送った。

松永は摂津の南部に近い滝山を拠点にしていたから、ここでも地の利が働いた。

なんなく松永勢の一翼を担うこととなった。

五

松永久秀に従属することになった高山飛騨守は、松永に拝謁して人物を確かめた上で、嫡子彦五郎をその膝下《しっか》に預けた。

松永が室町幕府と密接な関係を持ち、武道や公家文化、茶道のたしなみもあることから、息子の教育のためにと考えたのだ。

むろん、それ以上に人質としての意味のほうが大きい。

あの徳川家康も、幼年期に六歳で人質に供されたことはよく知られている。

それにしても、かけがえのない跡継ぎを人質に出すというのは並みの誠意ではない。松永は飛騨守の豪胆ぶりを買った。

松永の居城で彦五郎は大切に扱われ、主にその家臣から、時には松永自身からさまざまな薫陶を受けた。

熱心な法華信徒の松永は毎朝の読経を欠かさず、たまにその相伴をさせた。

「彦や、この久秀は仏に頼ってはおらぬぞ。わが成さんとするところを見守っていてくだされと念ずるのみじゃ。よって志なかばで死ぬとしても、極楽往生は願わぬ。そのようなやわな心で、どうしてこの乱世を切り抜けられよう」

独白するように幼童に語りかける松永。

優しげに微笑を浮かべてはいるが、この自信家の胸中では主君三好長慶への反逆心がくすぶっていた。

半年ほどして、飛騨守のほうから「息子の養育場所を近江・甲賀の飯道山に移し、そこで更に鍛えたい」と願い出た。

大和国の攻略を図る松永にとって、飛騨守を介して甲賀勢とつながっておくことは良い布石になる。彦五郎を手放すことを承諾した。

いちど摂津に戻った彦五郎は、なつかしい母のふところに飛び込んだ。

生まれたばかりの妹にもはじめて会った。そんな故郷での日々もわずか。

息子にひ弱さを感じて心を鬼にした父の厳命に従い、本格的な修行の地、飯道山《はんどうさん》に向かうこととなった。

飯道山は古くから霊山として信仰され、平安時代には神仏習合の飯道寺が建立された。

山頂からふもとにかけて数多くの坊舎が並び、この地方屈指の修験道の本拠となった。『信長公記』には、天正九年（一五八一）、織田信長が伊賀攻めの時にここを宿坊にしたとの記載があり、江戸時代の絵図には険しい山容とともに、峰や谷間に見え隠れする大小二十の諸坊と飯道権現などが描かれている。

現在の飯道山に登ってみても、当時の隆盛ぶりはかなり想像できる。

滋賀県甲賀市の北西部にそびえ、標高は六六四メートル。大小の岩が傾斜の急な山道の両側に露呈している。

樹木の長く伸びた根が岩を両腕で持ち上げるかのような奇観もある。

山頂には飯道神社が鎮座。周辺には往時の石垣や僧坊の遺構が残っており、山城のような構えだったことがうかがえる。

摂津・高山から飯道山への旅には、沼田源衛門と飛騨守の懐刀の法覚坊が同伴した。まだ六歳の彦五郎は、さすがに母親との再度の別れに涙を流したが、うしろを振り返ることはなかった。

山での生活は足かけ三年に及んだ。当初は諸坊の清掃など雑用が日課で、覚えたての陀羅尼《だらに》（呪文）を誦しながら、山をのぼりおりした。

法覚坊が指南役として常に影のように寄り添っていた。

武士の子とはいえ、現在でいえば小学校に入ったばかりの年齢だ。彦五郎には、寂しさを禁じえない時がときどきある。

（修験道の開祖、役行者《えんのぎょうじゃ》が体得したという飛行術を使って、母上のいる高山へ飛んで帰れたらなあ）

そんな思いにさいなまれて、展望のいい岩場から遠く離れた故郷の方角を眺めやることもあった。

だが、修行に明け暮れる修験者たちの背中を懸命に追いかけたり、法覚坊から剣術や読み書きの手ほどきを受けたりと、つらくとも充実した歳月はまたたく間に過ぎていった。

この間、彦五郎にとって特に忘れがたい体験がある。

ある日、キツネに憑かれて苦しむ若者を見た。若者は深夜の山中でキツネと出くわし、その妖気にとりつかれたらしい。手足が硬直し、顔は小刻みに震えている。

師の先達は大音声で叱咤した。

「逃げるな。目をそらしてはならぬ。再び姿を現わしたなら、今度こそはそのキツネの顔つきや毛なみまで体の様相をしっかり観察せよ。それができないうちは、何度でも襲いかかってくるものと心得よ」

おびえる若者はまたもや取り乱し始めたが、息をととのえ、先達の指導のごとくキツネと対峙した。

「仰せのとおりよくよく見ますと、顔も尾っぽも可愛いくて無邪気なヤツでした。化け物と思い込んだおのれが浅はかでした」

と報告した若者は、穏やかな表情に戻っていた。

その後、二度とキツネは現れなくなったという。

また、不眠不休で加持祈祷の荒行に挑んだ先達から聞いた話にも衝撃を受けた。

「虚空に真っ赤な口があいて、のどの奥へ吸いこまれそうになった。呑まれたら最後、この身は雲散霧消する。いや、肉体は残りはするが、腑抜けて死んだも同然となる。そうなった者をいく人か知っておる。邪念雑念が働くと、そのような魔界に落ちてしまうのが修験の厳しさというものぞ」

飯道山を中心に甲賀の山々は、祖霊こぞって彦五郎をはぐくんだ。八歳となった男児は、身も心も一段と成長して帰郷した。

六

松永久秀の配下になってからというもの、飛騨守の境遇はめまぐるしく変転していった。彦五郎を飯道山に送り出した直後のこと。永禄元年（一五五八）、松永は大和攻めに踏み切った。主君三好長慶の了解を得た形ではあるが、入念な下工作も含めてほとんど独断専行と言っていい。

飛騨守はその一翼の将として、摂津・高山の兵力をかき集め、本軍に合流することなく出陣した。手勢は三百に満たず、鍬を捨てて馳せ参じたにわか兵もいる。

そういう連中は、さびついた兜と太刀だけでどうにか格好をつけている。

「武器や具足が十分でないことは承知の上である。まずはそれをおぎなうべく戦場へ急ぎ、弱兵をたおして鎧などを頂戴すればよいではないか。大和の武士たちは物持ちがそろっておると聞くぞ」

飛騨守が諧謔まじりに下知したので、士気はいや増した。

「留守居への土産の分もぶんどってやるか！」

沼田源衛門が調子に乗って叫んだから、みな「わっ」と笑い、その賑やかさのまま出発した。

遠征して臨むいくさだけに、飛騨守は気の昂ぶりを抑えきれない。

（また再び高山の土を踏めるかどうか――それも天の定めし運次第。ただただ武門の名に恥じぬよう、死力をふるうのみじゃ）

本営からの軍令は、他の支軍と相計って大和東部を攻めよという大ざっぱなものだった。

飛騨守率いる隊列は摂津から南下。大坂から東へ進路をとり、竹内峠を越えて大和盆地に入り、そのまま横断して東方の山地に迫った。

大和の国は、南半分は十津川郷に代表される人煙まれな山塊地帯である。

枢要なのは北部と中部、それに伊勢寄りの東部であり、それらを掌握せねば攻略の実はあがらない。

強力な武家層の成熟が他の国よりも遅く、特に北部は平安京へ遷都したあとも東大寺や興福寺、春日大社などの寺社勢力が長く支配してきた。

松永は、それら巨大な影響力を持つ寺社と正面から対決することが得策でないことを知っている。

宗教勢力を相手にした場合、短時日での攻略は望めないからだ。

まずは大軍で囲んで武威を示しつつ、粘りづよく圧力をかけ続けることにした。

その点、旧来型の領主が治める中部や東部は、相手にまさる戦力と智謀があればそれほどてこずらない。

飛騨守ら支軍が受けもったのは、そういう方面だった。

その好例が東方に広がる山間地帯の宇陀で、そこには「宇陀三将」と呼ばれた秋山、沢、芳野の三氏が蟠踞《ばんきょ》している。ただ、彼らとて興福寺の息がかかっていたから、国人領主としての独立性はうすい。

高山飛騨守の一隊が目指したのは、沢城だった。沢城は南北朝時代に築かれた小規模の山城で、伊那佐山から東南方向にのびた標高五三八メートルの支峰にある。

飛騨守は、わずかな手勢で効果をあげるため、夜襲をかけた。寝込みを襲われた将兵らはあわてふためき、劣勢を立て直すいとまもなく血祭りに上げられた。城主は夜陰に乗じて逃亡した。

飛騨守はこの戦闘で数十人の兵を失ったが、それには源衛門も含まれていた。敵味方入り乱れる中で深手の傷を負った源衛門は、飛騨守のそばに運ばれるや、かぼそい息の下から声をしぼり出した。

「高山よりも立派な城の埋め草になるは本望。妻も子もなく身軽なこの命、彼岸より殿と彦五郎様、高山家の行く末をお守りいたす。余計なお世話でござるかな——殿、お世話に」

ちらりと笑って、こときれた。

飛騨守の悲嘆は深かった。源衛門が高山の領内では誰からも愛されるひょうきん者で、常に周囲を明るくする好漢だったからだが、それだけではない。

幼少の彦五郎が山で転倒して右腕を骨折した際、迅速かつ適切な手当てをしてくれた。おかげで彦五郎の腕は後遺症をまぬがれ、剣術にも支障が出なかった。これを多とした飛騨守は「御礼沼田源衛門殿」と感状をしたため、名のある脇差を与えた。

源衛門は本来「源右衛門」が正しいのだが、飛騨守はうっかりして右の字を書き忘れた。

しかし、源衛門は意に介さず、以後はこの書名で通した。人からそのわけを訊かれても、

「若様の右腕が強くなるよう、拙者の右もその一部になったのでござるよ」と屈託がなかった。

ともあれ沢城は一夜で、秋山城と芳野城も翌日には他の友軍の猛攻を受け落城した。

七

大和全域をほぼ制圧した松永久秀は、論功行賞の際、東部の山間地の攻略で突破口を開いた高山飛騨守にいきなり、

「宇陀の城を三つとも、どうじゃ」

と持ちかけた。宇陀全体を拝領するかという、かなりの大盤振る舞いだ。

「……！」

飛騨守は即答できない。松永の腹をさぐりかねた。

自らの手で陥落させた沢城には、そこで戦死した沼田源衛門たちのことが偲ばれ、心が傾く。いわば宿縁の城だ。ただ、秋山、芳野の両城に関しては、降伏はしたものの興福寺とのつながりが切れておらず、今後の扱いが容易でない。政治的なことは苦手である。

そのように考え、「沢の城だけをいただければ、それが拙者にとって分相応というものでございましょう。宇陀のかなめと成し、いささかなりとも大和国の鎮めのため尽くす所存でござる」

と返答した。

松永はその健気なばかりの無欲さに、自分とは別種の人間を見た思いであ然としたが、表情に

は出さず了承し、飛騨守を新たな沢城主に任じた。

家臣は三百人に増えた。

だが、新顔の家来の中には松永の従士だった者たちも含まれている。

そこには面従腹背とまではいかないが、飛騨守の動静をそれとなく監視して松永に報告する役目を命じられた者もいる。

（下剋上が珍しくない時世ゆえ、松永殿が特別に疑い深いというわけではないにせよ、あのご仁らしくはある）

飛騨守は、家中のそのような異分子の存在には気づいていたが、松永のように天下を狙うほどの野心家ではないから、自由にさせていた。

沢城は小規模ながら、本丸を中心に二の丸、三の丸、出丸を備えた堅実な山城である。

先般の夜襲の際、城に火を放つことも考えたが、せずにおいてよかったと、飛騨守は何度も思った。

飛騨守は沢城主に落ち着いてからしばらくして、高山にいる妻子を呼び寄せた。

飯道山での修行を終えていったん高山に戻った彦五郎も、初めて沢の地に来た。

父子の久々の対面だ。飛騨守は九歳になった息子の成長ぶりを頼もしく感じた。

骨柄のあどけなさは同年輩のわらべたちと変わらないが、俗世を離れた修験の山で長く過ごしたせいか、透きとおったような顔つきになった。

遠い未知のかなたに向かって焦点を絞るかのように目を細めることがある。

彦五郎は、生前に遊び相手にもなってくれた源衛門の最期の様子を知り、その奮戦ぶりと、息を引き取る寸前の潔い言葉を心に刻んだ。

「父上、源衛門殿は尊い人柱になってこの城を支えておられます。そのように思えてなりませぬ」

「そうか――いや、そうに違いない。源衛門には幾度となく助けられた我々じゃ」

「亡くなられたことは残念で悲しくはありますが、あの方はこの城に大きな幸いなことがもたらされる、そのための身代わりになられたものと存じます」

飛騨守は、彦五郎の大人びた物言いにたじろいだ。子供ながらも精一杯、この父を慰めようとしている。これも修行のたまものか。

「なるほど、人身御供《ひとみごくう》という言葉もある。何をたいそうなと、あの世で苦笑しておるかもしれぬがのう」

冗談まじりで言った飛騨守に対し、彦五郎はまっすぐに目をすえて、さらに言った。

「死に際に笑顔を見せたということで、あの方の生き方や心ばえの立派さがわかります」

一方、大和国主となった松永はこのころ、その北郊に自らが考案した櫓《やぐら》などのある多聞城を築き、大和の支配体制の強化に余念がなかった。

そんな松永からある日、沢城の飛騨守に急ぎの書状が届いた。

「新たな敵の来襲じゃ。ただちに駆けつけよ。弓矢はいらぬ。そちの見識と胆力がいる」とある。

(弓矢がいらぬ相手とは、解せぬのう)

飛騨守は判じ物のような文面に首をかしげたが、とにかく多聞城にいる松永のもとへ向かった。

第二章　改宗

一

数人の家来たちと馬蹄をひびかせて多聞城へ直行した高山飛騨守。

この城に来るのは久しぶりだ。

緊急の知らせを受けて駆けつけたせいか、その威容がひときわ胸に迫った。

同城は東大寺や興福寺の伽藍《がらん》を指呼の間におさめた要害の地に建っている。

長く権勢を誇った彼らも首根っこを押さえられ、これでは手も足も出ないだろう。大和国主たる松永久秀の本拠にふさわしい。

小高い丘陵地に建つ城は多聞山城とも呼ぶ。城内には御殿などが並び、そびえる四層の天守は、のちに織田信長が築いた安土城をはじめとする近世城郭の先駆けとなった。

また、多聞櫓は松永がこの城ではじめて登場させた石垣上の長屋で、城壁を兼ねており、兵器庫としての役目も持つ。これ以降、「多聞」といえばその建造物をさすようになった。


松永と対面した飛騨守は、顔を上げるや切り出した。

「火急のお呼び。して、来襲してきた敵とは、いかなる者どもでござるか。城外にも特段の異変は見受けられませぬが」

案に相違して松永はくつろいだ表情だ。

扇子で涼をとりながら、口を開いた。

「いや、貴殿に無性に会いたくなった。まずはそれじゃ——ここからも見える、あの寺の長老たちとさまざまに折衝しておると、まさに仏頂面のこんにゃく問答ばかり。根が疲れるわい。その点、そこもとは人柄がさわやかで、表裏がない。ともに語るべきご仁よ」

「おそれいりまする」

「あの陣（大和攻め）からもう五年になるか。東大寺も興福寺も、我らに服した格好ではおるが、あくまで表向きに過ぎず今もって油断はならぬ。腹の中ではこの久秀という人間を見下しておるようじゃ」

それは飛騨守にも合点がいく。

興福寺の内情を探らせていた法覚坊から、氏素性が定かでないという点だけを理由に松永をあなどり、屈服していない僧侶らが多いとの報告を聞いたばかりだった。

松永に仏罰がくだるようにと暗示した護符もあるという。

そんな風聞も耳にしている松永だから、つい愚痴の一つもこぼしたかったのだ。

ただ、それは前置きだった。

松永はあおいでいた扇子をぱちりと閉じた。

「実はのう、呼びつけたのはほかでもない。異教のことじゃ。そちも知っておろうが、伴天連《ばてれん》という南蛮渡来の坊主どもが何やら面妖な教えを説いて回っておる。いよいよ都にも居ついて民衆をたぶらかしておる」

松永がいまいましそうに話し始めたのは、日本に初めて伝来したキリスト教のことである。今や為政者にとってその伸張ぶりは無視できない段階に来ている――

スペインのフランシスコ・ザビエルがイエズス会の宣教師として東方伝道を志し、インドのゴアから薩摩に上陸したのは、松永と飛騨守が対座しているこの時から十三年さかのぼる天文十八年（一五四九）の夏の盛りだった。

彼らはローマ・カトリックの中では少数派ながら戒律を厳格に守り、神の教えを異教徒に伝えることを最大の使命としていた。

それを果たすためには世界のいかなる蛮地、奥地にも踏み入り死を恐れなかった。

ただ、ヨーロッパの文明圏から外れてはいても、未開地ではない日本のような国で教えを広めるためには宣教許可が必要となる。

ザビエルは来日当初から、天皇と将軍に会って正式の許可状をもらい、そのお墨付きのもと、一般大衆に教えを広めていこうと目論んでいた。

そこで薩摩と平戸に逗留したのち、山口から瀬戸内海を東上し、堺を経て必死の思いで都をめざした。

京の都にたどり着いたザビエルだったが、徒手空拳でつてが見つからず、天皇はもとより将軍との面会もかなわなかった。

むなしく都を離れて山口へ戻り、領主の了解のもと布教に励んだ。

三カ月に及ぶ同地での活動で、約五百人が洗礼を受けた。

二年余の滞日ののち、ザビエルはアジア全域の宣教の責任者でもあったのでいったん前線基地のインド・ゴアに帰還。

やがて中国への宣教を目指して現地入りしたが、広東付近で熱病に冒され四十六年の生涯を終えた。

ザビエルの遺志を継いだパーデレ（神父）のコスメ・デ・トルレスの指導により、山口、豊後、さらには大坂での布教は進んだ。

トルレスが派遣したガスパル・ヴィレラはザビエルの宿願を果たそうと都にのぼり、将軍足利義輝に謁見を求めたが門前払いされた。

だが、屈せずに陳情を続けたかいあって、永禄三年（一五六〇）三月になってようやく布教の許可がおりた。

その際、彼らと幕府の橋渡し役になったのが、畿内で実権をふるう松永その人だった。

「インドから来た新しい仏教の一派と聞いておったから、当初はわしも理解を示して力を貸したのじゃ。ところが、改宗する者が増えるにつれて仏教とは似ても似つかぬ教えであることがわかってきた。まことに由々しき事態ぞ」

松永は吐き捨てるように言う。

それで今度は、都の精神界を牛耳っている比叡山延暦寺の僧侶たちに突き上げられることになった。

「かの伴天連たちを都から放逐せよ、教会も閉鎖せよ、という強硬な申し入れじゃ。わしも何とかしたい。相談にのってくれぬか」

「拙者もよからぬうわさは耳にして、にがにがしく思っておりました――本日、殿からじきじきに実情をうけたまわり、腑に落ち申した。帝のおわす都をもけがす不届き者たち。毒を振りまく邪宗門はすみやかに一網打尽にして、放逐すべきと存じまする。抵抗激しき場合は、一戦あるのみ」

飛騨守の頭に血がのぼってきた。

二

松永は飛騨守の語気の荒さと断固たる姿勢にいささか白ける思いだった。

もっと温厚で思慮深い人間だと見ていたが、きょうは一本気で正義感旺盛な側面がむき出しになっているようだ。

「待て待て。そうは言っても将軍の許可状をもつ奴らを、むげに力づくで追いやるわけにはいかぬ。都びとも納得できるような形で退散させられるように仕向けることが肝要ではないか」

「………」

「ともあれ、いかにしてこの難題を始末するか。我らはともに仏教を奉ずる者同士、智恵を出し合えば、最善の策を講ずることもできよう。和戦両用の構えも必要となろう。そなたの見識と胆力にたのむといったのは、それゆえじゃ」

次第に冷静さを取り戻してきた飛騨守は、

「一刻ほど、ひとりになって思案する時間をいただきたく」

と願い出て、別室に退いた。

多聞城の一角には竹林があり、通された部屋からよく見える。

その青々とした繁茂が波打つように風にそよぎ、こすれあい、目にも耳にも涼しさを運んでくる。背後の夏空にはまばゆい雲がわき上がり、隆々たる姿をさらしている。

そんな悠然とした光景を眺めていると、おのれの卑小さが身にしみた。

（わしとしたことが、頭に血がのぼってしまった。まなじりを決して馬を飛ばしてきたせいかもしれぬ。呼吸が乱れたまま松永殿に拝謁したのがよくなかった）

畳の上に大の字になって寝ころび、天井を見つめながらあれこれと異教対策の考えをめぐらせた。

（先年、都にのぼった時には伴天連など見かけなかった。あれ以降、都に拠点を設けて跳梁するようになったのだろう。異国人で顔かたちは違っていても、人間であることに変わりはない。されど、かつて目にした「酒呑童子絵巻」や「土蜘蛛草子絵巻」などの残像のせいで、つい妖怪のような恐ろしげな姿を思い浮かべ、あのように激高してしまったのか――）

少し昼寝した飛騨守は気分がすっかり落ち着いた。

胸中には秘策も浮かび、改めて松永と対面した。

「どうじゃ、何か妙案はできたか」

「殿、こういう手はいかがでござろう」

と飛騨守は話し始めた。

「ずいぶんと回りくどいことかもしれませぬが、伴天連どもの奉ずる異教と、我らの仏教と、いずれの教えが優れているか、正々堂々の宗教論争をおこなってはいかがかと存じまする。さすれば、彼らの欺まん、偽りは白日のもとにさらされるでありましょう。それを天下に知らしめれば、嘲笑蔑視を受けて、都から、さらにはこの日の本から逃げ出すしかありますまい」

「宗論か、なるほどのう――となると、わが方からは比叡山の高僧か学僧が列席するわけじゃな？」

「いえ、伴天連をこちらに呼んで来させるには、僧侶が前面に出ては当然ながら警戒し、敬遠するでありましょう。自然な成りゆきと名目で、彼らをおびき出すのが最上かと考えます。宗論のあげく、なお自らの欺まんと敗北を認めようとしない場合は、神の教えとは名ばかり、我らに害をなす異国の手先と見なして斬って捨てるだけ。いずれにせよ、これは信念と信念、信心と信心のいくさとなりましょう」

飛騨守の進言を受けて、松永は家中にふさわしい人物と何かの手がかりがないかと調べた。すると、たまたま好都合な事情が生じていることがわかった。

都でキリシタンになった町人が、ある訴訟問題で松永のもとに願い出てきていたのだが、それを取りついだのが結城山城守《ゆうきやましろのかみ》という重臣だった。

結城は尾張の出身で学問にすぐれ、剣の達人でもあった。

彼がその男と話していると、入信したばかりの在俗の一町人ながらも受け答えがしっかりし、態度が立派である。

これは異教への信仰心によるものか、と感じ入っていた結城は、折から宗論のことを聞き、宣教師と直接会うためのいい口実になるのでは、と松永に言上した。

松永は、「それは願ってもないめぐり合わせじゃ」と膝を打ち、

「このような感化力を与えるキリシタンの教えを、ぜひともご教授いただきたい」と、結城の名で堺のパーデレあてに来訪を求める書状を送った。

この書状を堺の教会で受け取ったイエズス会司祭のガスパル・ヴィレラは、「願ってもないこと」と素直に喜んだ。

無論、最初は信じられない思いだった。

驚きはしたが、都での布教の成果がもたらした話であるだけに、納得できる。

「反対派の頭目を教化する絶好の機会だと思います。結城殿の理解を得ることができれば、ひいては畿内に実権を持つ松永殿にも近づける。この招き、応じようではありませんか」

ただ、まわりの信者たちは疑念を解かない。多くの者が反対した。

「これは山城守の策略に違いない。あるじの松永は熱心な仏教徒だ。呼び出して、司祭様を闇にほうむるつもりではないか」

「畿内での宣教は足踏み状態です。多くの人にデウス（神）の教えが広がる好機にほかなりません。生命の危険は、福音の使徒として祖国ポルトガルを出立した時から覚悟の上のことです」

このとき三十七歳のヴィレラは青い瞳で穏やかに語りかけ、その場は粛然とした。

と、次の瞬間、満座のうしろから、つぶやくような、それでいてなめらかでよく通る声が聞こえた。

「司祭様ご自身が出向くのは、ちと早計ですな。ここはまず、わたくしめにお任せあれ」

声の主は、やせて日焼けした坊主頭の男だった。片目だけがうすく開いて、不気味だった。

三

司祭ヴィレラに代わって結城山城守らのもとへ行く役を買って出たこの男、名をロレンソ了斎という。

諸国を行脚していた琵琶法師から転身した異色の人物である。

ザビエルが山口で布教していた際に、人垣にまじって説教を聞き、その場で洗礼を受けた。以後、ザビエル亡き後の責任者となったトルレス神父と共に布教に専念した最も古いイルマン（修道士）の一人だ。

よれよれの黒衣を身にまとい、しなびたような老人に見えるが、ヴィレラとほぼ同い年で四十になっていない。

隻眼で、それもほとんど視力はないので杖を頼りに歩く。

了斎は、ヴィレラが大名から「教えを乞いたい」との申し出を受けて興奮し、いささか舞い上がっていると危惧した。目が不自由なだけに独特の嗅覚があり、その場の空気や人間の声にひそんだ感情の綾には敏感なのだ。

（司祭は純情で、客気《かっき》がまさっている。相手はあの松永の腹心たち。キリシタンに反感こそあれ、本心からの歓待ではなかろう。教えを聞きたいとは見せかけで、これは何かの計略に違いない。言葉巧みに逃れる機転も必要となろうから、ここは自分しかおらぬ。殺されることになっても、それはそれでデウスの御心、殉教するだけのことじゃ）

ザビエルに出会って以来、命はデウスに捧げたと思い定めている了斎。

その体を包むように抱き、ヴィレラは、

「よろしく頼みます」と重大な任務を託した。

「六日たっても戻ってこなければ、この露払い役は無に帰したと観念してくだされ」

了斎はそう言い残し、翌朝、身なりを整え、堺をたって大和・多聞城の近くの結城屋敷への途についた。

同行する初老の信者の肩に手を置いて、約十里の道のり、歩を重ねた。

屋敷では、結城と飛騨守、それに松永が追加して手配した公家の清原枝賢《しげかた》の三人が待ち構えていた。

ほかに祐筆を含む松永の家臣が数人、末席に居並んでいた。

清原は神道の大成者、吉田兼倶の子孫で、当代屈指の宗教学者でもあり、結城とともに松永が自信をもって送った論客と言っていい。

そこに飛騨守も加わり、まさに鬼に金棒の布陣である。

ところが、来訪したと聞いて広間に通した「異教団」の姿を見て、彼らは面食らった。

そこにたたずんでいたのは、煮しめたように褐色で細身の僧形の男だけである。

「そのほう、日本人ではないか。我らは伴天連様にお越しいただくようお願い申したはずじゃが――」

結城が口をゆがめ、なじるような調子で叫んだ。

「あいにく司祭のヴィレラはさまざまに都合がつきませず、その代わりを託された者でござる。了斎と申しまして、長く琵琶法師をしておりました。ただ、わたくしめは伴天連、つまりパーデレ様と一心同体で布教に励んでまいりました。この者の話すことが、パーデレの言葉と変わらないとおぼし召せ」

「ふん、さようか。まあ、よいわ。では早速、そなたたちの教えとやらをお聞かせ願おう」

そう迫られて、了斎は苦笑し、

「おそれながら、少し休ませてはいただけませぬか。道中、ほとんど歩き通して参りましたほどに」

と腰を折った。瓢々《ひょうひょう》としている。渋面の結城があごで控えの間を示し、家臣に案内させた。

数刻ののち、了斎が広間に戻った。着座して黒衣の裾をさっと払うや、切り出した。

「近ごろ世間を騒がすキリシタンには、いろいろと疑念をお持ちでござろう。まずは何なりとお尋ねくだされ」

結城は隣の飛騨守に首をひねり、発言を促した。

飛騨守は最初からけんか腰だった。身を乗り出すようにして了斎をにらみつけた。

「わが日の本には古来、尊い神仏の教え、伝統がある。仏教もさまざまな宗派でそれぞれ教義を深め、日夜、研鑽・修行をなしておる。何をもって今さら、そなたたちの教説に頼ろうとするものぞ。愚にもつかぬ邪教に決まっておるわ。罰当たりだとは思わぬのか」

了斎はやや頭をかしげ、じっと聴いていたが、ふっと息をついで、

「では、なにゆえ、わざわざ教えを聞きたいとお呼び立てになったのでござるや」

「いつの間にか都にものさばり、邪説でもって多くの民をたぶらかしておるゆえに、その悪行をそのほうらにもとくと自覚させるべく呼んだのじゃ。どうせ狐狸《こり》のまやかし、魔術の類いじゃ

ろうて」

飛騨守の物言いには険がある。というより、もはや悪罵であり、顔も紅潮している。

だが、対する了斎は冷静な態度を崩さない。

「都でキリシタンになられた方々は、物事をわきまえぬ子供ではござらぬ。みな、人の世の甘いも酸いも知り尽くした大のおとなばかり。自分の心にも問うて、真実の道理だと判断した結果、入信し、キリシタンになったのでござる。魔術はほんの一時のこと。いずれは解けまする。それがいつまでも解けないということは、魔術などではなく、真に腑に落ちた、新たに悟ったという境地に導く教えであるということにほかなりませぬ。お武家様たちも、予断や先入観をもたずに、この教えを学んでくだされ。まやかしだとか邪説とか、それを決めるのは人ではなく、それこそ神仏のなさること。武士ならば、何事にも虚心坦懐に向き合うべきでござろう。頭に血がのぼっては、いくさにも勝てぬと聞きまする」

――言わせておけば！

飛騨守は、つい脇差に手が伸びそうになったが、かろうじて抑えた。

四

感情的になっていた飛騨守をなだめるつもりもあって、結城山城守は、

「了斎とやら、言葉を慎め！」と叱った。

「いや、これは言い過ぎましたな。ご容赦くだされ」

そう平伏したロレンソ了斎だが、宗論とは名ばかり、一方的な糾弾の場といった雲行きにも動じない様子だ。

その落ち着きぶりがまた小面憎く、高山飛騨守はなかなか血気が鎮まらない。

この異教を根絶したがっている松永久秀の顔も思い出され、目の前の男への敵意は増すばかりだ。

次に清原枝賢が口を開いた。

「そなたたち、足利将軍から布教の許可を得たことをさいわい、いささか図に乗ってはおらぬか。うそ偽りを弄して信者をふやすのであれば、許可状はあってもいずれ天罰は避けられまい。災いにあうは必至と忠告しておこう」

これを聞いて、了斎はうつむき加減だった顔を昂然と上げた。

「その天罰も災いも、デウスの御心ならば喜んで受けましょう。私どもには何のやましい思いも、人々を利用しようという企みもありませぬ。ただ真の幸福と安息をもたらす新たな教えを伝えているのみ。それが間違っているのであれば、その報いは当然ながら私どもが甘受せねばなりませぬ」

ひらりとかわされ、戦意をくじかれた格好の結城ら三人は、しばし沈黙した。

静寂を破って清原が尋ねた。

「そなたたちはこの世の成り立ちをどのように説いておるのか。つまり森羅万象、いま我々が生きておる、この世のそもそもの始まりのことじゃが」

「つまり天地《あめつち》の創造、という問題でござるな。皆様は、どのようにお考えかのう」

「それは、最初からこのような有り様になっているに過ぎぬ。自然という言葉があるとおり、自ずと然りじゃ」

苦しまぎれの結城の答えに対し、了斎が切りこんだ。

「無から有は生じませぬ。仏教でも因縁と縁起を説きます。つまり、原因があって、何かの縁を通じて結果にいたる。これまさしく万事に秘められた天理でござる。従って、私どもが生きておりますこの世の一切は何らかの原因、太初の大原因に発すると考えてよろしいのでは」

了斎は朗々と語りつづける。

「すべては偶然の所産と片付ける向きもござるが、偶然でこれほど精妙かつ豊饒なる森羅万象が生じましょうや。しかも極小から極大にいたるまで見事に調和している。そこには人知を超えた大いなる意思、智恵の働きがあったと考えたほうが理にかなうと存じまする。その原因の存在を、私どもはデウスと呼びまする。デウスこそが天地を、そして人間を創造した、そもそもの親神様でござる」

再び、結城が質した。

「そのほう琵琶法師だったという。ならば、仏教の説く生者必滅のことわりの奥深さ、仏に帰依する醍醐味を存分に噛みしめてきたはずじゃが、それでもなお仏を捨てて異教の神を拝むか」

「まこと、生者必滅はこの世の定めであり、永劫のことわりでござる。ただ、姿形あるものは朽ち果てても、全くの消滅にはあらず。人間には霊魂がござる。目には見えずとも、存在し続ける。それがデウスにあっての永遠の命でござる」

「ばかな！」と声を張り上げたのは飛騨守だった。

息を吹き返したかのような表情だ。

「死ねば念仏者は阿弥陀の世界へ行く。あるいは六道輪廻《ろくどうりんね》じゃ。生きていた時の業《ごう》の良し悪しで、再び人間に生まれ変わるか、畜生になるか。そう決まっておるわ！」

「阿弥陀様のところとは、つまり西方浄土。そこへ行くというのは、デウスのもとに召されるという私どもの考えと通じます。死ねばそれで終わりというのは、まこと迷妄でござる。ただ、輪廻転生はいかがなものですかな。高山殿は鳥や獣に生まれ変わるかもしれない、そんな奇怪な教えで心が安らぎますかな」

「それは生前の行い次第だと先ほど申したではないか。仏の道にかなえば、人間界、あるいはもっと高いところへ生まれ変わる。でないときは、畜生か地獄よ。致しかたあるまい」

「お待ちくだされ。例えば、犬や牛に生まれ変わるとして、獣と一口に言っても犬なら犬、牛なら牛でそれぞれ種類はいくつかあるにせよ、その形体と活動ぶりは種類ごとに一様であり単純でござる。そこでの特性は種類として見られるもので、単独で唯一無二という個別の姿がない。ところが人間の場合は、各自において、顔も体格も性格も千差万別、他と異なる。まさにかけがえなき一人びとりでござる。すなわち人間はどこまでも人間。獣とは峻別されるべきでありましょう」

さすがに琵琶法師として鍛えた声と話術は達人というべきで、三人はじりじりと劣勢に追いやられた。

なおも了斎の声が響く。

「確かに輪廻転生は説としてわかりやすい。わたくしめも琵琶をかき鳴らしながら、物語りをしておりますと、時には石を投げられたり、つばきを吐かれたり、さんざんな目に遭い申した。それこそ犬畜生の扱いを受けて、人の世の非道を幾度もなめたものでござる。その反面、路傍の犬や馬がやさしく慰めてくれたことも一度や二度ではござらぬ。彼らのほうが人間よりまっとうな生き物かもしれませぬぞ。畜生道などと言ってさげすむのは、それこそ人間の思い上がりでござるよ」

五

結城は粘った。

「仏教では人間の業の深さを明らかにし、そこから解脱《げだつ》する道を示しておる。浄土門の親鸞様などは『ひと皆、煩悩具足の存在だが、ひたすら念仏を唱えることで阿弥陀仏に救っていただける』と説いた。このような仏教こそ最上のものである」

「親鸞様はかなり核心をついておられますな。人は自分で自分を救えませぬ。いくら修行しても限界があります。問題は、そもそもなぜそのような煩悩にみちた、みじめな人間になったのかということでござる」

結城ら三人に考えさせるかのように少し間をおいたうえで、了斎はまた口を開いた。

「これには親鸞様や日蓮様はもとより、お釈迦様といえども、明快な解答を与えられませなんだ。キリシタンのみが知っております」

祖父・清原宣賢につぐ名儒として知られ、明経博士の位にあった清原枝賢は碩学《せきがく》としての矜持が許さない。

これは聞き捨てならぬ、とばかり、さまざまに反論した。

その舌鋒は鋭かったが、了斎はたじろがない。

「よろしいかな。ともに胸に手を当てて、かみしめねばなりませぬ。デウスが最初の男女、つまり私どもの始祖をこの地上に誕生させたのち、その男女が神の戒めを破り、堕落してしまった。それ以降、古今東西、人間は逃れられない宿業を背負い、みな罪の子、悪魔の眷属《けんぞく》になってしまったのでござる」

飛驒守が口を挟んだ。

「悪魔とか堕落とか、先祖が過ちを犯したとか、何を根拠にそんな妄言を吐くのか」

「ですから、胸に手を当ててと申しました。高山様は、仏の道に帰依しておられるご様子だが、ご自分が仏性だけを備えた汚れなき人間だと自信を持って言いきれますかな。これまで生きてきた間に、常におのれを第一に考え、幾度となく他者をさげすみ、憎み、排斥し、踏みにじってきたことがあったはず」

「拙者にはそのような覚えはない。天地神明に誓って断言してもよい」

「実際の行為としてなかったとしても、心の中ではいかがでござる？　ご自分の心にお尋ねくだされ。そのような思いすら持たれたこともないとおっしゃるのであれば、それがまさに傲慢不遜。度し難い偽善でござるぞ！　今般も、私どもを抹殺してしまおうとお考えになったのではござらぬか」

こう喝破されて、飛騨守は体が金縛りのようになった。

「お武家様ならなおさら、この乱世にあって、手を血で染めた過去をお持ちのはず。おのが領地を広げるため、主君への忠義や家門の隆盛のためと称して、どれほど人をあやめてこられたか。静かに懺悔《ざんげ》してくだされ。おのれの罪や醜さに気づいて深く天地に恥じいり、悔い改め、心身を潔くする人間こそが、真に勇気のある強者に違いありませぬ」

了斎は、見ようによっては妖怪のような男だ。

最初、飛騨守はその風貌に激しい嫌悪感を持ったが、いつしか「これは只者ではない」と素直に認めざるをえなくなった。

宗論は時間のたつにつれ、了斎の独壇場となっていった。豊かな表現力と当意即妙の話術。三人は束になってもかなわず、早くも矢折れ刀尽きた格好である。

「罪多き人間は、そのままではデウスのもとへ、つまり天国へは行けませぬ。一心に念仏を唱えねば極楽往生できぬとした浄土門にも似ておりますが、決定的な違いは、救い主のことでござる」

そう述べて、了斎は十字架の奥義に言及した。

――神の申し子であるイエス・キリストという実在の人物が、人間の罪をすべて引き受け十字架上でデウスに命をささげた。その尊い犠牲によって、すべての人間に、罪を許されて永遠の生命にいたる道が開かれた。キリストの聖なる足跡は、弟子たちの手で書物にくわしく記録され、語り継がれている――

救い主キリストの起こした奇跡、悪魔との戦い、愛と許しの言動、十字架と復活など、聖書の主要な場面を、了斎は情感こめて謡うように披露していった。

説き来たり、説き去り、琵琶の音はないものの、まるで一場《いちじょう》の壮大な歴史劇を見る心地さえして、三人は引き込まれてしまった。

清原が尋ねた。

「では、そのキリストなる人物の流した血に意味があったと申すか」

「さよう。人の世に罪からの解放とデウスの恩寵をもたらしました。神のひとり子ゆえ、そのお方の血にはすべての罪を洗い流す力と特権があるのでござる」

「いくさで流し合う血とは、同じ血でも雲泥の差があるということかのう、高山殿」

飛驒守は答えず、了斎が引き取った。

「いくさで流れる血は、相手の領土や命を奪い合う中でのもの。キリストのそれとは正反対と言わねばなりませぬ。自分を捨てて世の人を清め、生かそうという慈愛の極致でござる。さらに敷衍《ふえん》すれば、万民がこのような生き方に転換しない限り、戦乱の世も終息しますまい」

「貴殿、盲《めくら》という不自由な体だが、そこまで信じても神は目が見えるようにしてはくれぬのか。奇跡を起こせるのであろうが」

どこか間の抜けた、無邪気な飛驒守の詰問に、了斎ははじけるように笑った。

「いやあ、高山様は面白いお方じゃ。なるほど、そうお考えになりましたか。しかし、わたくしめは目が見えなくて幸い。このほうがむしろ、物事の本質をじかにつかめるというもの。真に大切なものは目には見えませぬからな。わが心には光が満ちておりまする」

六

次第に、結城と清原はキリスト教に好意をいだくようになっていた。

自らの体面など、もはや拘泥《こうでい》していなかった。

「今まで、これほど確信に満ちて説かれた教えを聞いたことがない。人生の真義を知った思いじゃ。しかも、あの男の堂々たる態度はどうじゃ。隙だらけのようでいて、いささかの隙も乱れもない。修道士でさえこうならば、伴天連たちの英明さは推して知るべし」

二人は異口同音にそう言い合ったが、飛騨守はそんな彼らの姿に当惑した。そこには宗論を企画した者と、呼ばれた論客との微妙な温度差があったと言えよう。

結城は夜には多聞城へ行き、松永に宗論の状況を報告した。

飛騨守も誘われたが、「今の段階では遠慮したい」と固辞した。

敗色濃厚で、松永にどう復命すればよいのか分からなかったのだ。

結城から事の仔細を聞いた松永は、期待がはずれて不機嫌だったが、何か他に気になることがあるらしく、宗論の件に身が入らないといった様子である。

実はこの頃、松永は主君の三好長慶に謀反を起こすべく、入念に画策している最中で、キリシタンのことなど二の次になっていたのだ。

事実、このあと長慶の息子の義興を毒殺。そのため、ほどなくして長慶は悶死。

ここに松永の下剋上はなった。

宗論は三日間に及んだ。

最終日の早朝、未明に目が覚めた飛騨守は、逗留している結城屋敷の外を散策した。さわやかな風が渡る林道を歩いていると、木陰から読経のような低い声が流れてきた。忍び寄ると、あの了斎だった。僧侶が仏像にうやうやしく礼拝する時のようにうずくまって、何やらつぶやいている。堺からの同伴者も横で頭を垂れていた。

一心に祈りをささげているのだった。

結城と清原と飛騨守の名をあげて、

「どうかあの方々にデウスによる救いと永遠の命をお与えください」などと祈っている。

飛騨守は、そのひたむきな姿に立ちすくんだ。

自分のためではなく他者のために、これほど真剣に祈る人間など、目にしたことがない。

飛騨守は「負けた」と思った。かつて経験したことのない、全身に冷水を浴びたような衝撃だった。

しかも、了斎はこのようにも祈った。

「乱世とはいえ、デウスのもと共に信じ、助け、いつくしみ合うべき同朋たる人間が互いに戦い、命を奪うなど、何たる不幸不忠でありましょうや。広大無辺にして至美、至善なる天の国と比べれば、地上での名誉や富貴など些事の中の些事に過ぎませぬ。どうぞそのことにすべての人々が目覚めるよう、この不肖の身をお用いくだされ」

かつて高山の夜空に向かって独白した心の叫びと符合する——飛騨守の敗北感は、不思議な浄福感へと高められていった。

三日目はもはや論争ではなく、みな穏和な表情となり、了斎を囲んでの座談会という雰囲気であった。

「了斎殿は、どうしてキリシタンになる決心をされたのじゃ」

結城が、ザビエルに初めて会った時のことを尋ねた。了斎は見えない目を虚空に漂わせるようにして話し始めた。

「ザビエル様は、デウスの恩寵、キリストによる救いと天国の話を、それはそれは熱心にしておられました。わたくしめは群衆の中にまじって耳をかたむけておりましたが、突然、ザビエル様のお顔がありありと見えたのでござる。あの方のまなざしがまっすぐに突き刺さって、『私はあなたに会うために、この異国に来たのです』とおっしゃった。理屈では説明がつきませぬが、ただただ懐かしい、光と熱のかたまりに包まれたひと時でござった。もはや、あの方に従っていくしかありませぬ。それがまた限りなく自然なことで、うれしく、ありがたかった。ああいうのを奇跡と申すのでしょうな」

結城と清原はすっかり了斎の話に感動し、入信して洗礼を受けようとまで言いだした。

飛騨守においては、なお躊躇する思いが残っている。

（わしは宗論をくわだてた張本人だ。松永殿にどの面下げて会うことができよう）

一方で、了斎の人物に感服し、「この教えこそ真理だ」と心が躍っている。

現実の立場上の責任と、魂に吹きこまれた新たな展望——そのはざ間で飛騨守は苦しんだ。

七

宗論に敗れた飛騨守は責任を感じて、潔く切腹して果てるか、とも考えた。

この男は、武士の本分としてとりわけ潔さを愛しており、失敗や不忠の結果をもたらした場合は腹を切って自裁するという思いが人一倍強かった。

息子の彦五郎に剣の修行を施していた時も、最後は切腹の作法を復習して締めくくるのが常だった。

そんな行動規範が、この日の朝、彼をして結城屋敷の庭に面した縁側に端座させた。鞘から抜き放った刀身を顔の前にかざし、しばらく構えたままじっとしている。

ただならぬ形相だ。

いつの間にか縁の下から小柄な法覚坊が現われ、音もなく飛騨守のそばにひざまずいていた。

「殿、早まったことはなされますなよ」

飛騨守ははっと我に返ったような表情を見せた。

「何をしに来たのか」

「奥方と彦五郎様が殿の身を案じておられます。様子を見に行くようにとおおせつかった次第。昨夜から床下に潜んでおりました」

「そうであったか。いや、奥や彦のことはすっかり忘れておったな」

そう言うと、飛騨守の胸に、愉悦がうずうずとこみ上げてきた。

やがてこらえきれなくなり、弾けるように笑った。

法覚坊はあっけにとられている。

「許せ。貴様が余りにも思いつめたような顔をしておるから、ついおかしくなった。心配するな。ただこうやって心の中のざわめきを静めておっただけじゃ。しかし、もう吹っ切れた」

続いて飛騨守が発した言葉に、法覚坊はのけぞるほど驚いた。

「わしはキリシタンになって、真理の力でこの戦乱の世を治めるほうへ生き方を変えることにした。とはいっても、多くの家族や家臣、領民をかかえる身。その決意を死ぬまで持ち続けることができるか、その覚悟があるかと、おのれに問いかけておったのじゃ」

「殿までキリシタンに？」

法覚坊は床下にいた間、結城山城守と清原枝賢がキリスト教への改宗について話し合っているのを断片的ながら盗み聞きした。だが、飛騨守は別だろうと思いこんでもいた——

以前はどこか目に影があったが、今はそれが消えて生き生きとした輝きを宿している。

どうやら本気らしい。

「宗論が不首尾に終わったゆえ腹を切らねばならぬか、とも迷ったが、太刀を見つめているうちに心も澄んできた。しかも、こやつまでが敵をたおす剣ではなく神のための剣に生まれ変わりたいと叫んでおるわい」

そう言って飛騨守は、からかうように右手の太刀を法覚坊に突きつけ、また大きな声で笑った。

かくしてキリスト教に人生の本義を見いだした飛騨守は、奉じてきた仏教から改宗することにした。その回心ぶりも潔かった。

松永久秀に宗論のてん末を報告したが、特におとがめなし。切腹など考えるまでもなかった。忠義立てにこだわったのも、飛騨守らしい生真面目さだったと言えよう。

彼はひとまず沢城へ引きあげた。

キリスト教に反対していた松永の重鎮らの改宗は、宗論でのロレンソ了斎の活躍と合わせて近隣に知れわたり、キリシタンへの関心と好意を高めていった。

結城と清原は改宗する旨を松永に伝え、ガスパル・ヴィレラのもとに戻ろうとしている了斎に、「次回はぜひともパーデレ様にお越しいただき、我らに洗礼を施していただきたい。お迎えするため家臣を差し向けます」との書状を託した。

およそ十日間の大和滞在を終え、了斎は堺に帰還した。

出立してから期限の六日が過ぎても音沙汰がなく、気をもんでいたヴィレラや信者仲間は了斎の無事を喜んだ。

ヴィレラが結城と清原の要請を快諾したことは言うまでもない。

一カ月ほどして、ヴィレラは同じ結城屋敷に招かれ、結城、清原の二人にキリスト教の教義（カテキズモ）を伝授した。

合わせて二人は、高度に発達した西洋の自然科学や技術を紹介されて驚嘆し、キリスト教世界の広がりを痛感。喜び勇むようにして洗礼を受けた。

その場で、結城の嫡子や家臣たち、清原の妻と幼い娘も受洗している。

ちなみにこの清原の娘は、細川忠興の妻で明智光秀の娘の細川玉子（のちのガラシャ）の侍女となり、彼女をキリスト教に導いた人である。洗礼名はマリア。

沢に戻り、領主として忙しくしていた飛騨守だったが、結城と清原の受洗を知ると、矢も盾もたまらず再び結城屋敷に駆けつけた。

ヴィレラとの初対面を喜び、数日間、まさに少年のような純粋さでこの伴天連からカテキズモを学び、そして洗礼を授けられた。

通訳を務めたのは了斎である。宗論の際には大きく見えた体が、ヴィレラの言葉を訳す時には、まさにその影のようになって目立たない。声だけが朗々と響いた。

ヴィレラは時々、日本語で話した。

「十字架の救いにあずかり、ともに福音を述べ伝えて参りましょう！」

飛騨守が特に感銘したのは、宣教のために異国に渡り、死をも恐れないその殉教精神だった。政治力や財力をたくわえて権勢をふるう都の僧侶たちとは何と異なることか――

飛騨守はダリオという洗礼名を与えられた。

永禄六年（一五六三）七月のことだった。

八

ところで、ルイス・フロイスといえば、イエズス会の宣教師たちの中でも知名度が高い。

キリシタン大名・高山右近とも大きな関わりがあった人物なので、今後この物語の中でもたびたび登場するようになる。

フロイスの初来日は、ちょうど右近の父の飛騨守がキリシタンになったその年（永禄六年）のことだった。

一五三二年、ポルトガルのリスボン生まれ。十六歳で同会に入り、聖パウロ学院で学び宣教師となった。当初から世界に福音をのべ伝える志に燃え、インド・ゴアを経て日本の土を踏んだ。三十一歳の青年だった。

以後、長崎で六十五年の生涯を閉じるまで日本で歩み、間近に接した織田信長や豊臣秀吉のことを『日本史』という著書にまとめた。

これは当時を知るには欠かせない第一級の史料だ。


同書には、この頃の飛騨守も何度か登場する。

「私はもっと時間をとって教えを聞きたい。ついては貴殿をわが城（沢城）にお呼びしたいが、道中は危険でもあり、無理は言えない。その点、日本人なら目立たず安全なのでロレンソ了斎修道士をお遣わし下さい。私の家族も家臣らもお待ちしております」

こんな文面の書状を、飛騨守は堺のヴィレラ神父に送った。フロイスは後年それを入手し、キリシタンになったばかりの一武将の貴重な事例として自著に取り上げたのである。

前段で飛騨守はこうも書いている。

「洗礼を授けられた喜びは、ちょうど大いなる領国の君主にしてもらったかのようであり、非常に心豊かでうれしい限りです」

その半面、何事も徹底しないと気のすまない彼は、沢にあって自分だけがデウスの使徒であることに孤独感と焦燥感をもった。

早くこの歓喜に満ちた新しい生き方を妻や嫡男の彦五郎、家臣らにも教えなければ、との思いが募ってくる。

とはいえ、さすがに命令一下、彼らをキリシタンにするというのは強引に過ぎる。

宗論の場で了斎が、そしてそのあとでヴィレラが懇々と説いたように、その能弁には及ばないにせよ、キリスト教の要点を理解させる必要がある。

その面で鍵を握るのは彦五郎だと、飛騨守は考えた。

というのは、沢城に移ったころ、まだ子供だった彦五郎が

「近いうちに大きな幸いが訪れる」ともらした、その言葉が耳朶《じだ》の奥からよみがえってきたからだ。

そのときは、大和攻めの戦闘で腹心たちを死なせてしまい悲嘆に暮れていた自分への精一杯の慰めだろう、としか受けとめていなかったが、

（あれは今般の改宗と、福音の到来のことを言ったに違いない）

幼少時から人質になるなど厳しい修行生活を送り、見た目は子供でも、精神的には大人のようなところのある彦五郎。この息子なら真っ先に理解してくれるはずだ。

そろそろ一人前の男として遇すべき時期にもきている。

そう考えて、飛騨守は彦五郎に話しかけた。

「彦よ、そなたももう十二歳。元服していい年齢じゃ。皆ともに出直そうではないか。我らは主君に仕える武士であると同時に、いやそれ以上にデウスの神に仕える真の人間にならねばならぬ。それこそ武人のほまれである」

幼少時から松永久秀のもとで法華宗に親しみ、飯道山では修験道で鍛えられた。そんな経験から彦五郎は宗教には抵抗がなく、人智を超えた次元の事柄をごく自然に信じている。

この日も、父親のいきなりの宣言に対して、高山家の跡継ぎとしての自覚が問われた瞬間でもあったが、従順に反応した。

それに意を強くした飛騨守は、一気呵成ともいうべき勢いで沢城にキリスト教という新風を吹きこみ始めた。

仏壇を片づけ、洗礼を受けた際にヴィレラから贈られた銀の十字架を安置した。

首からはロザリオを吊るし、何やらぶつぶつと唱えては胸の前で十字を切った。

夫人や家臣らは当初、奇異に思いはしたが、すでに宗論でのこと、そのあと結城山城守と清原枝賢がキリシタンになったこと、そして都でも信者が増えているとのうわさも聞いていたからおよその察しはつく。

（殿もその道に入られたか――）

ヴィレラへの飛騨守の要請はほどなく実現した。

了斎が沢城に派遣された時、飛騨守は自ら迎えに出て、今や旧知の仲となった了斎のやせた体を宝物のように両腕に抱きかかえ、城内に導いた。

広間にはすでに高山家一族や家臣らが集まっていた。

飛騨守から紹介され、了斎は口を開いた。

「パーデレのヴィレラ殿のもとからやって参りましたロレンソ了斎と申しまする。キリシタンになる前は、諸国を流れ歩いた名もなき琵琶法師でござった。だが、それは世を忍ぶ仮の姿。今ここにおりまするロレンソこそがまことの人間、皆様の同胞の一人でござる」

最前列に着座していた彦五郎は、了斎の第一印象こそ、両眼が落ちくぼんで風采の上がらない小男に過ぎなかったが、この「世を忍ぶ仮の姿」という表現に新鮮な感懐を覚えた。

だが、そのあとの説教内容は壮大すぎて、荒唐無稽の絵空事のようにしか感じられなかった——

九

のちに父・飛騨守以上に篤実かつ不退転の奉教人となった高山右近も、十二歳のころは無理もないことだが、その萌芽さえなかった。

父親のするに任せて従順にふるまい、広間でロレンソ了斎が説くキリスト教の教義を他の者たちとともに正座してじっと拝聴するのみだった。

（あの父も信奉するに至った教えだ。尊くないはずはなかろう）

とは思いつつも、天地創造に始まり、ノアの方舟やモーセの十戒、キリストの十字架、その復活による救いなどといった一連の聖書の物語は、幼少時に習った古事記の国生み神話よりもはるかに途方もない内容で、想像力が追いつかない。

仏教や修験道には親しんだが、キリスト教はまるっきり土壌の違う異国の教えだ。すぐになじめるはずもなかった。

ただ、天馬空を行くような了斎の語りの巧みさには魅了され、その人柄に強い関心をいだいた。両眼がくぼみ、片目だけがうっすら開いている容貌も、たえず好奇心を刺激した。

(柔よく剛を制す、との格言どおり、父上はこの方の変幻自在の異能に屈したのだろうか)

彦五郎はそんなふうに、今般の出来事について考察した。

実際、飛騨守は剛健なようでいて、どこかもろいところがある。

飛騨守は小さな身上ながらも豪族の出だ。苦労知らずに来たお殿様である。

対して、了斎は貧しい漁村に生まれ、幼くして患った熱病で視力を失い、居場所も失い、漂泊の琵琶法師に拾われて弟子入りし、かろうじて食いつないできた過去をもつ。

辛酸をなめてきた分、世間と人心の表裏にも通じている。

飛騨守自身、自分にはない特性を了斎において見いだしていた。


この時、沢城では高山家と家臣ら合わせて百五十人が一挙に了斎から洗礼を受け、キリシタンとなった。

各自、洗礼名を与えられた。

彦五郎の場合は「ジュスト」という名だった。キリストの教えを守る義人という意味だと告げられたが、「義士」というニュアンスで受けとめようとした。

了斎からかけられた聖なる水の冷たさと、十字に塗られた香料の不思議なかぐわしさを額に感じながらも、この時の彦五郎においては「あくまでも自分は武士の子だ」という気負いのほうが勝っていた。

一徹な父に従ったままでであり、自ら進んでキリシタンになったわけではない。

しかし、まさにこれが大きな転機となり、求道の生涯への出発点となった。

永禄七年（一五六四）秋のことだった。

十

沢の地は現在の奈良県宇陀市榛原《はいばら》に該当し、昔から大和と大坂を結ぶ竹内道に通じていた。そんな地の利を生かし、飛騨守は南蛮文化や技術、キリシタン、堺の町衆との接触をひんぱんに持つことができた。

だから、この沢城あげての改宗の際には、内心いささか斜に構えた家臣らの間から、

「殿は実は天下を狙っているのではないか」

「これも松永殿の次を見据えた戦略よ」

などといった声ももれた。

しかし、当の飛騨守にとっては正真正銘の回心であり、もはや領土欲も名誉欲も消し飛んでいる。

むしろ、乱世を収拾し、いくさのない太平の世をもたらすには、この新しい教えにこそよるべ

きではないか、と純粋に思うようになっている。

キリシタン大名として、その道筋を構築していきたい。

彼の一途さは目を見張るものがあり、席の温まるいとまもなく周辺を教化していった。

近隣の城主らに教えを伝えたのち、故郷の摂津・高山に隠棲していた母親の老い先短いことを考え、了斎を伴って同地へ向かった。

そして受洗せしめ、その持仏堂は小さな聖堂に改装。

前後して、一族郎党のほとんどをキリシタンにした。

このような進展ぶりに合わせ、ヴィレラも了斎も堺と沢の間をひんぱんに行き来するようになった。

了斎とすっかり仲良くなった彦五郎は、彼が自在にあやつるポルトガル語にも興味を覚え、「ぜひ、その言葉も教えてほしい」とせがんだ。

了斎の語学力は抜群の記憶のよさによる。視覚に障害があった分、それを補うべく他の感覚が鋭敏になり、一度聴いたことは脳裏に焼きつくように覚えることができたのだ。

それは、琵琶法師時代の訓練のたまものであった。

法師になるには、師から厳しい手ほどきを受ける。

その修行時代のことを了斎は彦五郎に話して聞かせた。

「『平家物語』を学ぶ稽古では、まず師匠が謡い、弟子はそれをよく聴いて覚えるのです。次には師弟が連れ節で歌い、そして今度は弟子だけで謡う。一くさりずつ、このようにして覚えていきます。それでも最後に弟子が謡えなければ、それっきり稽古はして下さらぬ。それほど厳しかった。全篇、この体全体を耳にして覚え、血肉にしてしまわねばならない。そのような日々でござったよ」

宣教師たちと歩む中で、ポルトガル語もそんなふうに身につけたという。

さて、キリシタンになったあと、彦五郎は元服した。

古式に則ってはいたが、簡略化した。

飛騨守・彦五郎父子にとって、キリシタンになったことのほうが今や重要であり、元服は従来の武家のしきたりとして一応は踏襲したにすぎなかった。

第三章　光と闇

一

上昇志向もアクも人並みはずれて強い松永久秀という男に従属したことが、飛騨守の不運といえば不運だった。

一時期「日本の副王」とさえ呼ばれた三好長慶は、松永の姦計で寝首をかかれ、無残な死を遂げていた。

大和の国主という立場にあき足らず、畿内の実権をも奪った松永は、名実ともに都を支配すべく、今度は長慶の養子の義継と組んで将軍・足利義輝を殺害するという挙に出た。

そんな松永の手荒なやりかたに、長慶のもとで政務を取り仕切っていた「三好三人衆」が黙っているはずはなかった。

ついに永禄十年（一五六七）、松永と彼らとの間で戦端が開かれた。

いくらキリシタンとして天意に生きることを優先したい飛騨守ではあっても、争乱が起こった以上、超然としてはおれない。

「いずれこの沢城から打って出るか、立てこもるか。それにしても平穏な時期は長くは続かぬものよのう」

眉をひそめて側近に言った。

「松永殿のすることはわからぬ。どこまで野心を伸ばすおつもりか。かような下剋上の繰り返しでは天下の人心は倦み果てるばかりじゃ。今こそは乱世の宿業を断ち切るべき時であるのに——

——」

このころになると、飛騨守は松永に対して以前のように信頼を寄せることができなくなっていた。

松永も、宗論での敗退以降、飛騨守を冷めた目で見るようになった。

相乗作用で、その溝は急速に深まっていく。

三人衆は、出身地の阿波からも援軍を得るなどして勢いづき、松永の本営・多聞城の目と鼻の先にある東大寺にも陣を敷いた。

これに激怒した松永は同寺を攻め、伽藍の多くを焼き払った。

その後、争乱はしばらく膠着状況におちいった。

そのうち、松永から正式に大和中部への出撃命令が届いたので、さすがに飛騨守は決断を迫られる格好となった。

三人衆の一軍も東部の拠点、沢城の攻略に急派されたという。

敵情を探っていた懐刀の法覚坊からその報を受け、飛騨守はついに合戦は避けられないと覚悟した。

飛騨守に従う約三百人の家臣らにとっても正念場だ。その半数は譜代の臣でキリシタンにもなっていたが、あとの半数はもともと外様で飛騨守より松永に忠誠心を向けている。

洗礼も辞退し、沢城内での非主流派として振る舞ってきた。

彼ら外様は城から打って出るべしと飛騨守に進言し、籠城を唱える譜代の臣と意見が衝突した。

飛騨守は、主要な将たちと諮った結果、城外決戦は得策ではないとして籠城に決めた。

だが、息巻く城外決戦派はおさまらない。

主君の飛騨守に見切りをつけ、松永の陣へ参じるべく城を離れる者が出始めた。

「去る者は追わぬ。好きなようにするがよい。今日までこの城での忠勤、ご苦労であった」

飛騨守は乾いた声音で彼らに下知したので、彼らもさばさばした表情で城をあとにした。

「これにてお別れ致しまする。御武運を」

と挨拶していく者もあったが、ほとんどは無言のまま山をおりていった。

籠城すると知った彦五郎は、これが初めての実戦経験だ、武者ぶるいを感じながら城の守りについた。

そして、かんじんの糧食が底をつきかけていることに気づいた。

「父上、この分では長期の籠城は無理です。まず少人数を割いて城の裏手から隣の山中にひそませ、攻めきたる敵を背後から襲うという手はいかがでしょう」

「戦力が半減したのじゃ、そのゆとりはない」

そんな会話が交わされている時、城の一角から火の手が上がった。

火もとは小会堂だった。

籠城派へのいやがらせか、城を去った誰かの仕業に違いない。

城内の他の建物と異なり、会堂は材質も構造も防衛を配慮していないから、火には弱かった。

その火は風にあおられて燃え移り、本丸や出丸などもやがて炎に包まれた。

(もはや籠城など無意味。城を捨てざるをえぬ)

飛騨守は、ここに至って松永その人に訣別することにし、郷里である摂津・高山への撤退に踏み切った。

敵軍が寄せてくる中、彦五郎は家臣らとともに女子供を守護しながら高山への道を急いだ。飛騨守は自らしんがりをつとめた。

思わぬ落城の悲運に見舞われ、飛騨守の奥方や侍女らも着の身着のまま西へ西へと足早に歩く。泣いているゆとりさえなかった。

先頭を行く彦五郎は皆を励まし、士気を鼓舞しながら、道を急いだ。

何度か城の方角を振り返り、夜空の一角が赤々と照らされている様を眺めた。

（これがデウスを信じるお城の末路なのか。奇跡や恩寵のかけらさえ見つからない、何という忌わしい光景だろう）

彦五郎の脳裏を一瞬よぎった思いはうしろに続く家族や家臣、侍女らにも未練となって伝染した。それを感じ取ったかのように、飛騨守は、

「我らには神がついておられる。これも尊い試練。修行の一つと思えばよい。これでまた新しい教会を作れる」と叱咤した。

当初は悪夢の中をさまよう心地がしたが、摂津の地が近づくにつれ彦五郎は持ち前の冷静さを取り戻していった。

沢から高山までの逃避行は、危険は多かったもののそれほど難渋しなかった。

幼年期に修験道の山で足腰を鍛えた彦五郎が先導し、うまく脇道も見つけながら敵兵と遭遇しないよう進んだからだ。

彦五郎は沢城で過ごした十代前半に、沢と高山を何度も往来していたし、そのつど新たな経路

を開拓するなどしていた。その知識と経験が生きた。

「若様の頼もしいことよ」との声が何度か耳に入り、飛騨守もうれしかった。

二

沢城を脱出する際は一刻の猶予もなく、しかも小会堂から燃えたので、安置してあった銀の十字架も諸道具も持ち出せなかった。

そこで、高山に到着した飛騨守は、都にいるヴィレラやフロイスからそれらを再び調達すべく連絡をとろうとしたが、彼らにも思わぬ災難が降りかかっていた。

松永久秀と三好三人衆との戦いの中、都では反キリシタン派の動きが活発化した。将軍が殺害されて重しが消えたことで、公然と迫害が起き、ついに伴天連放逐の「女房奉書《にょうぼうほうしょ》」が下った。

フロイスらは堺への退去を余儀なくされた。

奇しくも飛騨守らと同時期に似たような境遇におちいったわけだ。

一方で、キリスト教の保護者となる織田信長が都を目指して近づいている。

それまで王城の地を牛耳ってきた連中とは、明らかに毛色が違う。

フロイスらは局面の打開を信長に期待した。

荒廃した都が刷新され、邪悪な奉書もほごになるだろう。

高山では、飛騨守が沢城主となって以降、腹心の柿崎信房が城を守っていた。老練な軍師であり、忠臣である。同地に隠棲していた飛騨守の母親が洗礼を受けた際には、彼も同様にキリスト教を受け入れた。

その柿崎が、このたび沢城から帰還した面々を迎えたあと、これからのことについて飛騨守と話し合った。

「殿、摂津国の要衝である高槻城に和田伊賀守惟政《これまさ》殿が入られたことはご存じか」

「風の便りには聞いておった。伊賀守殿はわが父祖の地である甲賀の人だ。彼の父親とわしの父が親友同士でな、惟政とは幼なじみでもある。実の兄弟ではないかと間違えられるほど、いつも一緒に遊びまわっておったものよ」

「どういう経緯があったのか、和田殿もキリスト教には好意的とのこと。同じ考えを持ち、しかも幼なじみとあらば、なおさら早めに会ってお互いに手を結んでおくべきかと考えまする。争乱がこのあたりまで飛び火するやも知れず、その場合には摂津も一つにまとまっておくべきでしょうからな」

「あいわかった。そのように手配してくれ」

その和田惟政は、先般、松永に殺害された足利義輝に仕える幕臣だった。

伴天連たちが上洛した際には彼らを保護し、都で安住できるよう尽力した。

将軍の横死後、義輝の弟で僧侶の覚慶、のちの足利義昭が幕府の再興を図ろうとしているのを知り、それを援助すべく奔走。その途上で、義昭を奉じて都へ進軍の機をうかがう信長と出会い、義昭との仲介役として働いた。

その功により、惟政は信長に召し抱えられ、摂津の守護に任じられたのだ。

永禄十一年（一五六八）のことである。

彼はキリスト教に共感を持っているが、キリシタンではない。

元来、頑迷な偏見や我執、虚栄を嫌っていた。まっすぐで侠気《おとこぎ》のある男だ。

三

高槻城で飛騨守との再会を果たした惟政は、いきなり言った。

「信長様ほど明敏で決断力に富む武将を見たことがない。おぬしもまずは、会ってみるがよい」

そのあとも、飛騨守は惟政が余りに信長を激賞するため、次第にうんざりしてきた。

その家臣として重きをなしているのだから、彼の気持ちもわからぬことはない。

ただ、いくらまれに見る英傑だなどと持ち上げられても、じかに会ったこともなければ、かつて仕えた松永久秀あたりから警戒心、待望論を含めてその名前を耳にしたこともない。

「信長、何する者ぞ」といった対抗意識がむらむらと起こってきた。

惟政の信長評に同調できないのには、もう一つ理由があった。

新たに城の聖壇に置く十字架などを調達すべく、堺の教会に家臣をつかわした際、ついでに堺の街の様子を探らせていた。

その家臣の報告によると、同地では、多くの商人が松永と三好三人衆との戦いを絶好の商機に変えて沸き立っている。特に鉄砲の製造者たちの働きが目立つという。

争乱に介入してきた信長が巨額の矢銭を投じていることが背景にある。

何人かの商人に信長について尋ねたところ、彼らは一様に信長を畏怖し、あたりをはばかるようにして話したという。

その情報からうかがい知れる信長の人間像は、敵対する者への処断が残忍かつ冷酷この上なく、およそ血の通った人間とは思えないというものだった。

「まるで魔王じゃ。それが信長という男の実相であろう。覇道をきわめんとすれば、誰しもがそのような狂気の淵におちいるに違いない」

飛騨守はそうつぶやき、業火の止むことのない戦乱の世にますます嫌気がさした。

そんなことが先般あったので、惟政が盛んに信長のはつらつとした印象を吹き込んでも、素直に納得できない。

次は自分の土俵に惟政を乗せようと考え、飛騨守は言った。

「織田殿がそんなに優れたお方ならば、伴天連を追放し、キリシタンを苦境に追いやる不埒な者どもに鉄槌を下していただきたいものじゃ。ぜひ貴殿からも進言してくだされ」

「ちょうど近々、信長様にお目にかかる予定がある。そのこと申し上げてみよう」

と、そこはキリスト教に理解があり、きっぷのいい男だ、一も二もなく承諾した。

さらに飛騨守は、南蛮寺はどうなったかのう、と水を向けた。

伴天連追放の奉書が下されたあと、都での宣教拠点の南蛮寺と、そこに集っていた信者たちはどうしているか、気になったのだ。

すると惟政は、

「高山殿、どうじゃ、一緒に確かめに行かんか」

散歩に誘うようなのどかさで言った。

都での用向きは多々あるし、摂津からは遠くない。

さっそく両者は足並みをそろえ、それぞれ数人の家臣を伴って都に入った。

この当時の南蛮寺は「姥柳《うばやなぎ》」という場所にあった。

寺といえるほどの体裁はなく、せいぜいが庵のようなものに過ぎない。

現在も京都市中京区に同じ町名が存続している。

ちなみに後年、三層建てで目を引く本格的な南蛮寺が建立されたが、それは姥柳から西南の方角、一キロほど離れた場所でのことだ。

小さな館だから、日曜の礼拝の時などは信者が入りきれず、狭い路上にあふれるほどだった。


しかし、惟政と飛騨守が来てみると、閑散としている。

ちょうど信者らしき男が前の路を掃除していたので話しかけた。

男は悲壮な表情で答えた。

「手前どもはただ、ここを守っているだけで、フロイス様やヴィレラ様が堺へ戻られたあとは、潮が引くように信者も寄りつかなくなりました。奉書が出てからは、迫害がひどく、いつ火を付けられて住むこともできなくなるかと、恐れております」

飛騨守はおどろいて、惟政と顔を見合わせた。

だが、現状、都のキリシタンを保護する力があるのは、信長しかいない。

(それができないようでは、たとえ蓋世《がいせい》の覇者となり、天下の権を握ったとしても、デウスの御心からすればただの土くれ。いや、有害な魔物にもなりかねぬ)

早く信長の虚実を見極めたい。飛騨守は、改めて思った。

四

都の南蛮寺の現状を視察したあと、飛騨守と惟政はそのまま家来を伴って大路を北へ騎行し、茶碗を伏せたような丘にのぼった。

名を「船岡」という。

樹木が豊かに生い茂る、優美な姿の小山だ。

あの清少納言が枕草子で「丘は船岡――」とたたえたように、平安時代から都びとの清遊の地となっている。

だが、応仁の乱ではここに西軍の陣地が置かれ、激戦が繰り広げられた。

それから百年。

その後もこぜりあいがあったため、掘割りや土塁などが生々しく残っている。

この丘へ、惟政は用務のついでに何度か訪れた。

頂からの眺望は素晴らしく、都の全景が見渡せる。

二人は斜面に腰をおろし、木々を渡る風に吹かれながらゆったりと過ごした。

惟政はキリシタン保護を信長に進言するにはうってつけの男だ。頼まれればイヤと言えない性格だし、信者になってもいいと思うほど、この新しい宗教に理解を示していた。

だから飛騨守は気楽にその話ができる。

「拙者、キリシタンになってからは、もう武士として覇を競うような思いがなくなりました。今や信仰と真理のために生きる毎日でござる。和田殿も、早くデウスの教えを聞かれたらいかがですかな」

「何かとあわただしくしており、なかなか都合がつきませぬ。しかし、そのこと、念頭には常に――」

「それは心強い。して、身内の方々はいかがでござるか。キリシタンになることに対して」

「それが――」と惟政の表情が曇った。

「思うようには行きませんな。特に息子が批判的で、キリシタンに同情するとは父上は何を血迷っているのか、と先日も手厳しく責められた。その点、貴殿は改宗する時もいさぎよく踏み切れたそうで、家族の強い絆があればこそであろう。果報者のおぬしがうらやましい」

惟政の嫡男は惟長といい、父親のような器量がない。

凡庸で、小心者だと評されている。

城主の座を継がせるには不足だとして、惟政は悩んでいた。

「なんの、こんな武辺だけがとりえの人間でも、救われ、生まれ変わったのでござるよ。和田殿のような思慮深いお方なら、なおのこと大きな天恵があるに違いありませぬ」

飛騨守はそこで少し話題を変え、惟政がどういう経緯でキリスト教に好意を持つようになったのか、素朴な疑問をぶつけた。

「ああ、それは数年前のいつだったか、ちょうどこの船岡で今日のように寛いでおったのですが、四、五人の男女がやってきましてな、向こうの平坦な場所に石仏が三体ほどござろう、あの前にぬかずいて、両手を組み、一心に祈り始めた。あとで問いかけると、彼らは南蛮寺の信者たちじゃ。少しでも戦乱がおさまり、平安な都になるよう戦跡をめぐっては死者を弔い、祈っているとの返事でござった」

「ほう、キリシタンたちが――」

「左様。貧民の身なりだったが、祈る姿はまことに純朴で、そのまま石仏に化してしまうのではないかと思われるほどでござった。戦い争い合うことのむなしさを痛感し、天下をまとめるには武力ではなく、こういう祈る力、念ずる力こそが大切なのではないかと考えさせられた。それがきっかけですかな」

飛騨守が強くうなずいたのを受けて、さらに惟政は話し続けた。

「都の荒廃、混迷ぶりを見るにつけ、本来の秩序を回復するには人心の再建が第一であり、そのためには新しい天の教えが必要だと思った。足利義昭様を将軍にすべく、努力したのも同じ道理じゃ。何事も柱が立たなければ定まらぬからのう」

「和田殿ならではの深いお考え、いや感服いたした。貴殿のような方こそ、まことデウスの覚えめでたき徳人と言わねばなりませぬ。誓って早く、伴天連の方々へとりなしをいたす」

「そのお気持ち、かたじけない。されど、まずは都でのキリシタン復権の件で、信長様への説得に全力を尽くす所存でござる。その際、拙者がキリシタンでないほうがむしろ話が通じやすいであろう。ここはしばらく、今のままで――それが成ったあかつきには、晴れて教義も拝聴し、洗礼も受けよう。その時には、お力添えをお願いいたす」

惟政の真摯な思いが伝わってきて、飛騨守は胸が熱くなった。

丘をくだり、別れを告げようとした時、惟政が馬を寄せてきて、言った。

「ともに信長様を支えていこうではないか。あの方はいずれ間違いなく天下を治めるお方じゃ」

「織田殿がわれらの要望に応えてくださったなら、その時には一考せねばなりますまい。ただし、和田殿にお仕えするのが先決でござる」

飛騨守はそう言って白い歯を見せ、惟政もつられて笑った。

五

和田惟政は信義に篤い男である。

飛騨守との約束を果たすために全力を尽くそうとした。

ただ、急いてはことを仕損じる。キリシタン保護を訴えるべく織田信長に面会し、その承諾を得るにはそれ相応の説得材料がいる。

堺にいるフロイス神父らに会っておくことも不可欠だと考えた。

折しも永禄十二年（一五六九）の正月、都では三好の残党が将軍・足利義昭を襲撃するという事件が発生。岐阜城にいた信長は急きょ上洛し、三好勢の討伐に当たった。

彼らは畿内の南部へ逃げ、それを追って織田方は堺に布陣した。

従軍していた惟政は、堺に来たのを幸い、戦局が落ち着くと教会におもむいた。

そして、フロイス、修道士ロレンソ了斎と懇談し、彼らの置かれている状況などを尋ねた。

了斎がフロイスの思いを代弁した。

「私どもが都を追われた背景には、比叡山の僧侶たちの暗躍があります。彼らは今や、北方の勢力とも同盟を結んで織田様に敵対している様子。私どもには、彼らのような政治的意図はございませぬ。ただただ、万民が神を信じて永遠の命にあずかってほしい、それだけを願って布教しております。しかし、デウスのみわざに無意味なことや無駄なことはありませぬ。この度の試練も甘受しております」

この頃の堺は、手工業の先進地であるとともに、南蛮貿易の一大拠点だった。

それを信長が見逃すはずがない。この機に乗じて堺を支配下に置き、南蛮貿易による利益と技術者集団を独占しようと企図していた。

その堺で布教を推し進めているフロイスらは、南蛮貿易には直接関係しないまでも、つながりはある。

伴天連を保護し、彼らの便宜を図って都に復権させることは、信長にとって大きなプラスになるはずだ。

そういう実利面も強調して、惟政は信長に説くことにした。

さらに惟政はその翌日、織田軍の諸将の宿舎を訪ね歩き、協力を取りつける根回しまでした。

二度目に教会に足を運んだ時は日曜日だったので、礼拝が行われていた。

惟政は終了後、紅潮した面持ちでフロイスに話しかけた。

「間近で説教を拝聴でき、心が清められた思いでござる。デウス以外に絶対者はいないことが理解できたような気がいたす。拙者は用務に追われて実現できていないが、いずれは高槻の城内に教会堂を建立してもいいと考えております」


都に戻ると惟政は信長に謁見し、キリシタン側には何ら落ち度も警戒すべき要素もなく、放逐したのは行き過ぎた措置だとして、彼らを都に戻すべき旨を諄々《じゅんじゅん》と説いた。

信長はいつものように即断即決、その場で承諾した。

惟政はその足で義昭のもとにも赴き、この件で了解を得た。先の将軍で兄の義輝も生前、キリシタンに布教の許可状を与えたのだ。義昭に異存はなかった。

惟政は早速、フロイスに朗報を告げる書簡を送った。

それを受けとった了斎は目が不自由なため、他の信者に読み上げさせた。

「貴殿らの失地回復の儀、将軍および織田殿は揃って承認したので安堵してくだされ。ついては近々、高山飛騨守殿が出迎えに参上する手はずとなっております」

フロイスはその場で両手を天に伸ばし、感謝の祈りをささげた。

二月末、飛騨守は先に数名の家臣と馬を堺に派遣。その上で他の家臣らを率いて隊列を整え、フロイスらを馬に乗せ、前後を固めて粛々と都を目指した。

それは晴れやかな凱旋だった。

フロイスらは、かくして四年ぶりに都の土を踏んだ。

時を移さず、フロイスは飛驒守に、信長に礼を述べたいと言ってきた。そこで惟政と手配し、信長の都合をさぐったところ、「建築中の二条城で会おう」との返答を得た。

ちなみにこの二条城は、幕末に大政奉還の舞台となった現在の世界遺産・二条城ではなく、信長が義昭のために築いた将軍邸のことだ。本能寺の変で焼失した。

その日、普請現場の一角――フロイスは目の前に座した長身でスリムな男の様子を冷静に観察しつつ、語り始めた。了斎が通訳した。


周囲の空気は張りつめている。鼻筋がとおって高く、知的な公達を思わせる顔立ちだが、物思いにふけっているような深沈とした気難しい表情が印象的だ。ただ、ひとたび上機嫌になると無邪気なまでの笑みを痛快に浮かべる。

以前にも触れたが、フロイスの著した『日本史』は、宣教師側から見たこの時代の日本を知ることができる貴重な資料である。

彼がイエズス会の総長にあてた書簡の数々も、鋭い観察力で詳しく綴られていると評判がよく、会員たちの間で奪い合うように読まれた。

どちらも要点をつき、客観性も高く、記録文として申し分がない。そこにフロイスの人柄と能力が如実に表れている。彼はまめに動き回り、諸事をてきぱきと処理し、寸暇を惜しんではペンを走らせた。

信長は彫像のごとくじっと動かず、キリスト教の概略、ヨーロッパの近況などについて興味深そうに聞きつづけた。

「わが岐阜の城にも来たれ。さらに西洋の文物について語るべし」

これが二時間にわたる会見で信長が放った、最後の声だった。

六

こうして宣教師たちは都への復帰とともに、信長への謁見も果たした。

その実現に尽力した信長の重臣、和田惟政は、ルイス・フロイスらとってかけがえのない恩人となった。

その惟政が、地元の合戦で死んだ。

あともう一歩で、キリシタン武将の列に加わる願いがかなわなかった。

「ようやく皆様の仲間入りをする時が来ました。この乱世を終わらせ、太平の時代をもたらすには、愚かにも地位や領地をめぐって罪を重ねた我ら武将が、一人残らずデウスのもとにひれ伏し、神の真理による光明の世界に生まれ変わらねばならぬと思い定めた次第でござる」

先般も都での政務のかたわら、惟政はフロイスやロレンソ了斎と語り合い、心のうちをそのように吐露していた。

そして、正式な手順に従って教義を学び、洗礼を受ける日取りまで決めていたのだ。

そんな矢先、前途に暗雲がたちこめた。

もともと畿内では幕府の衰退にともなう勢力争いが絶えず、不安定な状況が続いていたが、惟政が治める摂津の周辺がにわかにきなくさくなった。

惟政はこの土地での紛争処理に忙殺された。余事に関わる余裕はなく、教会に足を運ぶ機会などまったくなくなった。

その頃、惟政は自身の配下に入った高山飛騨守に、高槻城の背後を守る芥川城を任せた。この一事でも、両者の信頼関係がどれほど強かったかがわかる。

芥川城は、現在もその城跡が大阪府高槻市の北郊に残る山城で、標高およそ一五〇メートルの三好山に、数百メートル四方にわたって広がっていた。

芥川という清流が山すそを蛇行して堀をめぐらせた形をなす、まさに天然の要害。

山上には主郭と東郭が築かれ、多くの土塁や郭が配置されていた。

あの三好長慶も約七年間、城主を務め、この山城から畿内に号令した。

和田惟政の信任に感激しながら、飛騨守は三好山に登った。

本丸から眺めると高槻城が眼下におさまり、さらに摂津の国全体がぐるりと視野に入る。高山の地も、ここからだと峠をいくつか越えただけの近隣にすぎない。

「沢も山城だったし、高山もそうだが、今度の城はなお一層に天が近く感じられるではないか。ありがたいことじゃ。ただ、これだけ郭が多いと、どれを教会の建物にすればいいか迷ってしまうのう」

飛騨守は軽口をたたき、周囲の者にうれしそうな顔を向けた。

だが、嫡男の彦五郎だけはそれに乗らず、ぴしゃりと言い返した。

胸騒ぎがしてならない。

「父上、それはあとにして、まずはこの場所からどのように和田様と高槻城をお助けするか、その算段こそ急務と存じます」

この時、彦五郎は十九歳。

凛々しく頼もしい若武者として成長しており、精神面では事実上、新しい城主と見なしてもいいほどだった。


彦五郎の危惧の念は当たり、下界での情勢が急転した。

惟政が領地の境界に出城を築くと、隣接する伊丹の有岡城主、荒木村重が猛反発。

両者の交渉は決裂し、元亀二年（一五七一）九月、ついに荒木軍が攻め込んだ。

茨木城主の中川清秀も荒木に加勢したうえ、信長は北方の浅井・朝倉勢と対峙していたため、摂津の変にまで兵力を割くことができない。

飛騨守は急報を受け、彦五郎や精鋭の家臣らとともに芥川城を駆けおり、荒木・中川連合軍との戦闘に参加した。

だが、惟政とその編隊は嫡男の和田惟長率いる後続部隊を待たずに出撃。

茨木の白井河原で鉄砲隊の銃撃を受け、惟政は落馬し、首を取られた。

惟長や高山父子が到着した時は、すでに勝敗は決していた。

やむなく飛騨守らは兵を高槻城内に撤収し、惟長を新たな盟主として立てて城を死守。

荒木軍に包囲されたが、やがて信長の派遣した佐久間信盛と明智光秀の軍がやってきて敵軍を退却せしめた。

事変の二十日後、フロイスはインド管区長アントニオ・クアドロスに、洗礼を受けずしてこの世を去った惟政を偲び、書き送った。

「副王、和田惟政殿は私たちに絶えざる好意を示してくれ、数々の恩恵と慰労をいただいたが、もはやそれに報いるすべもない。キリシタンである彼を見ることができなくなったことはまことに残念である」

その一方でフロイスは、飛騨守と彦五郎が戦場から無事に戻れたことはデウスの尊き計らいであると感謝している。

実は荒木村重は当初、高山父子をも血祭りに上げると豪語していたが、惟政を討ち取ったことで戦果は十分とし、追撃の手をゆるめたのだった。

わずかな武運の差だった。

飛騨守は首のない惟政の遺体を収容して、悲しみ、激しく悔いた。

——和田殿のキリスト教への傾倒ぶりを知っておきながら、なぜもっと早くキリシタンにしておかなかったのか。そうすれば、天の加護を得て、討ち死にという非運から逃れることもできたろうに。いや、いくさで散るは武士として仕方ないとしても、洗礼を受けていれば死してデウスのもとへ召されたはずじゃ。和田殿の立場に配慮しすぎた。布教の際には人情は禁物と思い知ったぞ。

うめくようなその声が耳に入ったのか、ぶ然とした表情を浮かべた若者が広間に入ってきて、高山父子をにらみつけた。

惟長だった。

視線が合った時、彦五郎は彼の目にたぎる憎悪の色にひるみ、すぐに目をそらした。

しかし、彦五郎はその場の凍りついた空気を忘れることができなかった。

七

城主の座を継いだものの、和田惟長は父親があっけなくこのを去ったことで茫然自失の日々が続いた。

落ち着かず、たびたび周囲に当たり散らす。

信長の援軍によって城の包囲が解かれたあと、退却していく荒木村重軍を追い、号令をかけて弔い合戦をすることもできたはずだが、そのような覇気もなく、固く蓋《ふた》を閉ざしたさざえのように城にこもってしまった。

亡き父を思うにつけ、惟長は自分の未熟、無能を棚に上げて、父の補佐役として重んじられた飛騨守に非難の矛先を向けた。

そもそもキリシタンの高山父子が災いのもとだとさえ決めつける始末だ。

同年輩の彦五郎にも親しめず、むしろ反感や嫉妬心を募らせた。

それが露骨に態度に表れる。

彦五郎は嘆いた。

（父親同士はあれほど仲がよく、深い信頼関係にあったのに——）

独断と偏見の虜となった惟長は、側近にもらした。

「あの親子は父上に取り入って芥川城を与えられた。あの日も彼らがもっと早く白井河原に着いておれば、戦況は好転したはず。芥川の天険に拠りすぎて遅れたに決まっておるわ」

こうなると、もはや逆恨みである。

側近も同調し、

「大殿は焦っておられましたな。もっとじっくりと敵情を見極めた上で出陣すべきでござった。高山殿を信用したのがあだになったと思えます」

などとへつらった。

「彼らによって父上は惑わされ、キリシタンになろうとして、最近はそっちのほうに余念がなかった。そのため、戦場での勘が狂ったのじゃ。あのような邪教に魅入られた果ての最期、哀れでならぬ」

父・惟政の代からの家臣にも、そのように愚痴ともつかぬ不満をぶつけた。

最初から惟長が高山父子を毛嫌いしたわけではない。

だが、芥川城の中にも教会を設けようとする飛騨守の言動を知ると、不信感が先立つようになった。生前の惟政ともキリスト教をめぐって何度か口論となり、父が自分を遠ざけ、飛騨守の意見や信条にばかり耳を傾けるようになったとひがんだ。

その父も失い、言動が荒れていく一方の惟長。

それに対して、高槻城の内外では、今般の合戦で兵をまとめて撤収させた高山父子の働きぶりが評判となり、声望が高まっていた。

性格に難のある惟長と、実直で武勇にすぐれた彦五郎が、同じ年代ゆえに比較されてしまうのも無理のないことだった。

家臣団の間で、惟長派と高山派に二分されていくような動きも目立ってきた。

これを見かねたのは、惟長の叔父で後見人の和田惟増である。

諫めるつもりで惟長に意見具申した。

「殿も気にかけておられましょうが、今や領民の間でも、高山親子の人望は高まる一方ですぞ。このままでは殿のお立場も揺らぐというもの。城の補強を立派になさるなどして、早く後継者であることを形で示し、民の心を取り戻すべきでござろう」

惟長にとっては、痛いところを突かれた格好だ。

だが、叔父の前ではつい背伸びして、度量のあるところを見せようとし、心と裏腹のことを口にした。

「このたびの飛騨守らの活躍ぶりは誰もが認めておる。それでよいではないか。心配には及ばぬ」

——あくまで彼らは仕えるだけの身、城主はこのわしだ。

内心そう信じてかろうじて自分を支え、その場を取りつくろった。だが、その苦しげな表情を叔父は見逃さなかった。

その後も折りにふれ、後見人として親代わりの気持ちで惟長に忠告したが、

「しつこい！」

と煙たがられ、ついには、

「叔父上はもう隠居されてはいかがか」と突き放された。

これにはさすがの惟増は絶句し、しばらく登城しなかった。

その間、惟増は、惟長を取り巻く家臣団の様子をさぐらせ、彼らの中に、おのれの保身だけを考えて惟長をうまく操ろうとしている側近がいるとの確証を固めた。

天正元年（一五七三）二月、冷え込みの厳しい夕刻のこと。

惟長に対面した和田惟増は、その件に触れ、高槻城の行く末を危うくする奸臣を排除するよう強い調子で説いた。

「いい加減にせよ。この惟長の目はふし穴ではない！」

そう叫んで立ち去ろうとした惟長を、惟増は制止した。

「今一度お考え直しくだされ。あの者たちは殿を食い物にしているだけでござるぞ。常に甘言を弄してきたこと、お気づきになっていたはず。むしろ高山父子こそは、真に殿と高槻のために尽くそうとしておる。用いるべきは――」

その瞬間、飛騨守と彦五郎の小面憎い顔が眼前に浮かび、惟長は度を失った。

幻影を振り払うつもりで太刀を抜き、足元にいた惟増を斬殺。

叔父を自ら手にかけたことは若き城主にとって致命的な汚点となり、さらに多くの家臣を離反させてしまった。

八

逆上したあまり叔父の和田惟増を殺めてしまった惟長は、さすがに良心の呵責にさいなまれた。懊悩《おうのう》する青年城主に寄り添う、影のような近侍たち。

奸臣の一人が耳元でささやいた。

「これで高槻も殿の思い通り。いや、かくなる上は、惟増様を背後で操っていた高山親子も生かしてはおけませぬ。のちのちの禍根となりましょう」

次は高山飛騨守と彦五郎の番だ、と吹き込まれ、惟長は動揺した。

「あの者たちが黒幕と申すか——確かに目障りではある。しかし、命を奪うのはもうご免じゃ」

「高槻城主の座をかすめ盗るため、殿を亡き者にせんとたくらんでおります。忠義づらを見せてはいても、裏に回れば別の顔。思い起こしてくだされ、飛騨守がかつて仕えた松永久秀がその道の達人であったことを」

「待て。邪教とはいえ彼らは信心を持っておる。そこまでするだろうか」

「殿はおひとが良い。領民をことごとくキリシタンに、というのが彼らの真の狙い。信仰の名のもとに心まで支配しようとする。その暁には反対派の我らがどうなるか、火を見るより明らか。やられる前にやるのです」

そんな密談が交わされているころ、飛騨守は芥川の山城にあって、郭の一つを教会堂にすべく、その作業に没頭していた。

そこへ、惟長が後見人の叔父を殺害し、そのため城中は混乱しているとの急報がもたらされた。

多くの家臣が惟長に背を向け、登城を控えているという。

もっと仰天したのは、惟長が飛騨守と彦五郎を謀殺しようとしているとの情報だ。

飛騨守はすぐさま山を下りて惟長に面会を求め、自分たちには二心のないことを熱意をこめて説いた。

だが、疑心暗鬼におちいった惟長には通じない。

あの城で何を準備しておる、ここへ攻めおりる算段であろう、などと詰問してくる。

「デウスの神に誓って、そのようなことは――」

飛騨守のこのひと言がさらに惟長の神経を逆撫でした。

（こんな邪教の徒はやはり害毒でしかない）

と判断し、ついに高山父子の粛清を決意した。

取り巻きの佞臣《ねいしん》たちと、暗殺の方法を図った。

だが城内では、飛騨守側に寝返る者が増えており、そのうちの数人が密告してきた。

がく然としつつも飛騨守は、

「もはやこれまで」と腹をくくり、心を鬼にして対抗策を練った。

（いずれ何らかの形で罠を仕掛けてくるだろうが、堂々と受けて立とう。同時に、この騒動に近隣から介入されないようにしておくことも肝要じゃ）

そこで、二年前に干戈《かんか》を交えた有力者、荒木村重に接近した。

かつての敵を味方にする。複雑な力関係で進退する戦国の世にあっては珍しくない。

荒木は高槻の内紛には関わらないことを約束した。

ところで、この時期、中央で深刻な政局が生じ、都は揺れていた。

将軍・足利義昭と織田信長との不和である。

衝突は時間の問題となり、畿内の諸勢力はどちらの側につくか、厳しい選択を迫られた。

荒木は信長の配下に入り、これで、かねてから信長に従属していた飛騨守とは味方同士となった。

和田惟長は父・惟政が義昭を助けて将軍にした経緯があり、義昭側についた。

惟長と高山父子の対立は、そこに反キリシタン派とキリシタン派という構図も重なって、発火点に近づいた。

そして、のちにフロイスが「驚くべき不可解な事件」と記述した凶変を招く。


天正元年（一五七三）二月十一日の夜。

惟長は、城内の自邸に高山父子を呼びつけた。

飛騨守を討ち取るために腕のたつ家臣数人を控えさせておき、彦五郎は自分が始末するとの手はずを整えていたのである。

父子は供の者たちを門外に待たせ、屋敷に入った。

芥川城を出るとき、彦五郎は言った。

「惟長様のことは私にお任せくだされ。虚心坦懐、話し合えば道は開けます」

そして、惟長と対面した彦五郎は平伏し、訊いた。

「重大な相談事があるとお聞きし参上いたしました。いかなるご用件でしょうか」

「回りくどいことは言わぬ。彦五郎、偽りなく本心を述べよ。そなたたち、信長にこの高槻を渡さんとしているのではないか」

「何をおおせですか。そのようなことは全くありえませぬ」

「信長に下った荒木は父のかたき。憎いあの男と組んで、この城を乗っ取ろうとはいかなる魂胆ぞ」

「それもはなはだしい誤解でござる。私どもは亡きお父上の時と同様、惟長様にお仕えし、高槻のため忠勤を励むのみ。荒木殿とは、摂津国の安泰のため無用のいさかいが起こらぬよう申し入れただけのこと」

「それはうそじゃ。信長の機嫌をいかに取ろうかと、お互い話し合ったのであろう。我らは高槻城をあげて将軍につく。そなたたちの如く時勢におもねるようなまねはせぬ」

「惟長様、何とぞ大局を見てくだされ。お父上はキリシタンになろうとしておられた。それもこれもひとえに乱世を終わらせたいがため。少しはそのお気持ちを汲んではいただけませぬか」

惟長の目がつり上がった。

「ええい、黙れぇ！　父上が道を誤ったのも、そなたたちキリシタンのせいじゃ。許せぬ、成敗してくれるわ！」

そう叫ぶや惟長は抜刀した。

彦五郎も応戦し、激しいつばぜり合いを演じる。

大きな物音を聞きつけて、外で待機していた両者の家来がなだれ込んだ。

床がきしみ、燭台が倒れ、あたりは闇となった。

真っ暗闇の中で乱闘は続いた。

剣が交錯し、気合や叫び、うめき声が響く。

別の部屋で暗殺団に襲われた飛騨守は、腹心の部下の来援でその場を切り抜け、彦五郎のもとへ走った。

明かりが戻った時、そこには幾つもの死体が転がっていた。

彦五郎は背中など数カ所を斬られ、瀕死の重傷である。

飛騨守らはただちに止血するなど応急手当てをし、そのあと彦五郎の幼年期からつき従ってきた医療にも明るい法覚坊が、外科処置を施した。

その甲斐あって命は取りとめた。

あとでわかったことだが、彦五郎は和田惟長とのつばぜり合いの際、惟長の右手の指を切り落としていた。

だが、騒ぎを察知して駆けつけた惟長の家来のやいばを数太刀、浴びてしまった。

惟長は、手を負傷して刀を落とし、闇の中で誰かに斬りつけられ、肩から血が噴き出たために気が動転し、側近らといったん城内の櫓に逃れた。

和田・高山の暗闘は両陣営が総出となって城外にも拡大し、各所で出火した。

そして惟長はその夜のうちに、和田一族や郎党とともに高槻城を脱出。

都の南郊の伏見にいる親族を頼り、そこから父祖の地、近江の甲賀に至ろうとしたが、傷が癒えないまま数日後に伏見で息を引き取った。

九

それまでの城主が去った高槻城は、火による被災がはなはだしく、門の上にある番所と小さな櫓を数カ所残すだけという有り様だ。

彦五郎はその櫓の一つに収容され、手負いの狼や鹿が穴ぐらでひたすら動かずに傷の癒えるのを待つように、その身を横たえていた。

脳裏には、惟長と剣を交えた時の情景が何度もよみがえってくる。

（自分はどこまで本気で惟長様を諫止しようとしたのか。いや、自分にも殺意がひそんでいて、この機に倒してしまおうという思いがなかったとは言えまい。心の中でいつしか彼を暗愚の主君とさげすみ、優越感にひたっていたではないか）

彦五郎はそんな心を持つに至った自分を振り返り、深く恥じた。

（それにしてもあの狂気の夜よ！）

あの闇は夜の自然な流入ではなかった。

自ら意図して突然その場を占領したような、まがまがしい闇だった。

少なくともあの刹那、若者同士の人生が凝縮し、激しく衝突した。

その悲劇を覆い隠すために闇が満ちたのかもしれない。

そして一方は時運に見放され、もう一方は寿命を拾った。

（その差をもたらしたのは何だったのか――）

夜が来て、また朝となり、夢か現か、その果てなき繰り返しのなかで、彦五郎は自問自答した。昏々と眠り、目が覚めると、また思念は堂々巡りとなる。

洗礼を受けたとはいえ、あれはまだ十二歳のとき。以後もキリシタンという自覚は希薄なままできた。洗礼名ジュストは「義人」という意味だが、武士であることにこだわる彦五郎は「義士」として受け止めていた。青年武将としての血気がはるかにまさっていたのだ。

父の飛騨守は暇を見つけては彦五郎の容態を見に櫓を訪れ、無言のまま枕頭にすわった。彦五郎が気づいてまぶたを開けても、腕を組み目を閉じたままだった。

飛騨守は、慰めも励ましの言葉も発しなかった。いや、できなかった。それほど惟長と彦五郎による刃傷沙汰の衝撃は大きく、これは彼ら若者同士の問題ではなく、和田・高山両家の家門あげての業だと痛切に感じていたのだ。

いたたまれない思いで、飛騨守は神に祈り、高槻城下の伊勢寺にある和田惟政の墓に詣でた。来るたびに墓前に正座して語りかけた。

「惟政殿、お許しくだされ。貴殿なきあと、意図せぬ形で両家が争う破目となり、あろうことか惟長様と息子の彦五郎が剣を交えてしまいました。惟長様はこの事変のために落命され、息子はどういうわけか生きのびました。問われるべきは、先にデウスの教えを受けたわれわれの責任。すべてはわれわれの不徳による落ち度でござる。面目次第もない」

涙がとめどなく流れた。

そういう日々がどれほど続いただろう。

ようやく寝返りを打ってもそれほど痛みを感じなくなったある深夜のこと。

彦五郎が静寂の中で眠れずにいると、闇の虚空にまた惟長の顔が浮かんできた。

それまで記憶の淵に寄せては返すその表情は、決まって憎悪と敵意に染まっていたが、それが澄んで和らいだかと見るうちにゆがみ始め、泣き顔に変貌していくではないか。

――彦五郎よ、憎悪の心には恨みや嫉妬心だけではなく、こんな醜い思いに縛られた自分を救ってほしい、助けてくれ、という哀願の情があるのだ。憎しみや恨みという感情は本来、人間にはあってはならぬもの。それが染みついたのは、原初に神に背いたという根本の罪ゆえじゃ。そのことに早く気づけ。そして神に帰れ。

どこからかそんな声が聞こえた。

――そなたは武士である前に、一人の真人間となり、そういう罪のない、影のない人間に立ち返るべきだ。お前たちは一つの肢体である。他者は自己の延長であり、同じ肢体の一部同士と感じなければならない。他者の痛みや苦しみは自分の痛みであり苦しみである。惟長のことも、そういう目で見つめ直せ！

彦五郎はしばらく、そこに何かの前兆を感じながら沈思黙考した。

あの日、自分たちを謀殺しようとする惟長のたくらみを知って驚き、体を張ってでも諫止せねばと考えた。その一方で、

（向こうがその気なら、こっちも応じるのみ）と怒った事実は否めない。

同じ憎しみの土俵に立ってしまったのだ。

いまの声は言ったではないか。

「憎しみの根底には、こんな自分をわかってほしい、見捨てないでほしい、という哀願がある」と。

確かに、思い起こすと、惟長の顔には時おりゆがんだ影がよぎった。

人知れず孤立感、疎外感に苦しんでいたのだろう。

そんな彼の心理をおもんぱかることなく、自分はいつしか惟長をさげすみ、自分こそが城主にふさわしいと心の底でひそかに思っていた。

なぜ、彼のつらい思いに寄り添い、心から兄のように仕えなかったのか。

どうして不足な部分を補ってやろうと気配りできなかったのか。

そうしておれば今回のような私闘は起こらなかったはず。

なのに、彼を突き放し、追いつめてしまい、ついには敵意をいだかせるに至った。

(私は思い上がっていた。そして、彼の命を奪うという最悪の結果をもたらしてしまった——)

再び横臥しても、自責の念にさいなまれて何度も寝返りを打つ。

傷の痛みが、そんな彦五郎をさらに苦しめた。

また、うとうとしていると、幼少時からの思い出が走馬灯のように浮かんできた。

村の童たちと群れて遊んだ幼き日々。

斜面で滑落して右腕を骨折したが、近侍の手当てで後遺症もなく済んだこと。

松永久秀の人質にされて乱世の悲哀を味わいつつも学問の基礎ができたこと。

近江の飯道山へ修行に出され、急な山道をのぼりおりして足腰を鍛えたこと。

久しぶりに帰郷して飛び込んだ懐かしい母のふところ。

父の意向に従って家族や郎党とともに洗礼を受けたこと。

そして燃える沢城から脱出した夜。

伴天連たちから教えられた世界の広さ――

それらは記憶の断片のはずだが、数珠のようにひと続きにつながり、どの節目でも自分の横に丸い光が浮いている。

これは何なのか、と凝視した。

すると、それが修道士ロレンソ了斎の、あの特異な風貌に変わり、洗礼を受けたときの彼の言葉が聞こえてくるのだった。

すっかり忘れていたのが、鮮やかに耳朶の奥からよみがえってくる。

「私どもは皆、デウスによって救われねばなりません。そのためにはおのが罪を告白し、神の御子キリストを救い主として受け入れることです。あの方はすべての人間の罪を身代わりに引き受けて十字架にかかられ、聖なる血を流されたからです。それを信じますか。信じたならば今、あなた方の罪は許されました」

その重々しい声は途中から、「ジュスト、ジュスト」と彦五郎の洗礼名を呼ぶ、清らかですべてを包み込むような温かい声になっていく――

目が覚めたとき、彦五郎の全身は寝汗でぐっしょりと濡れていた。

枕も濡れていたが、それは汗によるものではなく、流れ出た涙だった。

悔い改めのあとの、許されたという歓びの涙だった。

（ようやく信仰の意味がわかった。この命は生かされたもの、新たに与えられたもの。これからは、そうせしめたお方のために生涯を捧げていこう。それがこの世に遣わされた私の行くべき道であり、武士としてのまことの忠誠、忠義であろう）

彦五郎の心身は完全に回復していた。刀傷の痛みも消えていた。

見舞いに来たルイス・フロイスは、彼の顔の輝きに接して、しばらく言葉が出なかった。教会に帰ると直ちにペンをとり、この時の心境を躍るような文章でしたためた。

「高山飛騨守の嫡男彦五郎殿が負った瀕死の重傷は奇跡的に治癒した。それは我らの主デウスの恩寵によるものである。主は彼のまれに見る徳操と勇敢さを愛し、彼をして多くの人々をキリシタンとする偉大な働きをなさしめるため、その生命を守護し永らえしめ給うた」

十

和田惟長事件のあと、空席となった高槻城主の座には飛騨守がいったん就いたが、やがて年齢を理由に家督を彦五郎に譲り、布教に専念することにした。

そんな飛騨守の見るところ、彦五郎は冷静なようでいて、内に秘めた闘志は並々ならぬものがある。

自分は喜怒哀楽を表に出すほうだが、彼は顔色に出さない。

ただ、いったん心に決めたことは頑として譲らず、妥協しない。

飛騨守はこの機に、そんな彦五郎の「荒御魂《あらみたま》」を和らげ、剛直な性分に幅を与えるためにも、嫁をとらせることにした。十分な年頃でもある。

郷里の摂津・高山の近郊に余野という土地がある。その地の豪族である能勢家の長女・志野との縁談が進み、天正三年（一五七四）の春、婚儀が高槻城でとり行われた。彦五郎二十二歳のときである。

飛騨守の熱心な説得で同家もキリスト教を受け入れ、一族五十三人が洗礼に受けた。新婦の洗礼名は「ジュスタ」。

このあと二人は生涯、仲睦まじく、波乱に満ちた生涯を歩むことになる。

結婚と合わせて、新たに高槻城主となった青年武将は、その名も高山右近友祥《ともなが》と改めた。

歴史に定着した通称の「右近」は官名であり、正式には右近将監《しょうげん》という。

名実ともにキリシタンとしての生き方を確立するのは、和田惟長事件を経てのことである。長い安静と沈黙の時間は人生の意味を省察する転機となった。

それまでの信仰心は浅かった。

十二歳の時に洗礼を受けたとはいえ、以後も親に従っての形式的な振るまいに終始し、むしろ惹かれるのはフロイスら伴天連たちが見せてくれる南蛮渡来の文物や、彼らの話すポルトガル語などのほうだった。

事件直後のことに戻ると、高山父子が主君を裏切り、城を乗っ取ったような形に見えたため、宣教師たちは当初あの篤実な彼らが下剋上をやってのけたのかといぶかり、今後の高槻の行く末を憂慮した。

都や堺の教会では伝聞が入り乱れ、

「主君に対しては、神を畏れるがごとく仕えるのが道理のはずだ。どのような事情があったのか」

「高山親子のとった行動は正当防衛に当たり、何ら非難されるべきではない」

といったような意見が交わされた。

事変の混乱が収まったころ、右近（この時はまだ彦五郎）のもとを訪ねた伴天連たちの一行がある。その中には、初めて見る顔があった。

第三代の布教長フランシスコ・カブラルである。

ザビエルの後継者トルレスの次のイエズス会責任者として、畿内を巡回していたが、その際に高槻に立ち寄り、まだ療養中の右近を見舞った。

宣教師たちから高山父子についてはいろいろ耳にしていたが、私情をはさまず淡々と対処する人物だったので、余計な先入観も期待感も持っていなかった。

ようやく歩けるようになった右近と対面したが、親しげに抱擁することもない。

まるで外科医が患者をそっと診察するような接し方だ。

右近は通訳を介して素直に受け答えし、悔い改めと神への感謝の言葉を繰り返した。

「デウスは深い愛のゆえに、死から生へと、あなたを呼び戻されました。あなたには特別な使命があるのです。よく祈って、さらにその確信を強めてください」

このカブラルの言葉に対して、それがきわめて理知的な響きだったせいもあって、右近は神妙な面持ちで応じた。

「この度のことは、まさしく私の不徳の致すところ。ジュストという立派な霊名をいただいておきながら、恥ずかしいばかりです。これを機に、生涯をデウスのためにささげる所存です」

右近の率直で立派な態度に、カブラルは、

（これが日本の武士というものか）

と感銘を覚えた。そこで、ハッと何かを思い出し高ぶった声をあげた。

「あなたは我らイエズス会の創始者が誰であるかご存じか。イグナティウス・ロヨラというスペイン人です。十七年前に天に召されたが、その方はあなたと事情がよく似ている。というのは、戦争で重傷を負い、療養している間に人生について深く考え、回心したからです。スペインとフランスとの戦いで、彼はある城塞の前線指揮官でした。こんな体になった以上はもう騎士として国に尽くすことはできないと諦観し、『キリストの騎士』になろうと決意しました。そうして活路を開き、同志たちとイエズス会をつくった、というわけです」

このあと豊後（大分県）に戻らねばならないカブラルは、高槻城を去るとき、フロイスに言い残した。

「彼は心から悔い改めたと思う。もはや高槻だけではなく、この国全体のために用いられる人材に違いない。まさしくキリストの騎士、キリストの武士として活躍することだろう。そうなるように、この地の布教にますます力を入れてほしい」

第四章　天の政道

一

右近が家臣や領民の前に新しい高槻城主の姿で現れたとき、誰もが名状しがたい感懐をいだいた。

それは死の淵から生還した者への素朴な祝意であり、右近の変化に対する驚嘆の念でもあった。

それまで「若様」と呼ばれていた時の線の細さが消え、落ち着いた大人の風格が備わっている。明らかにひと皮むけた感じだ。

もともと高槻の支城である芥川城を任されていた時代から、高山父子は人気があった。領民と接する機会も多く、その場合でも上下関係を感じさせず、あくまでも対等に向き合ってくれたからだ。

特に飛騨守は気さくで、キリシタンとはいっても俗っぽさの残る豪放磊落《ごうほうらいらく》な人柄が領民に親しまれていた。

右近は凛々しくさわやかな印象を人に与え、誠実な物腰が変わることがない。

このとき飛騨守は五十路に近く、居城を転々と替えながら領地経営や大小の合戦に明け暮れてきた体は衰えを隠せない。

その上に最近は心労が重なった。

隠居を決意したのも、和田惟長事件の衝撃が引き金となった。

これからはキリシタンの本分を全うし、余生は布教に専念しようとして、その面では意気旺盛だった。

新生した高槻から目を中央に転じると、そこには織田信長による苛烈な暴風が吹き荒れていた。目指す「天下布武」のために邪魔になるものは、容赦なく排除していくという姿勢である。

二年前のこと。

信長は、北陸の朝倉、北近江の浅井と反織田で同盟関係にあった比叡山を攻め、延暦寺の堂塔伽藍をことごとく焼き、僧侶たちを皆殺しにした。

学僧や行者の区別もなく、その数は数千にのぼった。

中世の権威の牙城が火の海に巻きこまれたのだ。

都びとは、東の空を赤く染めて燃える比叡山を仰ぎ、立ちすくんだ。

なかには快哉を叫ぶ者もいたが、

「仏敵となった信長は早晩、奈落の底に落ちるだろう」

といった観測も流れた。

比叡山焼き討ちは、右近の心にも鮮烈な記憶となって刻みこまれている。

飛騨守と話したとき同件にふれた。

「父上、あの時は信長様が、まるで神仏への畏れを全く持っていないかのように思えたものです。同時に、余人には成しがたい毅然たる行いに感嘆も致しました」

飛騨守も、きのうの出来事のように想起した。

「そうじゃ、信長様以外の誰が成し得ようか。覚えているかな、大和国主の松永久秀のこと。あのご仁も、敵対する東大寺を襲撃して大仏殿を焼き払ったことがある。あれと形は似ているようだが、比叡山の場合は全く意味が違う」

「……」

「かつて仏教を奉じる者としてわしは宗論に臨み、ロレンソ了斎殿に打ち負かされた。実はそのころから比叡山の実態には腹が立っておった。破戒、堕俗の巣窟と化していたからじゃ。都でキリシタンになる人間が増えたのも、伝統にあぐらをかいて増長していた比叡山の坊主どもの姿を嫌悪し、失望したための反動と言えよう」

「なるほど。ただ、比叡山の受難は他人事ではないかもしれませぬ。キリスト教に好意的とはいえ、信長様がいつお気持ちを変えて我らキリシタンに対しても無慈悲な態度に転じるか、いささか気になっております」

飛騨守はそこまでの懸念は持たない。

だが、信長の複雑な性格は各方面から聞いているので、右近の見方にも一理あるとうなずいた。

「しょせんは覇道の人であり力の信奉者じゃ。戦略や政略を講じる中で、必要とあらばそういうことがあるかもしれぬのう。しかも我らキリシタンにはイエズス会と異国の背景がある。伴天連の方々も同様の境遇だろうが、いつ海外での変動がこちらに及ぶか。その点が未知である以上、楽観ばかりしてはおれぬ。常に覚悟がいるぞ。デウスへの信仰、祈りが大切じゃ」

二

——さらにその二年後。

室町幕府が滅び、織田信長が名実ともに天下人への地歩を固めつつあった。

「流れ公方」と揶揄された足利義昭は、いったんは信長にかつがれて将軍となり、宿願の室町幕府再興を果たしたものの、お飾りに甘んじていることができなかった。

信長の意に反して政治的に振るまい始め、両者の間に亀裂が生じた。

義昭はひそかに朝倉・浅井などと信長包囲網を組織。

これに呼応して上洛する甲斐の武田信玄に期待し、ついに信長征討の兵を挙げた。

しかし、頼みの信玄は陣中で病に倒れ、自国への帰途についていた。

結果、半年足らずで義昭は降伏し、都を追われた。

天正元年（一五七三）、ここに室町幕府は十五代にして滅び去った。

高槻城が、信長と義昭の対立のあおりを受け、その帰属をめぐって揺れ動き、惟長事件につながったことは高山父子にとって、いわばトラウマになっている。

「公方様（足利義昭）は元来、策謀がお好きだったようだが、そのやり方は稚拙だった。政治的な能力に欠けていたことは否めぬ。高位への未練を断って、再び仏門に戻って静かに余生を過ごしたほうが身のためではないのかのう」

隠居の気楽さか、飛騨守がポツリともらした批評だが、右近は軽く受けとめなかった。

城主になってまだ日も浅い。

高槻二万石の城主として、右近はどこにもないような善政を敷こうと努めた。

そのためには、領民にデウスの教えを伝え、人生の真の意義を悟らせねばならない。

キリシタン大名である以上、それが当然の使命であり、本分であると信じていた。

（もはや武威を張る時代ではない。政治も、万民が救われるための道であり、太平の世を開くには、真理と愛が基本になければならぬ。天意にかなってこそ善政が実現するのだ）

以前の高槻城内では、反キリシタン派が高山父子の人気をねたみ、それは異教によるたぶらかしのゆえであり、飛騨守らは領民の魂を神の名をかかげて操ろうとしていると非難していた。

今も多少は残っているそんな風聞にも、右近は耳を傾けようとした。

（はなはだしい誤解と偏見だが、そう思わせた自分たちにも反省の余地はある）

民は愚かではない。

自分の頭でよく考え、腑に落ちて納得してこそ、教えを受け入れ、キリシタンになる。

支配的に上から押しつけるような態度は厳に慎まねばならない。

復旧の途上で城の中にはまだ教会施設はなく、仮の聖堂として飛騨守は自室に十字架を安置していた。

その部屋で右近も父とともに朝夕、祈りをささげた。

最近、ルイス・フロイスから聞いて心に響いた言葉も唱えた。

「神は地に降りてこられ、人の姿をとられた。それがイエス・キリストです。イエス様も、貧しい者、病める者、迷い悩める者のところに降りてこられました。そして自らを低くして、彼らを高めようとされたのです」

（私も領民のもとへ進んで降りていこう。彼らの置かれた境遇や事情に通ぜずして、どうして領主として立ちえよう。神よ、何とぞこの地に祝福をお与えください）

右近のこういう思いが浸透したので、当初は領内で、

「今度の城主は先代のおやじ殿以上に熱心なキリシタンだという。しかも神がかりで死の床から生き返ったというではないか。こわいぞや。わしらも皆、洗礼とやらを受けねばならぬのか」

といった会話が町の辻々や田のあぜ道などで交わされたが、真意をくみとる者が増えていった。

「機会を設けるから神の教えを聞くように――」

との布告も城下一円に発せられた。

そこには、

「我らは皆、デウスのもとにあっては同朋である」

とした上で、

「心の問題ゆえに強制はしない。キリシタンになるもならぬも各自の意思次第。領主を信じて、キリシタンになることを勧めるが、何よりも切に願うのは生き方を常に正し、悪しきことを行わず、それぞれの持ち場で最善を尽くすことである」

と記されている。

この呼びかけに驚き、戸惑う民も少なくなかった。

「おのおの気持ちや思いを尊重し、好きに任せるということじゃな。わしらにそんなことを約束した殿様は初めてじゃ」

右近には確信があった。

罪の意識と苦悩にあえいでいた自分に語りかけた天の声は、絶えることのない戦乱に踏みにじられ、疲弊の極にある名もなき無数の衆生にも臨んでいるはず。

領民は、心の底から新しい世の到来を希求している、民心は十分に耕されている、と見たのだ。福音の種がまかれれば、すなおに芽生えるであろうと。

折りもよく、イエズス会のカブラル会長が畿内を巡回しており、飛騨守（洗礼名ダリオ）は高槻に立ち寄るよう要請した。

求めに応じて訪れたカブラルを飛騨守は城内の自邸に招き、高槻での布教の進み具合などを報告した。

そして自邸を集会所として開放。

領内の武士、その妻女、一般の領民の順に分けて連日のようにミサをささげ、カブラルの説教を聞かせた。

通訳を務める修道士ロレンソ了斎が、前座を務め、琵琶法師時代の弁舌をふるって聖書物語を講釈したりした。

右近も毎回その場に同席した。のちにフロイスが、

「ジュスト右近殿はきわめて生き生きとし、明晰な知性を持つまれに見る青年だ。異教徒のために行われた教理の説教を絶えず聴聞し、彼らが提出した疑問に適宜の答えを与えた」

と書き残したのは、このときの印象記である。

父・飛騨守は宗論で改宗した時からのキリシタン人生を参加者にかいつまんで面白おかしく披露し、爆笑させることもあった。

これは右近の真似のできない技だ。右近は生真面目な態度を崩さない。そのひたむきな誠実さが、人々の胸を打った。

デウスについて語る時には目が一段と輝き、声にも力がこもる。結びで右近は、

「教えに納得、満足した者があれば洗礼を受けよ」

と呼びかけるのが常だった。

こうして高槻城の内外では、日に日にキリスト教化が進んでいった。

だからといって、高山父子の思いが全く地上の現実から遊離していたわけではない。

畿内や周辺の情勢は流動的だ。武将として、大名として常に万全の態勢を要求される。

ただ、戦乱の世を終息に導くには、既存の常識や体制を打破するに足る確固不動の理念と信仰がいる。

（城はその拠点であり、外敵を防ぐためには兵の力だけではだめだ。堀や石垣を堅固にするとともに祈りと結盟の砦を築こう！）

右近が飛騨守と相談して本格的な天主堂の建立を企図したのは、そんな思いに突き動かされたからである。

三

天主堂の建立は、右近以上に父・飛騨守にとっての悲願だった。

沢城にいた時期にも教会施設は建てたが、それは本丸に隣接した離れ家のような小さな会堂に過ぎない。

その次の芥川城では、山上一帯に郭が数多くあったので、その一つを会堂用に改修し、礼拝や

教義学習の場として使っていた。

飛騨守が現役の城主として統治の諸事に追われていたせいもあって、いずれも仮普請の域を出ない。

だが、このたびは違う。

布教活動に専念でき、ある意味で気楽な立場になった飛騨守だ。

「いよいよデウスの栄光をあらわす天主堂づくりができる」

と、よろこび勇んだ。

もともと摂津国の北部は山々が連なり、檜などの建築資材にも事欠かない。

郷里の高山も林業が盛んで需要が多く、時には京の都からの注文もあった。

飛騨守はその方面でも顔が広い。

(神にささげる館である。すべて純一で潔白な信仰を表わす、まっさらな資材で仕上げねばならない)

彼は意気揚々と動き回り、この事業に熱中した。

上質の木材を調達し、知り合いの匠たちを動員。

柱や壁板はもちろん、釘、瓦にいたるまですべて新しいものを用いた。

かくして高槻城のそば、運気が一番いいと思われる場所に立派な総檜造りの聖堂が完成したのは、右近が城主になった翌年、天正三年(一五七四)の春だった。

天主堂の奉献の日、フロイスら伴天連も参席してミサが営まれた。

「もういつデウスのもとに召されてもいい」

と、感激屋の飛騨守は、喜びの涙を流した。

天主堂に続いて、伴天連たちの宿泊用の司祭館と、大名諸侯を接待するための館も建てられた。その一帯は庭園で囲まれ、バラや百合の花が咲き乱れた。

緑あふれる植え込みの中には、三段からなる石の台座に大きな白い十字架が立てられ、領内の信者たちはそこでも祈りをささげた。

また、飛騨守はこれらの教会施設や庭園の清掃人を雇ったが、天主堂内だけは人にさせず、ごみ拾いや床磨きを自分の日課とした。


さて、与平という名の貧しい老信者がいた。庭木の手入れを任されている。日に焼けた顔にいつも穏やかな笑みを浮かべながら、黙々と働く。頼みもしないのに、厠の掃除までしていることがある。

ある日のこと、夕闇が迫ってきたので飛騨守は天主堂を出て、帰宅しようとした。庭園を見渡してみると、まだ片すみで人影が動いている。

近寄ると、あの与平だった。

「与平、精が出るのう。今日はもうその辺でやめたらどうじゃ」

振り向いた与平は、腰をかがめ、答えた。

「これは大殿様。もう少しで終わりますれば」

いつも与平の忠勤ぶりに感心している飛騨守は、彼を庭の一角の東屋に招じ入れ、労をねぎらいつつ、軽い気持ちで訊いた。

「どうじゃ、与平は信者として、何を考えながらこの庭の手入れをしているのかな」

与平は、布で首筋や腕の汗をふき、しばらく遠い西空の残照を眺めてから、ぼそっと答えた。

「若殿様の仰せに従ってキリシタンになることができ、何よりもの幸せでございます。大殿様の前で偉そうなことを言うようで、気恥ずかしいですが」

布を握りしめた与平は再び口を開き、とつとつと話し続けた。

「オラなどには難しい教えはわかりません。ただ、誰もかえりみないような所で清掃作業に励んでおりますと、救い主イエス様のことが偲ばれてなりませぬ。つまり、この庭や厠だけでなく、食事のあとかたづけもそうです。身のまわりを常に清潔に整え、あるべき姿に戻しておくことがイエス様の生き方に通じると――。世の中は清く、美しい、正常なものにしておくべきなのだが、最初からそうなっている状況に身を置くと、おおかたの人間はそのことに気づきませんなあ、ここは元来こんなものだと思って。皆、自分のことや欲得で心がいっぱいですからなあ。しかし、じっさい人の世は他人まかせで放置しておくと乱雑になり、汚濁するものです。いわばイエス様はそんな乱れや汚れを正すために、清めるために、降臨されたのだと思います。誰も手を染めたくないような、嫌がるようなことを自分の責任と思って引き受け、黙々とやりぬき、無言のうちに範を垂れる。まことの人間とは、そんな滅私利他に徹して悔いぬ人ではないか、と。無論、オラなどは比較にもならぬほど小さいことしかやってはおりませぬがな――」

普段は寡黙な男の雄弁に驚かされたが、それ以上に話の内容が飛騨守の胸を打った。

(わしは、そこまで考えつかなかった。いやいや、信仰の精髄がここにあるわい)

去り行く与平の背を見送ったあとも、飛騨守はしばしその場から離れられずにいた。

そんな陰徳を積む信者たちの純粋で篤い信仰心に支えられ、日本人の主催による最初のクリスマスと復活祭が営まれたのも、この高槻領内であった。

行事に繰り出した人々は手に提灯をもって、マントをひるがえしながら歩く伴天連たちのあとを行進し、何度も「ハレルヤ！」と叫んだ。

四

その賑わいの陰で、天主堂のそばでの庭作業に従事していた与平が持病のためひっそりとこの世を去った。

天主堂や司祭館の清掃を自分の務めとしている飛騨守は、毎日のように与平の忠勤ぶりを目にし、時には休憩をともにして歓談する親しい仲だったから、なおさらに彼の死を悼んだ。

父から与平のことを聞かされていた右近は、訃報に接するや妻のジュスタに頼んだ。

「ある端倪《たんげい》すべからざる信者が天に召された。さっそく棺を覆う布を用意してほしい」

右近のよき伴侶であり信仰の同志でもあるジュスタは、直ちに侍女たちと奔走。黒い緞子《どんす》風の布地を手配し、そこに白い十字架の刺繍を施した。

葬列の先で掲げる絹の白旗も十流ほど整え、それらにもやはり、十字架上でのキリストの姿やイエスの名を縫いつけた。

天主堂に安置された棺は木製で、ふたには飛騨守の筆になる十字架が墨痕あざやかに書かれてある。

右近は、斎主を務めることにし、宣教師から教わった式次第で与平の葬儀を執り行なった。信者の他界に際しては、教会が身分の貴賎にとらわれることなく、荘厳な式を主催するという良風を生み出そうとしたのだ。

「我らみな神の国の民。神の義に生きた与平のあとに続こう！」

すべての家臣、領民たちにも参列するよう呼びかけたので、会場の天主堂周辺はごった返すほどの人出となった。

城外の一角に設けたキリシタン墓地に埋葬する手はずとなり、墓地までの道のり、与平の棺をかつぐ役を右近と飛騨守が引き受けた。

参列者の間からどよめきが起こった。

当時、墓掘りや棺の搬送は身分の低い者の仕事と決まっていたからである。

その慣習を領主が破るなどということは前例がない。

さすがに右近の側近はあわてた。

「どうしてそこまでなさるのか。棺をかつぐ役目は拙者どもが」

だが右近は意に介さない。

「好きにさせてくれ。与平はこの高槻に生まれ、ずっとこの地に根を張って米を作り、畑で汗を流し、石高に寄与するとともに家族を養ってきた。体の弱い父親を子供のときから助け、働き続けてきた孝子とも聞いている。そのような男と家に対しては、こういう形で敬意と感謝の念を表すのだ。父上も同じお気持ちでござろう」

横で聞いていた飛騨守はその問いかけにうなずき、別の観点から弁じた。

「この与平も含め、皆、デウスのもとにあっては同朋であり、家族なのじゃ。わしはそう教えられたし、そのとおりだと実感している。まして信仰をともにして歩んだ彼との絆は、死も分かつことなどできぬ」

天主堂を出た葬列は十字架が先導し、次に美しい刺繍の白旗が続き、右近と飛騨守の肩の上にかつがれた与平の棺が粛々と行く。

そのあとを大勢のキリシタンたちが列をなして歩いた。

「先代の殿と親子で、なんという尊いお姿じゃ。与平は国で一番の果報者じゃ」

行列の中からも、そして沿道で見送る人垣からもそのような声がわき、手を合わせ、涙を流した。

墓地に着くと、右近の家臣や参列した者たちが墓穴を掘り、与平の遺族や知人らが、地中に降ろされた棺に土をかけていった。

与平の時を皮切りに、それ以降も右近と飛騨守は信者の葬儀において、都合のつく限り棺をかついだ。

こうして高山父子は、キリシタンとしての模範的な行いを通して、人間の平等を示したのである。

ちなみに、平成の現在、高槻城三の丸跡の一角でキリシタン墓地の発掘が進み、およそ四百年前の往時の様子が明らかになっている。

平成十年五月から八月にかけて、高槻商工会議所と隣のマンションで工事があり、それに伴う遺跡調査で右近が城主だったころに葬られた人々の墓地群を発見。
市松状に整然と配置された大人・子供合わせて二十七の棺が確認された。

五

高槻領内で行われるキリシタンの活動は、祝祭や葬儀にとどまらなかった。飛騨守の発意で「慈悲の組」という信者らの自治的組織ができた。

布教と福祉向上のための奉仕を中心に、さまざまな支援事業をおこなった。貧しい民や病める者に手当てを施し、葬儀を助け、旅人をもてなすなど、それは『ドチリナ・キリシタン』という教理書に規定されている慈悲の行為だった。

教理書の第七章では神の十戒が説かれ、最後に、

「右この十か条は、ただ二か条に極まる也。一つには、ただご一体のデウスを万事に越えて、ご大切に敬い奉るべし。二は我が身のごとく隣人を思えと云事是なり」

と結ばれている。

当時、ラテン語になる教理書での神の愛や隣人愛の「愛」という言葉を翻訳する場合、「ご大切」という日本語が当てられた。

キリシタンとは、どのようなことよりも、まずは神を大切にする。そして、次には自分のことのように隣人を大切にする人間である。

高山父子は、イエズス会の宣教師たち、つまり伴天連・パーデレたちにとっても輝ける星だ。

「キリシタンの至宝と言うべきか。一大名としても優れ、武士の鑑として尊敬されている。実にデウスが選びたまいし人々だ。我らはただ、機縁をもたらしたに過ぎない」

フロイスが高山父子の事績について、イエズス会本部に送った報告書や自著『日本史』の中で多くの枚数を費やして書いたのも、そういう感動からだった。

一方、右近に言わせると、宣教師たちから感化されてこその魂の成長である。

（武将として領主としては、いくさに勝ち、石高を増やすことが本懐なのだろうが、人生にはもっと深くて聖なる喜びがある。それを彼らから教えられた）

伴天連たちは、いずれも豊かな教養の持ち主ばかりだ。

母国にいれば立身出世は思いのままだったろう。

しかし、そんな個人の栄達や富貴の夢などかなぐり捨てて、はるか東洋の果てのこの国に来、民衆の救いのために尽くしている。

すべてを主にささげ、異国の地に骨を埋める覚悟で布教に当たる。

そのひたむきな情熱と勇気、無私の精神を思うたびに、右近は畏敬の念を新たにするのだった。

そんな宣教師グループの中で、このころ特に右近が強い絆と友情を共有したのが、オルガンチノ・グネッキ・ソルド神父である。

一五三三年、イタリア北部に生まれ、二十二歳のときに同会に入会。

一五六七年、リスボンを発って東洋の地を踏み、元亀元年（一五七〇）の夏、天草の支岐に上陸した。

その後、宣教師会議で任地が京の都と決まり、意気揚々と入洛。

一つ年長のルイス・フロイスのもとで活動することになった。

一五七七年からは三十年間にわたり、都での布教の責任者を務めている。

陽気で率直な性格のオルガンチノは、赤ら顔で背が高く、誰からも親しまれる好人物だ。だから、やがて「宇留岸伴天連《うるがんばてれん》」というニックネームがついた。

高槻に来訪した際には、イエズス会本部にまでその名がとどろく高山父子に会い、すぐに意気投合した。

のちにオルガンチノは書簡の中で、彼らについて次のような賞賛の言葉をつづった。

「この二人は、その崇高な模範によって一同の心を動かすので、キリシタンたちが先頭に押し立てる軍旗である。この年、我々は彼らの城中および領国で四千人以上を改宗させたが、それは二人の熱心による」

六

オルガンチノが書簡で報告したように、高槻領内ではキリシタンに改宗する者が続出していた。一度に集団で受洗することも珍しくない。

志願者に教理を学習させるなど、事前の準備は右近と父・飛騨守が分担しておこなった。

洗礼の日、右近は受洗した人の俗名と洗礼名を並べて記帳し、飛騨守は一人ひとりに洗礼名を書いた紙を手渡した。

ゴッドファーザー、つまり名付け親にはルイス・フロイス神父がなることが多かった。

神父は京の都と高槻をひんぱんに往復していたからである。

キリシタン名が書かれた紙片をたいがいの者はうやうやしく受け取り、晴れやかな表情を浮かべるが、中には「これはどういう意味かな?」と尋ねる声も。

飛騨守は、

「ありがたい、ありがたい。デウスは常に我らとともにおられる。職務に励め。家族をしっかり養えよ」

などと諭すのだった。

飛騨守はさらに、自らが組頭をつとめる「慈悲の組」の会合などでもよく組員らに言い聞かせた。

「そなたたちの霊魂と大切な家族に対して、デウスのお恵みを望むのであれば、主の慈悲の行いをなすことじゃ。主に捧げるものが何もない時には、自分の着物を脱ぐなり屋根瓦をはがすなりしてそれを売り、困っている者を助けてあげなさい」

こうした高槻城での様子に満足げのフロイスは、上機嫌で都に戻った。気持ちにゆとりがあったのだろう、オルガンチノを都見物に誘った。

オルガンチノは何につけ可愛がられる性質である。

このときの見物先は、フロイスの自著『日本史』によれば、三十三間堂や清水寺、「公方様が住んでいた宮殿」(足利義輝の新御所)、「内裏の宮殿」、「かつてある公方様が静養するために設けた場所」(金閣)、「七百年前に弘法大師という悪魔のような僧侶によって建てられた一僧院」(東寺)などだった。

オルガンチノは、日本の文化や風俗に通じた先輩のフロイスのおかげで、急速にこの国と日本人についての理解を深めていった。

最初の二年で日常会話が自在となり、教理を説いたり、信者の告白を聞いたりすることができるまでになった。

由緒ある都の名跡をめぐっている間、フロイスとオルガンチノは何度か信者に出会い、丁重にもてなされた。

そんなとき、オルガンチノは派手なジェスチャーをまじえながら無邪気に応じた。

清水寺に向かう上り坂の参道を歩いている時にも、商人風の男に呼びとめられた。

顔見知りの信者だが、今日はいささかかたい表情だ。

「パーデレ様、実は先日、知り合いを連れて教会に行ったのですが、そいつが途中で足早に帰ってしまいました。あとでその理由を尋ねましたら、何と答えたと思いますか」

フロイスもオルガンチノも合点がゆかない。

「予想とは大違いの余りのあばら家で驚いた、というのです。こんなところが聖なる場所であるはずがない。この先、期待できないと失望の色がありありでした」

弁解に窮しているフロイスの横で、オルガンチノは共感していた。

（そのとおりだ。日本の中心地にある教会なのだから、それ相応の建物でないと恥ずかしい）

そんなオルガンチノの思いを感じ取ったのか、フロイスの足取りは急に重くなった。

七

都の教会堂のみすぼらしさを一信者から指摘されたルイス・フロイスは内心、頭をかかえた。諸事においてよく気の回る男だから、なおさら切ない。

（自分としてはイエス様と使徒たちがそうであったように、清貧に生きることが信条である。歴代の宣教師たちも粗末な境遇をむしろ感謝しながら、ひたすら福音をのべ伝えてきた。だが、みやこびとは体裁を重んじる。やはり、それ相応の館がなければ笑いものになるだけだ。何とかせねばなるまい）

フロイスはオルガンチノとともに有名な清水の舞台に立ち、まわりの見物客たちから好奇の視線を浴びながらも心ここにあらず、思いをめぐらせていた。

そのころの都の教会は、永禄三年（一五六〇）の初夏、ヴィレラ神父が四条坊門姥柳で買い求めた古家のままだ。

そこに信者たちを集めてミサをささげ、布教に出かけ、住居にもしていた。

しかし、十五年という歳月は、その家を支える柱のうちの三本にひびを入れ、残りの一本を変な形に曲げ、まさに廃屋寸前に追いこんでいた。

強風でも吹けば倒壊しそうになり、そのたびに外に出て避難しなければならないほどだった。

こういう有り様だから、身分の高い人々も訪れて来るようになってはいたが、伴天連がいる教会とはどんな立派な建物であろうかと想像していた彼らが幻滅、失望するのも無理はない。

そんな風評が洛中洛外に広まっていくせいもあって、ここのところ都での信者数は三百人前後で頭打ちになっている。

「織田信長公の統治によって、都の政情はかなり安定してきたように感じます。新しい教会に建て直す時期ではないでしょうか」

楽天的な響きを帯びたオルガンチノの進言に、フロイスは、聖句を引用して答えた。

「そうだな。主も備えて下さるだろう」


——都に新たな聖堂を！

本気になったフロイスはオルガンチノと図り、まずは都とその周辺の有力なキリシタンに呼びかけ、協議会を設けることにした。

改築計画にもろ手を上げて賛同した高山飛騨守が、自然に世話役代表になった。

協議会の総意はまとまり、それを決議として、フロイスは豊後にいた日本布教長カブラルに送付。

カブラルもこれを了承し、同時にイエズス会本部からの援助を約束した。

天正三年（一五七五）、いよいよ新しい教会堂が着工したが、高山父子を筆頭に日本人信者の活躍が目覚ましい。

とりわけ右近は多くの家臣を派遣し、飛騨守は現場に張りついて献身的に働いた。

計画段階からフロイスは右近に対し、

「高槻に昨年できた天主堂がいいお手本です。そこで使われた資材と同じものを、ぜひ融通していただきたい」

と要請していた。

右近は、「いとたやすいことでござる」と喜んで引き受け、飛騨守も資材提供だけでなく、天主堂建立の際に働いた職人たちに再度動員をかけた。

それに応じた者たちは現場近くに間借りし、日夜、工事に精を出した。

やがて一階が完成し、二階にとりかかろうとするころ、横やりが入った。

反キリシタン勢力が、都で将軍の建物をしのぐような高層建築は許されない、と所司代の村井貞勝に訴えたのだ。

その他にも、最上階から見下ろされると、隣家の娘や婦人たちは庭にも出られなくなると難くせをつけていた。

これに対し、所司代は、

「着工の前に申し出るべきであり、この期に及んでの訴訟は遅すぎる。さらに、伴天連の教会だけが高くそびえるなら問題だが、それには当たらぬ」

などとして訴えを認めなかった。

加勢するように飛騨守が教会側を代弁し、吠えた。

「寺院は広い。それは境内にさまざまな伽藍が必要だからじゃ。しかし、我らの教会の敷地は狭いため、建物は空へ空へと向かわざるを得ぬ。祈りも直接、天に届く。それを形であらわすと高層になるのでござる」

妙な説明の仕方で反対派をおさえ込んだ。

かくして翌年の春、桜が爛漫《らんまん》の時期に、新教会の棟上式が行われたが、その際には五百人以上

もの人手を必要とした。所司代・村井は、

「お求めとあらば、千人でも差し向けよう」

と言ってくれた。無論、信長の意を受けてのことである。

その年の八月十五日、すなわち聖母マリアの祝日は、フランシスコ・ザビエルが日本に第一歩を印した記念すべき祝日に当たっていた。

そこで教会は未完成ではあったが、フロイス神父はオルガンチノを助手として、この日、献堂式と聖母被昇天のミサをおこない、「被昇天の聖母マリア教会」と名づけた。

ミサには高槻から、高山父子と三百人余りの家臣が夫人をともなって参加。京の都まで約二十キロの道のりを、籠と騎馬の行列を組んで駆けつけた。

式のあと祝宴を開き、山海の珍味を皆にふるまったのも右近らの計らいであった。

三階建ての聖堂は、「南蛮寺」と呼ばれるようになった。

第五章　悲痛なる忠義

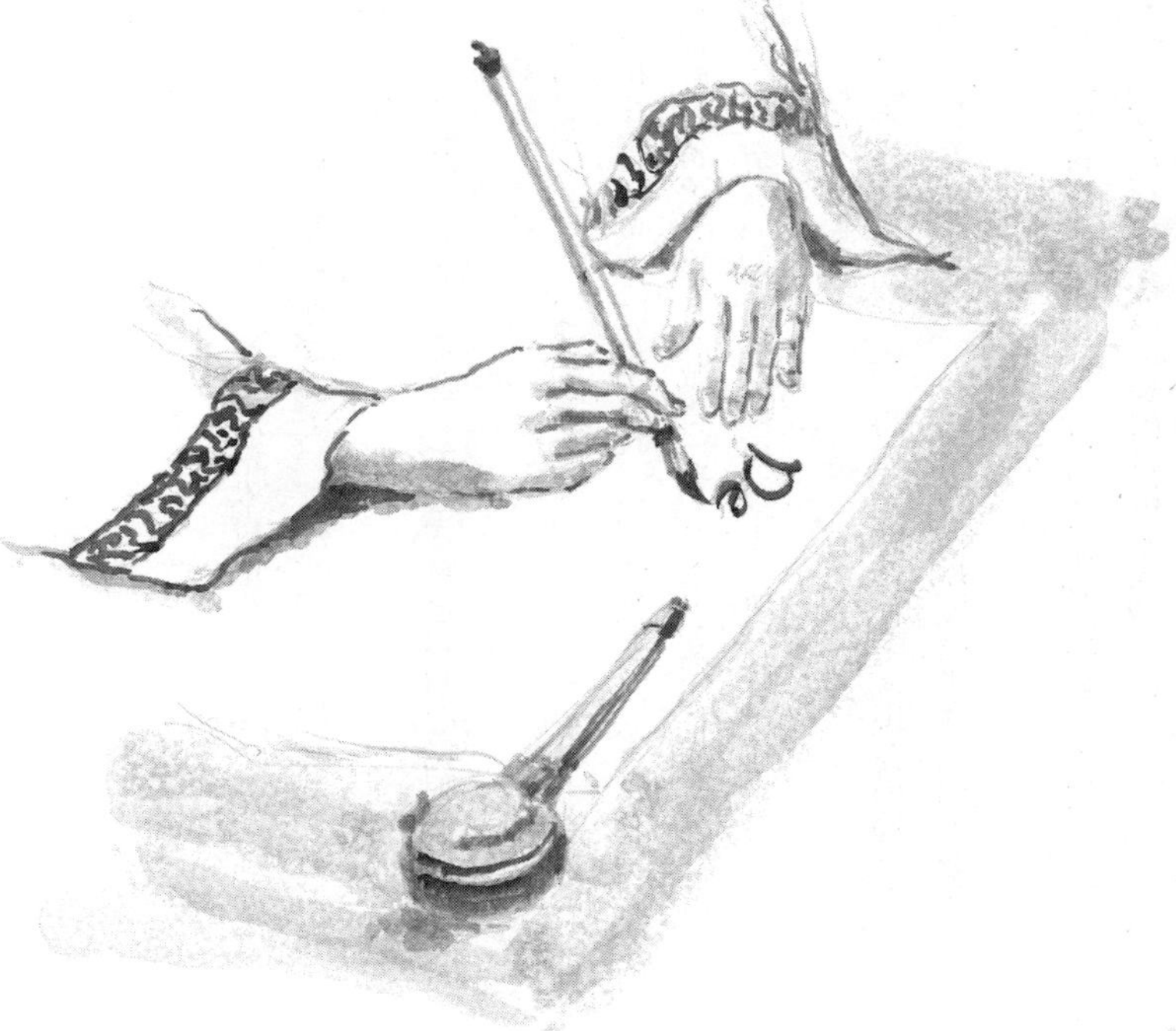

一

右近は摂津国・高槻二万石の領主だが、摂津といっても広い。

現在の大阪府北部と兵庫県東部を合わせた地域だ。

その大半を支配し、右近にとっては直接の上司、主君に当たるのが荒木村重だった。

村重は、父親の代から摂津の一角でのしあがり、風雲をうかがっていたが、茨木や尼崎など幾つかの領地を制したあと、将軍足利義昭の傘下に入った。

ところが、天正元年（一五七三）に織田信長が義昭と対立すると、あっさりと義昭を見限り信長側に転じた。

戦端が開かれるや功をあげ、信長から信任を得た。

それにより、畿内の軍事・交通の要衝である摂津国を正式に安堵され、摂津守の任命を受けた。

またその前には、伊丹城をも陥落させ、有岡城と名を改めて入城し、そこを本拠地としていた。

高山父子が仕えていた和田惟政と境界をめぐって争い、和田を倒したのも、伊丹を死守するためだった。

伊丹は盆地で、しかも、四方に点在する城への交通の便がいい。海のそばの花隈（現在の神戸市）と尼崎、さらに右近が治める高槻や茨木という各城を並べてみると、伊丹城はまさに扇の要のような位置にある。

摂津全体を総攬《そうらん》するには絶好の地であり、それに着目するあたり、村重は並みの武将ではない。

村重は乱世ならではの男で、豪勇の士としての名は早くから信長の耳にも入っていた。

義昭の挙兵で危うい状況にあった信長のもとに参上した際の逸話が面白い。

戦国の豪傑の典型として語り継がれている。

信長の前にたまたま饅頭《まんじゅう》がひと盛、出されていた。

奇矯な振るまいが珍しくない信長は、村重をそばへ招き寄せた上でいきなり刀を抜き、饅頭を切先に刺して彼にぐいっと突きつけた。

「どうじゃ。食ってみよ」

居並ぶ者たちが息をのんで見守っている中、村重は全く顔色を変えない。

「ありがたく頂戴つかまつりまする」

そう言上して口をめいっぱい開け、剣の先の饅頭に食らいついた。

そして、うまそうに舌鼓を打ち、懐紙で口をぬぐって引き下がった。

肝のすわった明快な態度はいかにも信長好みだ。

事実、信長はうれしそうに笑い、村重を晴れて家臣に取りたてることにし、大いに手柄をたてよ、恩賞は思いのままじゃと叫んだ。

この時期、信長は次々と降りかかる火の粉を振り払うのに懸命で、その兵力をいくつもの戦線に割かざるを得なかった。

司令官は、柴田勝家、丹羽長秀、滝川一益、明智光秀、木下藤吉郎。

そこに村重を加え、信長は彼らにそれぞれの現場を託した。

敵対してきた将軍義昭を放逐し、近江の浅井氏を滅ぼし、また、長年てこずった伊勢長島の一向一揆を鎮圧。

ところが、翌年には諸勢力に包囲されてしまう。

特に、石山本願寺にはほとほと手を焼くこととなる。

村重の配下として、右近もいくつかの戦いに加わった。

しばらくして、村重その人が高槻城に姿を現わした。

キリスト教について話し合いたいという。

二

右近は最初、この来訪を奇異に感じた。

戦場での村重は、軍議の席でもほとんど周囲に諮ることなく、ただ指図をするだけで、敵陣へ先頭に立って猪突していく傾向がある。

その勇猛さはいいとしても、軍の司令官としてはいささか重みに欠ける。手勢をうまく把握して、采配を振るって兵を進退させるという器量には疑問符がつくのだ。

それが先般の伊勢・長島や石山本願寺への従軍時に右近がいだいた村重観であり、彼とはいまいちそりが合わないと感じていた。

じっくり腰をすえて対話した記憶もない。

(何を考えているのか、いまだにわかりにくいご仁だ。食えぬ男という評判も根強い――)

だが、何ごとにも誠意をもって臨むのみ、と右近はいつもの平常心を取りもどした。

この日の村重は、戦場での厳しい顔つきではなかった。

右近に迎えられ、城門をくぐった際の声や物腰からして温和だ。入室しても上座につこうとしない。

「きょうは貴殿の都合をかえりみず当方の勝手な考えで押しかけた。ここはお互い、織田家の家臣同士として、気楽に話し合おうではないか」

そう切り出した村重は、右近の父・飛騨守が大和国主の松永久秀に仕えていたころや、沢城を捨てて摂津に戻ったころの現役時代のことに触れ、いかに飛騨守がすぐれた知将であったか、ほめたたえた。

それを聞いて右近は、古傷が痛む思いになった。

当時の摂津の有力者、和田惟政を討ったのが村重であり、その混乱のあおりで惟政の息子、惟長との対立が生じて暗殺されかけたからである。

思い出したくもない過去を村重が意図的に蒸し返したとは思えないが、織田信長から摂津守を拝命したこの武将との縁には、始まりがそうであったように、近い将来においても波乱が待っているような気がした。

右近がうつむき加減なのを見た村重は、励ますように言った。

「拙者はのう、右近殿、摂津国の領民が一人残らず改宗してキリシタンになることを願っておる。その点で、この高槻は先がけており、良きお手本にほかならぬ。貴殿の領主としての手腕や人望にも敬服しておる」

唐突な物言いに右近は戸惑いつつも、現状を評価され、悪い気はしない。

まして摂津の全地をキリスト教化したいという意向は実に心強い。

ただ、村重の言動からは、主君の信長がこの南蛮渡来の宗教に対して、寛容というよりも積極的な保護姿勢を鮮明にしているので、その傘下にいる以上は同じ色を出したほうが得策だという思惑が見てとれる。

「それで、相談とはどのような――」

と右近は訊いた。

「キリシタンが多い高槻ではあっても、古くからの信心に固執している民はおろう。拙者の領地では特に一向宗（浄土真宗）の信心が目立つ」

伊勢・長島や石山本願寺で一向宗徒たちが死に物狂いで抵抗してきた時の恐怖がよみがえり、村重は顔をしかめている。

「彼らはキリスト教には当然ながら反発する。今後、摂津での布教に当たっては大きな阻害要因となるに違いない。どのようにすればよいかのう」

右近には、他宗教を排斥するような考えはない。

当初、右近と飛騨守は領内の寺や神社をことごとく破壊し、教会に変更したなどという風聞が流れたが、全くのデマである。

寺社に対して改宗を奨励はしたが、一般の領民に対する時と同様、あくまで自由意志に任せた。彼らのそれまでの土地や財産などの権利も保障している。

ただ、内心では、

（万民が真の幸福と安息を得るには、キリストの福音が不可欠である。人心を導く上で、これまでの寺社の役割は過渡的なものだ）

と信じている。

宗教の話題をもち出した村重と対面しているうちに、右近は村重自身が少し以前、浄土宗を領民に強制した件はどうなのか気になり、それを問いただした。

すると、

「恩人ともいうべき浄土宗僧侶のたっての頼みを断わりきれずに踏み切ったことだが、その後、撤回した、軽率な判断じゃった」

と、村重は正直に反省の弁。

（どうもこの人は定見も信念もなく、その時々の風向きで豹変するようだ。油断ならぬ）

そのように感じはしたが、右近はせっかく身をかがめるようにして来訪した村重のためにもならねばと考え直し、自説を述べた。

「仮に力でもって一向宗を抑えこむなり、改宗させるなりしたとしても、えん恨を残すだけで、キリスト教がそのあとに育つとは思えませぬ。荒木様が本気で全領民をキリシタンに、とお望みであるならば、荒木様自らがまずはデウスの教えを学び、洗礼を受け、キリシタンの生き方を示すことが肝要かと存じます。一向宗徒を敵視せず、むしろその信仰心を尊重すべく努め、まごころ込めて施しをなさることです。そこから道は開けることでしょう」

「なるほど。結局はそうであろうな」

村重は納得がいったのか、しきりにうなずいた。

自領に戻った村重は、その後、都からオルガンチノ神父を招き、布教を推し進めるなどした。

だが、自らキリシタンになって、範を垂れようとする気配はない。

ただただ領内の一向宗の勢力が目障りであり、それを制したかったのである。

そのあたりにこの武将の計算高さと、それゆえの限界があった。

三

天正六年（一五七八）の秋に入ると、摂津国の総大将で有岡城主の荒木村重の身辺にきなくさい気配が立ちこめた。

村重が主君の織田信長に異心をいだいているという噂が飛び交い始めたのだ。

主筋に当たる男の問題である。

真偽のほどを確認すべく、右近は情報を集めた。

探索した家臣の報告によれば、村重の部将で茨木城主の中川清秀の陣中に、攻囲する石山本願寺側にこっそりと米を売り渡した者がいるという。

そのころ信長は、本願寺に味方する中国の毛利輝元の水軍が兵糧を本願寺側に入れるのを阻止すべく躍起になっていた。

（その噂が本当ならば、明らかな利敵行為。だとしても、それは荒木殿の目の届かない末端の、中川殿の家来のしたことだ。荒木殿自身に叛意があると決めつけることはできまい）

当初、右近はそう受けとめた。

信長もこの噂を信じようとしなかったが、念のために明智光秀ら側近を派遣して村重に問いただした。

村重は驚き、拙者が今日あるはひとえに殿に取り立てていただいたお陰、どうして謀反などいたしましょうや、と答え、母親を人質に差し出すことさえしたので、信長は疑念を解いた。

だが村重は、いつ心変わりするかわからない信長の気性を知っている。

ここは堂々と信長のもとに出向いて陳謝し、忠義ぶりを印象づけておくべきだと考え、安土城へ向かおうとした。

ところが、壁のように立ちはだかった男がいた。

中川清秀である。

「殿、短慮でござるぞ。何ゆえに危ない橋を渡ろうとされる。信長公は冷酷非情なお方。殿の釈明など聞くとお思いか。軍紀を引きしめる上でも怪しき者はこの際、とばかり見せしめに処刑されるに違いありませぬ」

中川は懸命にかき口説いた。

村重のことをおもんぱかるというより、自分の身を案じていたのだ。

何しろ今回の一件はいわば中川の身から出たさび。

村重が信長に申し開きする中で、真相が浮き彫りされ、自分に矛先が向くことを恐れた。

押し問答を繰り返したが、村重はいったん折れて城へ戻った。

そして諸将を集めて、善後策を話し合った。

このときも中川がその場を仕切る格好で、自説を強く主張した。

むざむざと首を与えるより、かくなる上は信長に反旗をひるがえし、石山本願寺と毛利方に寝返るべきだというのである。

中川は、自軍の中から生じた不祥事を帳消しにするかのごとく、信長は摂津国を取り上げようとしているという噂がある、そっちのほうが重大だ、とさえ言ってのけた。

ここに至って、信長の専制政治に日頃から不安と反感をいだいていた家臣らが、堰を切ったように口々に決起を勧めたこともあり、村重の心は急速に謀反へと傾いていく。

(勝算は十分にある)

と思いこむようになった。

この時期、信長は大規模な戦略を展開し、各地の一向一揆も次々と鎮圧するなどしてきたが、一向宗の総本山である石山本願寺が山陽道の毛利氏と手を結んだため、その攻略には苦労していた。

本願寺の教勢は巨大で、畿内はもとより北陸、さらに中国筋にも信徒が多い。

世に言う石山合戦が結果的に十年の長きにわたったのも、信仰による結束力があったからにほかならない。

そのほか、播州での三木城攻囲戦、丹波の波多野氏に対する攻囲戦もあり、信長は三方面に敵をもつ。

しかもそれらはいずれも毛利氏から来援の約束を取りつけていて、戦意が盛んだ。

そこに村重の軍勢が加われば、四方面に対処せざるを得なくなり、さすがの信長も窮地におちいるは必至——そう村重は踏んだ。

じつは、村重には、信長に背反するにいたる予兆があった。

少し前のこと。

都にいた信長に、キリスト教を忌み嫌う法華宗の僧たちが謁見を求め、伴天連を追放するよう請願した。

その場には織田家のおもだった将が居並び、村重の顔もあった。

信長は、浄土宗強制から一転してキリスト教を重視するようになった村重をいきなり指名し、キリシタンについてそちはどう判断するか、と問うた。

「はっ？――不肖にして、彼らが奉じる教義についてはよく存じてはおりませぬが、わが摂津にも高槻城主・高山右近をはじめキリシタンの家臣たちがおりまして、常に謙遜で正しき行いをなし、皆の手本ともいうべく、申し分のない者たちばかりと存じあげまする」

とっさに、村重はキリシタン保護を続ける信長に追従する思惑で、そう答えた。

代弁させられた、と言っていい。

信長はしたり顔で、自分も同じ考えだと述べ、村重のキリシタン評をこの場の総意のごとく仏僧らに突きつけ、訴えを却下した。

退散する僧たちの中には、村重をにらみつける者もいた。

村重にすれば、図らずも僧たちを追い払う憎まれ役にさせられた格好だ。

そう仕向けた信長の意地悪さが不愉快で、恨めしかった。

信長に対する憎しみが芽ばえ、根をおろした。

四

さて、右近の立場も深刻だった。

村重謀反の動きにがく然としたばかりでなく、有岡城での重臣会議に呼ばれていなかったことに衝撃を受けた。

「のけ者にされたということか！」

（私が反対するのは明らかだと判断し、最初から除外したのに違いない）

右近は義憤を覚えたが、一方では自分が村重とその側近から、荒木軍団にあって正義派の筆頭と見なされ、何かと煙たがられていることに気づいている。

実際にこのとき村重は、

（高山右近は名だたるキリシタン。神に仕えるごとく主君には服従するのが当然と考えているから、裏切りは罪であると論難するに決まっている）

として右近を敬遠する心理が働き、呼び寄せるのをやめたのだ。

右近は黙認しているわけにはいかない。

（信長公に刃向かうなど、愚かなことだ）

村重に急ぎの使者を送り、早々に面談の場を設けてほしいと訴えた。

「あいわかった。改めて皆を召集し、諸将の意向も踏まえて、最終判断を下す」

村重は右近と一対一になることを避けたい気持ちもあってそう返答し、右近に登城を命じた。

こうして第二回目の評定がもたれることになった。

出立する前に、飛騨守が少し憂い顔で声をかけてきた。

最近、飛騨守が右近を呼ぶときは、その洗礼名を使う。

「重要な評議であるのにジュストを呼ばなかったとは納得がゆかぬ。荒木殿の本心がどこにあるのか、確かめておくことが必要じゃ」

右近はきっぱりと父に言い残した。

「たとえ荒木様の気分をそこねたとしても、道理を踏まえて諫言せねばならぬと思い定めております。その結果、高槻城主の座をはく奪されたとしても致し方ない、という覚悟です」

右近は、決死の思いで村重をいさめるべく有岡城に向かった。

再度もたれた評定に臨み、さっそく口火を切った。

「殿が総攬なさる摂津国にあって、この身は未熟者でござる。重鎮の方々を前にしてまことにせん越ながら、こんにちの事態きわめて重大と愚考し、拙者の存念を申し述べまする」

右近は、村重が信長から受けた恩義の大きさを強調する。

「信長公は、殿を見込んで摂津全体の領主、摂津守に任じられました。それ以来、格別な信頼を寄せておられることは、今般の件に対しても家臣を遣わして殿の真意を尋ね、異存がなければ今までどおり織田家に仕えてほしいと望まれたことでも明らかでござる」

にもかかわらず謀反を起こせば不正・不義のそしりを免れないばかりか、そもそも地位や戦力、武器、富力で群を抜く信長に戦いを挑んでも勝ち目のないことなどを諄々と説いた。

（決起して敗れれば、どのような悲惨な形で報復を受けることか。荒木一族が滅亡するは必定！）

とも言いたかったが、それは抑え、

「今のうちに信長公に恭順の意を表わしておけば、必ずや寛大な処遇を受けるでありましょう。拙者も同道いたします。ただちに安土へおもむくべきでござる」と迫った。

横から茨木城主の中川清秀がさえぎった。

「その見方は甘いぞ。信長公の日頃の言動からすれば、そんな温情や赦しなど考えられぬわい」

右近はひるまない。

「あのお方は摂津がもつ戦略的な価値がいかに大きいか、よくよくご存じです。殿を粗略に扱われるようなことはあり得ませぬ」

「貴様、殿を言いくるめて信長に取り入るつもりか。まさか回し者になったのではあるまいな」

語気を荒げて、中川は右近を指さしながら問いつめた。

これを聞いて激高したのは村重のほうだった。

「清秀、いい加減にせぬか！　右近殿は二心ないことをわしに示す証として、ここに来る前に妹を人質に差し出してきている。回し者であるはずがない」

中川は沈黙し、口をへの字に曲げた。

「摂津守どのに対する拙者の忠誠心はいささかも変わりませせぬ」

と右近も述べ、言葉だけでない証拠として、さらに三歳になった一人息子を人質に追加すべく手配した。

いったんは謀反に傾いた村重だったが、ここに来て、右近の誠実さと心意気に打たれた。根は純情な男である。村重は弾みをつけて迷いを吹き払うかのように言った。

「馬を用意せよ！　ただちに安土に向かう」

だが、その矢先に、またもや止めにかかったのが中川である。

「先般、殿と我らで協議して決めたことに対して不服を言い募り、従わぬ右近こそが裏切り者でござる！　殿、ここで乾坤一擲《けんこんいってき》の勝負に出ないのであれば、もはやそのような優柔不断なお方を主君と仰ぐ気にもなりませぬ。荒木家中より離脱するのみ！」

そうおどされて、村重はひるんだ。

村重自身の近臣たちにも中川に同調する動きが見え、抑えられそうにない。

さらに家臣が、石山本願寺から届いたばかりの書状を手渡した。

読むと、反織田勢力に寝返れば、摂津以外にさらに四カ国を与えると約束している。

これが決定打となり、村重は後戻りできない逆臣への道に向かった。

五

村重の野望に巻きこまれ、右近は厳しい試練に直面した。

右近にとって至上かつ不変の主君は今やデウスであるが、それはあくまでジュストという霊名をもつキリシタンとしてであって、地上での主君は二人いる。

信長と村重である。

信長の立場から見れば、村重と右近は同僚にすぎない。

とはいえこの二人は、密接な主従の関係にある。

地位や秩序の面であいまいさが感じられるが、こういう事例は織田家という、急速にのしあがってきた組織体にあっては珍しくない。

だから、右近は村重を見限って信長につくことも容易にできた。

だが、武士道的倫理観がそれを許さず、律義な右近は筋をとおす道を選んだ。

人質を村重に握られているという決定的な弱みも、重くのしかかっている。

一方で、キリシタンとしての右近には、切実な思いがある。

（何としてでもキリスト教を守らねばならない！）

そういう配慮もあって村重に謀反を思いとどまらせようとしたのだ。

村重が反信長勢力に加担して、本願寺・毛利が勝ったなら、そのあかつきには、せっかく全国に広がり定着しつつあるキリスト教が禁止され、根絶されてしまうだろう。

右近にとって耐えがたい悪夢である。

その逆に、信長はキリスト教の保護者としての頼もしい姿勢を保持している。

無論、そこには政治的な計算もあるはずだから、この先どう転じるかは不透明だ。

それでも右近にすれば、信長がこのまま天下の覇者でいてくれるほうがはるかに望ましい。

複雑な状況に引き裂かれ、悲痛な思いにさいなまれた右近は、しかしながら、この段階では村重への節義に殉じる覚悟をすえた。

高槻城に立てこもり、いずれ来襲するはずの信長軍に対する守りを固めた。

父の高山飛騨守にとっても、今般の騒動はまさに青天の霹靂だった。

とてもじっとしていることはできない。

隠居の身とはいえ、枯れてはいないし、信仰ざんまいで過ごしてきたせいか、かえって生き生きとしている。

城主である右近に口出しはしないつもりだったが、異常事態の勃発に、戦国武将としての本性が呼び覚まされた。最悪の場合、人質になっている孫と娘の生命が失われるのだ。

飛騨守は何よりもそれを恐れた。

彼は右近に会い、今後どのようにすべきか話し合った。

どうしても思いは人質のことに向かう。

「村重殿に忠義立てをするそなたの決断は、まことに筋が通っておる。今ここであのご仁に背を向けて信長公のもとに走れば、人質はまっさきに殺されてしまう。慎重のうえにも慎重に動いてくれよ」

右近は目に力をこめて、うなずいた。そして、

「今から申し上げることは父上ならばきっとおわかりになるはず」と切り出した。

「私が荒木様に従うのは、主君を裏切ってはならぬ、というキリシタンとしての信条にもよりますが、あの方の魂を救いに導かねばならぬという思いにも駆られてのことでござる。

この騒動が起こる前、荒木様はこの高槻を訪れ、私にキリスト教について尋ねてこられた。その後荒木様は、オルガンチノ様を伊丹に招くなどして、キリスト教を広める努力もされておる。むろん政治的な意図もあったのでしょうが、デウスの教えを広めんとするお心に違いはなかったはず。荒木様自身が洗礼を受けてキリシタンになる日も近かったと存じます」

「さよう、あのときの村重殿は、領主はどうあるべきかと真剣に考えておられる様子であった。

今般のような振るまいなど想像もできないほど、謙虚な居ずまいじゃった」

「そこで父上、思い出されるのが高槻のかつての城主、和田惟政様のこと。父上と二人で力を合わせてこの高槻を盛りたてておられた。しかし、その惟政様はキリシタンになる一歩手前でこの世を去ってしまわれた。今なお悔やまれてなりませぬ」

「その時の敵が村重殿じゃ。彼の手勢に討たれて、まことに惜しい命を落とされた」

「不思議なめぐり合わせ、今度はその荒木様がもう少しでキリシタンになるかもしれませぬ。可能性はまだ残っております。信長公に背いたとはいえ、あの方がキリシタンになれば、また状況は変わるはず。一纏《いちる》の望みをもって、働きかける所存です」

（右近らしい考えじゃ。村重にとっては和田惟政に対する罪滅ぼしにもなる）

飛騨守は思った。

ただ、この局面ではまず無理だということもわかっていた。

六

右近は武将であるとともに、デウスに仕える奉教人である。

聖書に記された天地創造の神威やキリストの奇跡を知る者として、今回の事件でも人智を超えた霊験が起こり得ると信じたかった。

（私の信仰が試されている。捨て身の覚悟で天の助けを求めれば、きっと事態は好転する）

しかし、現実の俗界はどこまでも利害や打算で動き、そんな右近の高次元な悩みになど構っていない。

劇的な僥倖《ぎょうこう》を村重に期待してももはや手遅れ。

賽は投げられてしまったのだ。

このとき天正六年（一五七八）十一月。

右近は二十六歳という若さながらも、村重は四十三歳でこの時代では初老の域をこえていた。ちなみに信長は四十四歳である。

その信長に叛旗をひるがえしてからは、村重は有岡城に、右近は高槻城にこもり、信長の軍勢を迎え撃つ態勢をととのえていた。

村重が籠城策に出たのは、そのうちに毛利の援軍が来て合流できるという確かな見通しによる。

こんな殺気だった状況で村重をキリシタンにしようとするのは、火事のさなかに茶会を催すようなもの。どだい無理な話だった。

村重の謀反に従ったのは、右近のほかに茨木城主の中川清秀、花隈城主の荒木村正、能勢城主の能勢十郎、村重の嫡男で尼崎城主の荒木村次、三田城主の荒木重堅らだ。

彼らは味方とはいえキリシタンとしての右近を敬遠し、毛嫌いしていたので、共同戦線にほころびが生じないか、念のため右近の挙動に対しても警戒をおこたらない。

その意味でも、右近は孤立していた。

未練に等しいとはわかりつつも、なお右近は天主堂に何度も足を運び、村重が聖なる手続きを経てキリシタンになるよう、デウスの導きと加護があるようにと祈っていた。

（逆臣の部下とさげすまれ、指弾されたとしても、今ここで私が見捨てれば荒木様が神につながる道は途絶えてしまう。あの方がデウスの教えを受け入れれば、必ず――）

天主堂で手を組んで深々と祈りつつ思いをめぐらす右近のうしろに、いつしか飛騨守の姿もあった。

大きな体を折り曲げ、頭を垂れ、静かに瞑想している。

二人はこのあと、

「悔いを残さぬよう、できるだけのことはしておこう」

という考えで一致した。

しがらみのない身の上の飛騨守は都の南蛮寺に向かい、宣教師オルガンチノと面会し、右近の立場と決意に理解を求めた。

まずは村重に従うことの正当性を代弁した。

次に、ぜひ村重に謁見してデウスの教えと洗礼を授けるよう有岡城へ行ってほしい、と懇願した。

右近の執念が乗り移ったかのように、飛騨守は必死の面持ちで語った。

何ごとも楽天的で陽気なオルガンチノも、すでに村重事件の詳細については聞き及んでいて、大規模な戦いは間近だと感じている。

そんな段階では、右近の窮余の一策も、さすがに非現実的だと思わざるをえない。

「ジュスト（右近）殿のお気持ちはよくわかります。キリシタンならではの妙案ですし、私オルガンチノも荒木様にそうあってほしいと願います。ただ、それが通用するかとなると、たとえ私が有岡城に行けたとしても、信長様の意を受けてやってきたのだろうと邪推され、お城に入れてもらえないでしょう」

大きな目をしばたたかせながら、オルガンチノは苦しい表情を飛騨守に向ける。

「敬愛するジュスト殿の申し出ではありますが、お引き受けするのは難しいです。それよりも、私にはジュスト殿に対して申し上げたいことがあります。私が思うに、荒木様ではなく信長様に従うべきだということです」

明らかにがく然とした飛騨守。

オルガンチノはそれを気にとめつつも、続けた。

「ジュスト殿が高槻の城主になられた経緯はいろいろとあったようですが、実際に今、城主として認められ、領地を安堵されているのは信長様のおかげです。その権限は信長様が握っているのであって、荒木様はいわば代理人のような立場です。信長様こそジュスト殿が従うべき真の主君であり、その人に背いた荒木様と行動をともにするのは間違っていると思うのです」

オルガンチノにも一理はあると飛騨守は思ったが、情が納得しない。

「パーデレ様、村重殿のもとに我らの人質が取られている以上、どうにもならぬのです。そこをわかってくだされ」

「そのことは私も非常に心配しています。冷静に判断し、慎重に行動せねばなりません」

七

いつしか飛騨守は沈痛な面持ちで腕を組み、目をオルガンチノからそらして考えこんでいる。その視線の先には、この伴天連が数年前、織田信長に謁見した際に贈ったのと同じ型の遠眼鏡《とおめがね》が棚に置かれてある。

(あれをのぞきこんで、我ら高槻城の確かな前途を見通すことはできまいか)

ふと、飛騨守はそんな他愛もない妄想をいだいた。

緊迫した日々が続き、神経の休まるいとまもない。少し気をゆるめることも大切だ。

そう思いつつも、出てくるのは深いため息ばかりである。

荒木村重をキリシタンにするという右近の策は、洗礼を施すべきオルガンチノが難色を示している以上、もうあきらめるしかない。

しかも、右近にとっての真の主君は信長だとの勧告は耳に痛く突き刺さった。

(人質になっている高山家の跡取りの孫と娘を見捨ててもいいと言うのか。それがデウスのおぼし召しであるはずがなかろう。ともあれ、これ以上パーデレに期待しても時間の無駄だ——)

「ダリオ様、少し待っていて下さい」

オルガンチノの声に、帰城しようと立ち上がった飛騨守はすわり直した。

右近に書状を渡してほしいという。

オルガンチノが自室に入り、ガチョウの羽根のペン先をインク壺に出し入れしながら書いた内容は、飛騨守に言ったのとほぼ同じだった。

——村重公に与した判断は正しいものとは思えない。本来の主従関係は、信長公に従うべきことを教えている。何よりも、村重公は主君をあざむくという大罪を犯した。その人についていけば人質の命は保たれても、キリスト教の最大の理解者である信長公が黙ってはいないだろう。公の保護と好意を失えば、我ら宣教師はもとより、すべてのキリシタンの命運も危うくなる。

そう訴えており、末尾で、

「何とぞ、天主堂でより深くデウスに祈ってください。ジュスト殿が真に正しき道を歩まれるよう、そして人質となっている大切な方々が無事でおられるよう、我ら都の信徒一同もこの南蛮寺でひれ伏しながら祈っております」

と結んでいる。

それをふところに収め、飛騨守は悄然《しょうぜん》と高槻への帰路についた。

オルガンチノの書状だけが唯一の手土産となったが、右近に光明をもたらすほどの力にはならないだろうと察しがついていた。

第六章　捨身の活路

一

天正六年（一五七八）の十月、村重が謀反を起こしたと知った信長は、ただちに動いた。

織田家の家臣団の一員で、名だたる水軍を率いる志摩国（現在の三重県）の九鬼嘉隆に命じ、大坂湾に侵入しつつあった毛利の水軍を六隻の鉄甲船を駆使して撃破。

海上からの脅威をまず防いだ。

続いて信長は、村重の本拠地、摂津の攻略に取りかかった。

その際、戦略的な優先順位を設ければ、まずは都に近い高槻城をおさえる必要がある。

彼は都の南郊、山崎に陣を張り、一軍をもって高槻城を包囲すべく派遣した。

そのあと自らも同城を遠望する安満山に到り、十一月十日から十四日までの五日間、本陣を定めた。

「堅固な城とは聞いていたが、これではまさに難攻不落じゃ」

信長軍の多くの兵が異口同音にそう言い募るほど、長い堀をめぐらしてそびえる城壁は、敵を寄せつけない万全の構えである。

容易には落とせそうにないから、ここも兵糧攻めか、と誰もが考えた。

だが信長となると、堂々たる城の姿に惑わされることなく、その中に立てこもっている高山右近という男のことだけを考えていた。

その心臓の鼓動、息づかい、目の動きまでも把握し、その心理を丸ごと収攬《しゅうらん》しようとした。

父親ともども篤実なキリシタンで、領民に慕われている。

その徳望は信長が畿内に進出したころから幾度となく耳にした。都に南蛮寺ができたのも、高山父子による物心両面での支援が大きかったと所司代から報告を受けている。

（清廉潔白な男だという。敵にするには惜しい。村重から切り離し、わが方に引き入れねばならぬ）

信長は、ひとつには高槻城を無傷で手に入れたかった。

さらには、しぶとく抵抗し続ける石山本願寺を制圧するためにも、キリシタン大名の右近を味方につけておきたい。

（どのような矢を放てば、右近の心を射ぬくことができるか。右近の弱みは何か——）

そのとき、キリシタンは信頼する伴天連の助言や指導なら素直に受けいれるはず、という思念がひらめき、信長は即座に命令を下した。

「宇留岸伴天連（オルガンチノ）をわが陣に呼べ！」

二

右近は高槻に帰城した父ダリオ飛騨守から、南蛮寺での一部始終について報告を受けた。

荒木村重を回心させるべく伴天連に動いてもらうという策が不発に終わったことに落胆したが、同時に、未練はよそう、あきらめようと思った。

気を取り直してオルガンチノの書状に目をとおしたが、そこに解決の道につながるような妙案があるはずもなかった。

（言うまでもなく信長公が最上の主君であり、織田家の中心者です。パーデレ様、そのことはよく承知していますし、私にはもともと、信長公にそむく考えなどございませぬ）

オルガンチノのまごころに感謝しながらも、右近はそう言い返したかった。

（村重様に忠義立てするに至ったのは、直属の部下となって戦場で同じ釜の飯を食べたりしたことも大きく影響しています。現場での人間関係というのはいろいろあって、理屈どおりには割り切れないのです）

右近を追い込んだのは、村重とのしがらみとその面妖さ、いわば「腐れ縁」の成せるわざということか。

（いきがかり上、かくなる事態になってしまった）

人質を差し出したのも、切迫した現場での空気がかなり作用している。

右近の人間としての優しさと誠実さが裏目に出たと言っていい。

ともあれ、人質となっている嫡男と妹を取りもどすことさえできれば、右近はオルガンチノの忠告に素直に従いたかった。

それが、そう思うようにはいかないので、もどかしく歯がゆいのだ。

（御主デウス様。息子と妹の命が私にかかっております。さらにはパーデレとキリシタンらを巻き添えにするかもしれませぬ。神は乗りこえられないような試練は与えないと教わりましたが、今の私は無力です。何とぞ道をお示しください――）

天主堂に足を運び、妻のジュスタや飛騨守らと一心に祈っていたが、次第に織田軍による攻囲の輪がひしひしと狭まってきたため、城内の士気を高めることに専念した。

「我らはすでに完全に包囲された。しかし、この城は堅固そのものであるから、恐れることはない。とはいえ、彼らに対し、挑発したりして刺激してはならぬぞ」

側近にそう命じ、城内を督励して回るときの右近の声は雄々しかった。

だが、その表情には、時おり深刻な苦悩の影がよぎった。

三

「織田信長公のお召しでござる。ただちに高槻の陣へご同行いただきたい」

都の南蛮寺に駆けつけ、信長の使者はいきなりそう告げた。

ちょうど信者らとミサや街頭での布教の準備をしていたオルガンチノ神父は、さすがに困惑した。

だが、右近を助けることにつながるのならば、喜んで死地にもおもむこうと腹をすえ、先導されるまま信長のもとへ急行した。

彼は信長の気性を知っている。

独自に得た情報どおり、すでに大軍を擁して高槻城のそばに陣取っているということは、戦況の推移次第でいつでも攻めこむという構えなのだろう。

そう思うと背筋が震えた。

（右近殿を説得して城を明け渡すよう、その交渉役を私に頼んでくるに違いない）

容易にそんな予想もできた。

オルガンチノを迎えた信長が、顔つきや態度に親愛の情を表わしながらも声高に弁じたのは、おおむね次のようなことである。

――予はキリシタンたちが正義と真理を説く伴天連に同意し、その言葉に従うものと承知している。高山右近が予の家臣であるにもかかわらず敵対するとは、まことに遺憾千万。正当な主君は、この信長である。村重に義理立てする必要などない。彼は逆臣であり、そのような人間についていくことは神の教えにもそむくはずだ。長く汚名を残してよいのか。大局を見失わず、一刻も早く城を出て織田家に帰参せよ。名誉は保証する。そう右近に伝えてほしい。

通訳を介して聞き終えたオルガンチノは、言上した。

「おおせごもっともと存じます。実は私もすでに同じような考えを書状にしたためて右近殿のもとに手配しました。前の城主の飛騨守殿とはじかにお会いし、同様の見解を伝えておきました」

信長は、その書状に対する返答はあったのかを質した。

「いえ、まだ反応はありません。右近殿はキリシタンとして、デウスの教えと法に照らしてどうすべきかと熟考しているのでしょう。何よりも荒木様のもとで人質になっている息子と妹の安否が気がかりで、進退を決めかねているに違いありません」

しばし両者の間に重い沈黙が流れた。

信長は目の前にいる伴天連をして高槻城へおもむかせ、先ほど口にした意向を右近にじかにぶつけたい。

オルガンチノも、信長が右近という武将を大切にし、嘱望していることはありがたかった。

ただ、城へ行きたくても、右近がすんなりと迎え入れてくれるとは限らない。

まずは改めて書状を書き、それを城へ届けて右近の出方を見てはどうかと申し出た。

もし城門が開き、招じ入れられれば幸いである。

直接、高山父子に面談し、説得に努めるとも言った。

信長はそれを了承したので、オルガンチノは信長の近侍から紙と矢立てを借り、慎重に言葉を選びながら墨字を走らせていった。

先般、南蛮寺で書き、飛騨守に託した時の書状とそう変わらない内容となったが、後半に信長のメッセージをそのまま代弁する形でしたためた。

涙がこぼれそうになった。

四

再び右近への書状をしたためたオルガンチノは、自ら城へおもむきたいと申し出た。

もし城門が開き、招じ入れられれば、直接、高山父子に面会して説得できると考えたのだ。

だが信長は、この短気な男にしては珍しく慎重になった。

まずは信長の文言を盛りこんだ書状に右近がどう反応するかを見てからにしようと考え直し、軍使ひとりを派遣して、書を城内へ届けさせた。

右近はこのとき自室におり、聖壇の前でひとり静かに思いをめぐらしていた。

そこへもたらされたオルガンチノの手紙。

一読して、粛然となった。

（パーデレ様まで城のそばに来られたのか。これは命懸けのことだ。ついにキリシタン宗門をも巻き添えにしてしまった。パーデレ様には面目次第もない）

前回のオルガンチノの書状には彼自身の見解だけがつづられていたが、今回は信長の命令調になる文章が含まれている。

慣れない筆を使ったからだろう、墨字に乱れがあった。

二度にわたるオルガンチノの懸命な助言に、さすがに右近の心は激しく揺さぶられた。

都や畿内のキリシタン仲間も案じてくれている。

その様子を想像するだけでも、申し訳なさで胸がふさいだ。

（信長公も気を配りながら真摯に道理を説いている。そのことが書状から伝わってくる。少なくとも高飛車ではない）

信長にも当然ながら計略はあるだろう。

だが、右近はそこに曲解や懐疑の念をはさまなかった。はさもうとも思わなかった。

苦悩の中でこそ、真の平安に至れると信じ、もはや複雑な解釈は無用だと思いたかった。

一方、右近のもとに来て同書に接した父の飛騨守は、ざっと目を通すや、伴天連を利用する信長に反発した。

元来いさぎよく闊達《かったつ》な性格で、隠居してからは信仰生活ひと筋、すがすがしい心持ちで生きてきた飛騨守だが、この村重事件による心労が絶えず、かなり精神の安定を失っていた。

先般、南蛮寺に行き、オルガンチノに期待した企図が不発で終わったことへのわだかまりも消えていない。

「信長の懐柔策に乗っては危険じゃ。真に受けてはならぬぞ」

と右近に向かって吐き捨てるように言い、出て行った。

右近はまた深く瞑想した。

普段は陽気なオルガンチノの顔が思い浮かぶ。

彼の前任者のフロイスやヴィレラ、カブラルなど、親交を結んだ伴天連たちのなつかしい姿もまぶたの裏によみがえってくる。

——そのうちの誰だったか。

ミサか何かの折りに聞いた説教が思い出された。

それは聖書に登場するアブラハムの物語である。

アブラハムは神から重要な使命を与えられていたが、あるとき、ひとり息子のイサクを生け贄にささげるようにとの声が天からくだった。

年老いてから授かった、目に入れても痛くないほど大切な息子である。

その子を自分の手にかけねばならないとは、何という理不尽な要求、厳しい試練だろう。

神への信仰と忠誠をつらぬくか、それともわが子のいのちを第一にするか。

ぎりぎりの選択を迫られ、アブラハムはもだえ苦しんだに違いない。

しかし、最終的に彼は神の命令に従い、所定の場所でイサクを縛り、刃を振りおろそうとする。

その刹那、主の使いが彼を呼びとめ、お前の信仰に免じてその子を生かす、との神の言葉を告げた――

右近は自分の置かれた立場をアブラハムになぞらえた。

村重のもとで人質になっている嫡男のジョアンがまさにイサクと同じだ。

信長の要求をのんで開城し、信長に寝返ったと知れ渡れば、村重はただちに幼いジョアンと右近の妹のいのちを奪うだろう。

――アブラハムのように、この試練を乗りこえることができるか。

そう自問自答しても、右近にはそこまで絶対的な神への信仰を示すことに自信がなかった。

無力さに打ちひしがれ、ただひざまずいて天の導きにすがるしかない。

(御主、デウス様。人質を犠牲にしてでもキリシタン宗門を助け、その安泰と繁栄を図ることこそ主の願われる道であり、私の役割なのでしょう。それを目指すべきこともよくわかっております。子供のときに洗礼を受けて以来、父とともに、パーデレ様たちや信者仲間とともに、すべてをかけて領民の救いのために祈り、そして奉仕してきたのですから――それにしても、わが子を見捨てよと言われるのですか)

とつおいつ揺れ動く思いにさいなまれて、右近は寝食を忘れ、時間の経過も忘れていた。

五

一方、高槻城を遠望する織田軍の陣営では、三日たっても城から何の動きもないことに、信長が業を煮やしていた。

都に戻っていたオルガンチノ神父をまたも呼びつけ、もう待てない、万難を排して右近に会って説得するように、と命じた。

命じつつも、このときの信長が泣きそうな表情をしていることにオルガンチノは驚き、長く記憶にとどめた。

宇留岸伴天連という愛称がついたことでもわかるように、オルガンチノは元亀元年（一五七〇）六月に来日して以来、その率直で明朗な人柄、人なつっこく愛きょうのある物腰で幅広い層の日本人に親しまれ、着々と布教の成果をあげていた。

彼は日本を第二の故郷と吹聴するほど大の親日家になった。特に都と畿内については、これをヨーロッパにおけるローマにたとえ、住民の学識の高さや優雅さをほめたたえた。

他のイエズス会の宣教師たちと同様に、日本のために命をささげる決意も示している。

キリスト教に好意的な信長の天下がより盤石なものになるよう願っていたから、極力、その意に沿おうとした。

一方の信長も、オルガンチノに対して右近を抱きこむよう涙声でかき口説いたのは、それほど右近を買っていたからだ。

摂津全体の攻略のためには、領民に慕われている右近と高槻城を一刻も早く味方に引き入れねばならない。

だから、オルガンチノが終生忘れられなかったという信長の涙に、演技の要素はなかったと思われる。少なくとも同神父は、この時点ではそう感じた。

「右近のような誠実で立派な人間は二人とおらぬ。荒木村重についたのも、人質のことがあるからやむを得なかったのじゃ。それはよく承知しているから、何とか手を打つ。だから、いさぎよく降伏して開城し、予のもとに帰ってきてほしい。さすれば、右近には今の高槻以上に広大な領地を与えよう」

信長はそう明言した上で、この旨を右近に直接伝えるよう命じた。

さらに信長は、この説得工作に成功したなら、より一層キリシタンを保護し、布教活動にも便宜を図る、などと約束した誓紙をオルガンチノに与えた。

いくら純情な神父とはいえ、これには警戒の色をちらりと浮かべた。

（ということは、不首尾に終わった場合はどうなるのか。にわかに豹変して、教会や宗門を迫害するのではないか。信長公のあの性格なら、やりかねない）

事実、信長はこの裏で、非情な手段を実行に移していた。

ときを同じくして数人の特殊部隊を南蛮寺へ派遣。他の伴天連と信徒らを拘束し、高槻の陣の近くへ連行、「持ち駒」として確保していたのだ。

オルガンチノは、信長がひそかに下したそんな強硬手段を知るよしもない。

ともかくも右近に会って直談判せねばならないと、その準備に余念がなかった。

だが、高槻城の守りは厳重をきわめ、アリ一匹侵入する隙がない。

たとえ中立の立場にある伴天連とはいえ、城門をやすやすと開けてもらえるはずはなかった。

そこでオルガンチノは、保護を求めて信長の陣から逃れてきたかのように装うことにした。そうでもしない限り、高槻城内にいたるのは難しい。

まさに迫真の演技力が求められた。

小道具があったほうがいいとも考え、林の中で長短二本の枝を折り、十字架を急ごしらえした。それを頭上にかかげながら、単身、大手門に駆けこんだのである。

「助けてください！　右近殿、ジュスト殿」

オルガンチノは声をかぎりに連呼し、ドンドンと門の表をたたいた。

櫓の衛兵たちは異変に気づき、大柄の異人に向かっていっせいに矢をつがえた。

が、その中にキリシタンの兵がいて、南蛮寺の伴天連であることを認め、右近に注進した。

突然の訪れに驚きつつも、右近はオルガンチノを城内に招き入れ、二人は思わぬ形での再会を喜びあった。

だが、右近はすぐに苦しい表情にもどる。

謀叛人に与して以降の苦境を打開できず、憔悴《しょうすい》しきっている。

無理もない、とオルガンチノは右近に同情しつつ、いつもは姿を見せる飛騨守が現われないことをいぶかしく思った。

右近には新たな心労の種が加わっていたのだ。

父・飛騨守との軋轢である。

飛騨守は、当初から仕えるべきはあくまでも村重であり、信長ではないと主張してきた。

かつて現役の高槻城主だったころから、信長には対抗心をいだき、顔には出さないが何かと反発していた。

右近とともに人質の平穏や騒動の終息をデウスに祈り、善後策を話し合ってきたが、じょじょに見解の相違が目立つようになっている。

それが一番端的に表われるのが、人質について考えるときだった。

人質の顔ぶれは、飛騨守にとっては高山家の跡取りとなる孫と娘であり、右近にとっては息子と妹ということになる。

孫への愛はともすれば盲目的になりがちだ。

飛騨守は、孫の命にかかわることとなると、冷静さを失ってしまう。

右近とその家臣らに、

「我らの主君は荒木殿をおいてほかにはおらぬ。最後まであの方につき従うのが武士である」

などと盛んに説いているのも、人質が生還しないことを極度に恐れ、心配していたからにほかならない。

むろん、右近とて息子と妹の身を案じないはずがない。

ただ、人間はいさぎよく生き、いさぎよく死なねばならぬと幼い右近に叩きこんだのは、飛騨守自身なのである。

しかも、キリシタンになってからはお互いに、どんな試練にもデウスの御心があるものだと考え、キリストにならって犠牲の道をいとわないことを信条としてきた。

そんな父が、どうもおかしい。

平常心を失っている、と断じざるをえなかった。

現に、命がけで城に乗りこんだオルガンチノ神父に会おうとしないではないか。以前なら、どんな時でも、満面の笑みで肩を抱くようにして歓迎したのに――

さて、オルガンチノは右近と二人きりになるや、

「どうしてもお目にかからねばならない。その一心で、信長様の陣からすきを見て死に物狂いで逃げてきました。いや、実はそう見せかけただけなのです」

大きな身ぶりで少しおどけながら打ち明けたが、すぐに真剣な顔つきになり、開城を強く迫る信長の意向を伝えた。

「それが唯一の、そして最も賢明な選択だと信じます。信長様は右近殿を高く評価しており、このままでは荒木様の道連れにされて高槻の城もろとも破滅すると危惧しておられるのです」

「………」

「私たち宣教師や信者の方々の命運も、もはやどうなることか。右近殿の決断にかかっているのです」

「パーデレ様のお立場もわかるし、信長公の真意も先日受けとった書状からよく伝わってきましたが――もうしばらくの猶予をいただきたい」

そう答えるのが精一杯の右近に対し、神父は付け加えた。

「人質になっているご家族のことについては、信長様も気にかけており、何とか手を打つともおっしゃっていました」

「どんな手があるというのですか。ともあれ、父や家臣たちと改めて協議してみます」

右近はオルガンチノをひとまず司祭館に残し、飛騨守の居場所をさがして面談した。

しかし、飛騨守は、

（パーデレは信長におどされ、直談判の切り札に仕立て上げられたのだろう）

と察していたので、心をかたくなにするばかりだった。

同時に彼は、右近がたび重なる説得工作によって、信長側に傾きつつあると苦々しく感じ取っていた。

右近から、オルガンチノの来訪とその趣意を知らされても、

「何度も繰り返すようだが、わしは信長に下ったりはせぬぞ。見えすいた懐柔策じゃ」

と突っぱねた。

それがいつわらざる飛騨守のホンネでもあったが、半面、苦肉の策として「腹芸」に出たのもこの時からである。

（右近が信長に寝返ったとわかれば、村重は人質を生かしてはおくまい。そんな最悪の事態はなんとしても回避せねばならぬ。そこで、前城主のわしと古い家来たちはどこまでも村重に従うという姿勢をつらぬき、我ら父子がたもとを分かち、城内が割れたように見せかけておけば、人質は安全なはずじゃ。綱渡りのようにきわどいが、高山家の存続のためにはそれしかない）

飛騨守なりに必死に知恵をめぐらせていたのだ。

右近をはじめ、その家臣たちにも悟られないように、本心を隠した振るまいを続けた。

どこまでそれに感づいていたかは別として、右近は骨肉の情にほだされて籠城に固執する飛騨守に足を引っ張られ、ますます窮した格好であった。

局面に進展がないまま、時間だけが流れた。

六

オルガンチノは戻ってこないし、高槻城は沈黙し続けている。

何をぐずぐずしているのか。

しびれを切らした信長は、右近を落とすべく、ついに最終手段に出た。

――すみやかに投降せよ。これ以上、城の明け渡しをためらうのであれば、予にも考えがある。

祐筆に書かせた書状は、そんな言葉で始まり、次のように続く。

「南蛮寺の他の宣教師や信徒らを、わが陣に呼び寄せてある。ただちに開城しないのなら、彼らを城の前で全員、磔《はりつけ》に処す。それだけではない。高槻のキリシタン領民を皆殺しにし、天主堂をはじめ、すべての教会を焼き払うことも辞さない。ただし、先般も申し送ったように、予の言うとおりにすれば、領地を安堵するとともに、さらに加増する。無論のこと、今まで以上にキリシタンを保護する」

つまりは最後通牒である。

「この旨、至急、右近に告げよ！」

信長はそう命じて、ただちにこの「脅迫状」を届ける軍使を城へつかわした。

取り次ぎの兵からそれを受け、目を通した右近は、ぼう然と立ちすくんだ。

（恐れていたことが現実になった。信長公にとってキリスト教保護は、やはりおのが天下布武の野望を遂げるための方便でしかなかったのか！）

舌打ちする一方で、しんと鎮まりかえって冷徹に事態を見つめるもう一人の右近がいる。

身はたとえ聖堂になくても、神に問い、神の声を聞くことはできると思っている。

（今、自分のいる場所が宇宙の中心なのだ。そして、わが心の奥底に、デウスが、主キリストがおられる。至誠の限りを尽くせば、必ず天に通じる）

最新の状況を知ろうと押しかけてきた飛騨守は、そんな息子の胸のうちを推察するひまもなかった。

右近から渡された信長の通告書に目をとおすや、顔に血をのぼらせた。

「それ見よ、信長が本性をあらわにしたではないか。あの男こそキリシタンの敵じゃ。恐れることはないぞ。なお一層、守りを固めるのみ」

叫ぶように言い残して、別の櫓に戻っていった。


そうこうしているうちに、信長はただの脅し文句ではないことを見せつけるため、「持ち駒」を発動させた。

拘束していた南蛮寺の伴天連と信徒たちを連れ出し、堀の手前に並ばせたのだ。

高槻城の周辺は、包囲する織田軍の旗指し物であふれていたが、突如、その一角が開いた。

そこには、数珠つなぎにされたキリシタンたちが、横一列に立たされている――

しかも、念の入ったことには、領内のどこかの教会から運んできたのだろう、大きな木の十字架が数本、彼らの背後に立てかけてある。

これに磔にする、という示威にほかならない。

常に城の外に警戒の目を光らせていた兵たちはこの異変に気づき、右近に注進した。

右近は天守にのぼり、その光景を見おろして絶句した。

顔なじみの伴天連がいる。

不安におののくような表情の信徒らもいる。

彼ら同胞の受難が痛切きわまりない悲しみとなって押しよせ、右近を引き裂いた。

冷静さを保つことができず、右近はわなわなと震え、涙があふれた。

（もはやこれまで。御主デウス様、彼らのためにも、私が十字架につきます。私ひとりで十分です）

右近は胸のうちでうめいた。


オルガンチノは何も知らされないまま、飛騨守に同調する古参の家来たちによって事実上、司祭館に軟禁されている。

飛騨守は、この伴天連を信長の陣に帰さないことが徹底抗戦の証だとして、強気になっていたのだ。

右近が司祭館に近づいても、「大殿の命令ですので、たとえ殿でもお通しするわけには参りませぬ」と制止された。

だが右近は、

「神父とミサをするために来たのだ、そなたたちも来ぬか」

と柔和な物腰で話したので、彼らもその威に打たれたかのように道をあけた。

城外にキリシタンたちがさらし者になっていることを右近から聞いて、オルガンチノは仰天した。

大きな体をよじらせるように、

「私をここから出して、彼らのもとに行かせてください。ともに殉教しますから！」

と絶叫し、右近にすがりついた。

「パーデレ様、事は急を要しますが、ひとまず落ち着いて、ともに祈りましょう」

右近の言葉にオルガンチノはうなずき、強く組んだ両手に顔をうずめた。

二人は聖壇の前でデウスに心をささげ、しばし黙想した。

先に祈り終えたのは右近だった。

「実は私はある決意をした上でここへ来たのです。一緒に祈って、神に教えられたその道が正しいと確認いたしした」

オルガンチノをまっすぐ見つめ、心中を吐露した。

吹っ切れたような、穏やかなまなざしである。

「城にこもって信長公の軍と対峙して以来、村重公に仕えるべきか信長公に従うべきか、人質のこともあって悩み、最善策を見いだせずにきました。パーデレ様の忠告にも応じられなかった。しかし、神に祈り求め、熟慮に熟慮を重ねたあげく、信長公の姦計とはいえ、すぐそばまで引き回されてきたキリシタンたちの姿を今日、見たのです。時がきた、と思い知らされました」

「ということは、どういうことですか、ジュスト殿」

「キリストが十字架という犠牲の道を歩まれたように、私もなすべきことをなそうと決断しました。そう促した信長公は悪魔ではなく、神の人なのかもしれませぬ」

ちらりと微笑したあとの右近のひとことに、オルガンチノは驚いた。

「パーデレ様、私は髷《まげ》を切り、すべてを捨てて裸になり、今後の命運を神にゆだねて城を出ます」

七

絶望的な状況の中で再会した右近とオルガンチノだったが、語りあい、祈りあううちに、魂の絆を結び直しているような心境になった。

久々に浄福感に包まれ、右近は前途に希望をいだいた。

思えば、再三にわたってこの霊的指導者は、より上位の者にこそ仕えるべきだと諭してくれたではないか。その勧告を無為にしてはなるまい。

そのように観念して、右近はオルガンチノに腹の内をさらけ出したのだ。

（すべての責めは私が負う。自分一人が信長公のもとに出頭すれば、高槻城と伴天連、信徒らを救うことができる。もし私の行いが容認されないときは、彼らとともに殉教するのみ）

右近はそう覚悟を定めた。

すべてを捨てて、出家するのが最上の策だと――

残る問題は、いかに飛驒守と追随者たちにそれを納得させるかだった。

飛驒守のもとに出向いた右近は、単刀直入、口を開いた。

「父上、このような長期にわたるこう着状況を招いたのも、城主たる私の責任でござる。かたをつけるべく、一身をなげうって城を出る決心をいたしました」

「何を血迷って左様なことを申すか。どうしても投降するというのなら、わしはここでいさぎよく切腹する。洗礼を受けて以降、デウスに仕え、隠居後もひたすら布教に力を尽くしてきた。ゆえに神はわしを許し、天国にお召しくださるであろう」

これには右近、即座に反論した。

「いいえ、それはなりませぬ。父上こそよくご存じのはず。神からたまわった生命を自ら絶つことは大きな罪になります。キリシタンに自害はご法度でござる」

ぴしゃりと言い返されて飛騨守はくやしく思った反面、断固たる態度で訓戒を垂れる右近を頼もしくも感じた。

だが、老いの一徹もあって、譲らない。

もちろん、荒木村重陣営を刺激しないようにする腹芸も秘めてのことだ。

「ならば自害はせぬ。ただし、この城と運命をともにする意思に変わりはないぞ。わしまでが信長に屈したとあれば、有岡城につながれている人質は無事ですむまい」

「そのような危うい事態となっているのも、ひとえに私が城主の座にあるがためでござる。かくなる上は、城主の権限を父上に返上いたしまする。領地も家臣も家族もすべてを捨てて、城をあとにする所存。今後は、一人の信仰者として生きて参ります。何とぞご了承くだされ」

「なんと、一介の素浪人になると申すか」

「出家でござる。もはや武士でもありませぬ。ただの忠僕となって、教会に奉仕し、まずは漂泊の旅に出ます。これが今生のお別れとなりましょう」

それまでの苦悩も重圧も、もはや消え去った。

すべてのしがらみや執着から解き放たれた、晴れやかな境地だった。

（信念を曲げぬ頑固さにおいてはわし以上じゃ――）

飛騨守は、去っていく右近の背を万感の思いで見送った。

また、事実上、飛騨守ら主戦派によって司祭館に閉じこめられていたオルガンチノを、右近とその近臣らが外へ連れ戻すことも、もはや制止しなかった。

右近は、オルガンチノを安全な場所に移すという名目で、数人の腹心とともに城外に出た。

しばらく無言で歩いていたが、ふと、

「そなたたちに話がある」

と言い、足をとめた。

右近は訣別を告げようとしたのだ。

「今、信長公と和睦すれば、荒木側の人質となっている妹と息子の命は失われるであろう。父は投降を頑としてこばんでいる。しかし、徹底抗戦となれば、パーデレや多くの信徒たちを死に追いやることになる。痛恨きわまりなく、ただただ申し訳ない」

オルガンチノにも真摯なまなざしを向けながら、さらに続けた。

「私が城を辞した目的は、投降でも和睦でもない。形のうえではそうかも知れぬが、真意は別のところにある。無論、開城すれば領地を増やすという甘言に迷ったためでもない。息子と妹を犠牲にしてでもパーデレやキリシタン一同の安穏を図ることがデウスの御旨であると信じたがゆえである」

「そなたたちも、幸いなことに同じキリシタン。ゆえにわかってくれるであろう、私はここにいるオルガンチノ様を含む全キリシタンをおのれの命にかえても救出する。パーデレたちは母国も肉親も、友人、財産など一切をかなぐり捨てて、我ら異国の民に永遠の救いをもたらすためこの日本に来られたのだ」

「私も地位、肉親、財産を捨て、デウスに従う。わが国のキリスト教が滅びることのないようにするのが、この高山右近の義務である。あとのことは思いわずらわず、天の御心にゆだねよ！」

右近はその場で髷《まげ》のもとどりを脇差でプッリと切り落とし、ざんばら髪をさらに短く刈った。

続いて、籠城の間ずっと身につけていた鎧と着物も脱ぎ、妻のジュスタが徹夜して整えてくれた紙の衣に着替え、素足に草履をはいた。

大小の太刀を従者に渡し、もはや身に寸鉄も帯びていない。

オルガンチノは胸のロザリオに手を当てて、デウスの加護を祈る思いで一部始終を見守っていた。

だが、右近の家臣たちは平静でおれず、ざわめいた。

「殿、これは安易な逃避ではござらぬか。投降するのであれば、いったん城に戻った上で兵をまとめ、堂々と開城すべきだと存じまする」

「殿のいない高槻城など、考えられませぬ。お願いでござる、翻意してくだされ」

などと追いすがる者もいたが、

「そなたたちも洗礼を受けて、教えを学んだであろう。キリストの聖句に『死なんとする者は生き、生きんとする者は死ぬ』という至言がある。私はその道を行くのだ」

右近はそう諭して彼らを城に帰し、白装束となって摂津・郡山の織田信長の本営に出頭した。

オルガンチノも同伴していた。

ときに天正六年（一五七八）十一月十六日。

右近二十六歳、人生最大の賭けであった。

八

髪をおろし、粗末な紙衣《かみこ》一枚を着ただけの右近が現われたとき、織田軍の陣営にはどよめきが起こった。

中枢にいた諸将は最初、白昼に幻を見たかのようにあ然としたが、やがて右近が投降しに来たものと歓迎し、口々にそのいさぎよい決断をたたえた。

派手な声のぬしは、佐久間信盛と羽柴秀吉だった。

右近はかれらの中を粛々と通り過ぎ、信長の前に膝から崩れ落ちるように身を投げ出した。ひたいを地につけたまま言上した。

「高山右近、一切を捨ててまかりこしました。何とぞ、パーデレの方々と信徒たちを解放してくださるよう、伏して嘆願いたしまする。いくさとは何の関係もないあの人々を南蛮寺へ戻していただき、もはや名もなきこの世捨てびとをどこへなりとも追放してくだされ！」

さすがの信長も意表をつかれた格好だ。

（こやつ、キリシタンの助命を条件に城を捨てたと申すか。それにしてもおのれの生死を度外視した、なんという壮絶な覚悟ぞ）

これまでに、海千山千、さまざまな武将を見てきたが、かくのごとき滅私無謀な人間は見たことがない。

しばし右近を黙って見おろしていた信長は、次の瞬間、ふっと頬をゆるめ、

（この一途さがあなどれぬ。可愛げのある若者よ）

と心の中でつぶやいた。

信長の脳裏には、死地に飛びこんだ右近に重なる、かつての自分の姿がありありとよみがえったに違いない。

それは永禄三年（一五六〇）、東海の覇者今川義元を奇襲して討ち取り、尾張に織田信長ありとその名をとどろかせた「桶狭間の戦い」のことである。

右近の場合とは形こそ違うが、あの時の信長も死中に活を求める、突き抜けた心境だった。年齢も今の右近と同じ二十六歳だった。

「おもてを上げい、右近！」

甲高い声でそう命じ、両者は目と目を合わせた。

通い合うものを感じて、信長は不思議な愉悦をおぼえた。

さわやかでさえある。

このときの情景は、信長の祐筆（書記）の太田牛一によって『信長公記』に簡潔な筆致で描かれ、この全十六巻になる織田信長一代記の中でも異彩を放っている。

白洲で裁きを待つ者として端座している右近――

澄みきった心持ちのせいか、信長の自分へのまなざしと声音から混じり気のない誠意と温情をくみとり、よき返答を予感した。

請われるままに、城主の座を父の飛騨守に返したこと、出家した以上は親子の縁も切り、荒木村重のもとにいる人質の命運も天にゆだねたことなど、ここに来るまでのてん末を話した。

居並ぶ将軍たちも聞き入っている。

ちょうどそこに、高槻城が開城したとの報がもたらされた。

小躍りして喜んだ信長は果たして、連行していた伴天連も信徒らも約束どおりただちに解放すると明言した。

「ただし右近、そなたの出家は許さぬぞ。開城ともなれば領地は安堵し、加増するとも約束した。ゆえに、再び高槻城主として予に仕えよ。さらに励め」

この命令に、右近が不服な思いになったのも無理はない。

出家の意思はかたかったからだ。

だが、意地を張ってそれを拒めば、信長の機嫌をそこね、オルガンチノを筆頭に伴天連たちと信徒らは殺害されるかもしれない。

右近は迷った。

その様子をそばで見ていたオルガンチノが、右近にしかわからないようにポルトガル語でささやいた。

「もう信長公には逆らえません。これもデウスの御心だと信じます。将来あの方をキリシタンにするためにも、ここは素直に従うべきです」

反逆の当事者として抜き差しならぬ状況に置かれた右近とは違い、オルガンチノ神父はもともと部外者だ。事件に巻き込まれたとはいえ、日本宣教という全体的な高みから時局を見る視点を失ってはいない。

「これまで以上にキリスト教を保護するという信長公の約束は、信じていいでしょう。あの方が教義を学んで洗礼を受けることも今後、十分にあり得ます。ともに信長公をキリシタンにして、真の天下人に押し上げるべく尽力しようではありませんか」

それは、右近でさえ考えつかなかった発想だが、新たな大義と希望を見いだした思いになり、右近は深くうなずいた。

（もう人間の裏を詮索しないでおこう。信長公の言葉をいちいち計略だと勘ぐって何になろう。私はいったん地位も名も領地も捨て、あらゆるしがらみから自由になった。利害をめぐっての野心や策謀、叛意など、乱世に横行する我欲ともきっぱり縁を切った。精神面では出家の意図を果たせたではないか）

その様子を見た信長は、床机《しょうぎ》から立ち上がり、冷えた地面に正座したままの右近のそばに歩み寄って、耳元でささやくように話しかけた。

「宗門の発展に尽くしたいのであろう。ならば予に仕えるのが得策とは思わぬか。伴天連たちとはもっとさまざまに交流したいのじゃ。そのためにも予の力になってくれ」

信長の率直な思いが伝わり、胸のうちのわだかまりが氷解していく。

（天下を統べるにふさわしい人物とは、こういう人なのか）

と右近は思った。

信長は骨のずいから合理主義の信奉者で、その傾向は少なからず右近にもあった。

人間性の本質において、両者は似た者同士だったのかもしれない。

また、右近はこのとき、信長の背後に天の意思と運勢のようなまばゆい霊気を感じた。それに威圧されたわけではないが、心から信長に臣従の誓いをささげることにした。

信長は、右近の従順な態度にも気をよくして喜色満面。

小姓に持たせていた佩刀《はいとう》「吉則」を右近の顔の前にかかげた。

「褒美である。これを受けよ。約束どおり高槻領二万石を安堵し、さらに倍増して取らす」

土地の給付によって主従関係が成り立つ時代だ。右近は信長との間で主従関係を結びなおそうとし、その意思を、差し出された太刀を拝受することで形に表わした。

信長はよほどうれしかったに違いない。

自ら着ていた小袖もその場で脱ぎ、右近に与えた。

居並ぶ重臣らが目を見張るほどの異例の待遇であった。

九

一方の高槻城。

右近が去ったあと、家臣らは命じられたとおり城に戻り、主戦派の動きを止めるべく奮闘していた。

飛驒守とその一派の虚を突いて、たくみに城内の要所を制圧し、城の明け渡しへと局面を切り開いていった。

さすがの飛騨守も、このクーデターの勢いに抗することができず、返り咲いた城主の座をあっさりと追われてしまった。

右近がオルガンチノを伴って城を出たのとほぼ同じ行程をたどり、飛騨守は騎乗でわき目もふらず村重のいる有岡城へ向かった。

馬に鞭を当てながら、いまいましい思いをかみしめた。

その一方で、彼はこうなることを想定し、期待してもいた。

人質になっている大切な孫と娘を助け出すためには、自分が村重に直接会って、身柄の安全を懇願するしかなかったからだ。

有岡城も織田軍と対峙して守りを固めていたが、同盟の飛騨守の来訪に城門を開けた。

村重と面会するや、飛騨守は土下座して叫んだ。

「息子の右近は世を捨て、その家来たちが勝手に城を明け渡してしまいました。拙者が高山家の当主でござれば、ともにこのお城に籠らせていただき、右近にかわって戦いまする。お許しいただけない場合は、切腹しておわびする所存。そのかわり、何とぞ人質だけはお助けくだされ！」

——摂津の重要拠点である高槻城が信長の手に落ちたのは、右近が思いがけない行動に出たからだ。である以上、人質は生かしておけない。

戦国の世のならいでもあり、荒木村重の陣営はそう断じていた。

だが、飛騨守が体を折り曲げ、人質である孫と娘の助命を繰りかえし嘆願している。

それは武士の体面など気にもとめないほどの平身低頭ぶりである。

その必死の様子に村重は、自身も孫を持つ身だ、同情心がわいた。

また村重にすれば、摂津における勢力均衡が崩れ、にわかに形勢不利になったため、戦線をどう立て直すかに忙殺された。人質のことなど構っておれない、という実情もあった。

とりあえず村重は飛騨守を有岡城内で軟禁状態に置き、彼に免じて、人質に対する丁重な扱いを変えなかったのである。

一方、勝運に乗る信長は、明らかに落ち目になった村重に引導を渡すべく、ときを移さず伊丹近郊に本営を進め、有岡城を完全に包囲した。

同城は十カ月に及ぶ兵糧攻めによって息も絶えだえとなり、天正七年（一五七九）九月、村重は有岡城を見捨てて嫡男荒木村次の守る尼崎城へ逃亡した。

信長との和解を図った家臣が村重を説得しようとしたが、それも聞き入れず、家族も家臣も残して、ひとり行方をくらましたという格好である。

城主を失った有岡城は混乱し、まさに熟柿のように信長の手に落ちた。

人質は無事、解放され、右近のもとに戻った。


村重自身のその後を追うと――

尼崎城ももはや安全な場所ではなくなり、そこを脱出し、現在の神戸市に城跡が残る花隈城に入った。

が、間もなくその城も陥落し、村重は毛利氏を頼って、備後の国・尾道へ落ちのびた。

世捨て人になろうとした右近が信長に引き止められて復権したのに対し、皮肉なことに、村重のほうが信長に追いこまれて世捨て人のようになってしまった。

いったんは表舞台から消えた村重だったが、時代が変わって羽柴秀吉が天下を取ったころになると、寺に住み、茶人としての新たな人生を始めていた。

浮沈に満ちた過去を省みて、「道糞」と号していた。

後悔し、卑下するところが多かったのだろう。

そのうち村重は、秀吉に取り立てられて御伽衆《おとぎしゅう》に加えられた。

御伽衆とは、話し相手のことである。

ただし、道糞という自嘲めいた号では余りにみっともないと、秀吉から「道薫」と改めるように命じられている。

茶人となって返り咲いた村重を、いわゆる「利休七哲」に含む説もあるが、高山右近を千利休に初めて紹介した人物が、実は村重その人であったかもしれず、それが事実ならば、またしても不思議なめぐり合わせと言わねばならない。

有岡城に放置された人々は悲惨な最期をとげた。

信長は類例のないほどの報復として、荒木一族に加え、家臣団、郎党、侍女にいたるまでをことごとく捕え、皆殺しを命じた。

ある者は磔の刑に処せられ、ある者は斬首された。その数日後には、下層の武士やその妻女ら五百数十人が四軒の家に押し込められ、家ごと焼き殺された。

残虐非道な仕打ちは信長のきわだった特徴だが、とりわけ村重事件では、信長の倫理的峻烈さが容赦なく表われた。

村重が、わが身かわいさで家来や妻子を置きざりにして逃げたことが、どうにも許せなかったのだ。

信長の逆鱗に触れたのは、飛騨守も同様だった。

有岡城の陥落とともに織田軍に拘束された飛騨守を、信長は村重に従った罪で打ち首にするよう命じた。

しかし、右近をはじめ伴天連たちも懸命に彼の助命嘆願をおこなったので、右近の功をめでた信長は死一等を減じ、柴田勝家の領地、越前・北庄（現在の福井県福井市）へお預けとなった。寛大な処分と言っていい。

宣教師ルイス・フロイスの著『日本史』にも記録されているように、飛騨守は幽閉とは名ばかり、当初かの地では「籠の形をした監獄」に押しこめられて放置され、衆目にさらされた。

しかし、キリシタンとしての信念に基づき、飛騨守はどのような境遇をも甘受した。

そんな態度を見て、勝家はやがて飛騨守を不憫に思い、領内に限って自由の身にした。

（妻と共に暮らすことも許され、生活に必要な針子も支給され――これも信長公の計らい。いや、デウスのお恵みである。思えば、右近の捨て身の行動によって、結局はすべてがよい方向に導かれたではないか）

飛騨守はそう考え、再び熱心な信仰生活を始め、北陸地方のキリスト教布教の先達となった。

福音を説くうちに、心を一つにして祈る同志が増えていき、越前にはやがて教会も建てられた。

追放の地で飛騨守を待っていたのは、やはり神の義と真理にうえかわく魂たちだった。

一方の右近は、信長によって加増され、四万石の高槻領主として再び登用された。

城下では、包囲戦の中で引き抜かれた十字架もすべて回収し、もとの場所に設置された。

それは高槻に平和が戻ったことを象徴する光景だった。

十

ここで、右近の妻である志野（洗礼名ジュスタ）について、簡単に触れておくことにする。

村重事件で信長軍に包囲されたとき、城の奥に控えながらも右近と未曽有の困苦を共有していたのは、まさに妻ジュスタにほかならない。

人質になっている息子らを取り戻すすべもなく膠着状態が続く中で、彼女は心労を重ねる右近の姿をひんぱんに目にしてきた。

待ってはいても、夫婦の寝所に来ない夜も少なくなかった。

右近は祈るために邸内の聖壇の前で夜を明かすこともあり、寝ずの番の兵たちを督励して回ることもたびたびだったからだ。

廊下などで右近を見かけ、

「殿、まだお休みにはなられませぬか」

追いすがるようにして、その背中に声をかけることが何度あっただろう。

右近は深い憂いに沈んだ顔のまま、じっとジュスタを見つめてはいても、しばらくは焦点が合っていないふうだった。やがて我にかえったかのように、口を開いた。

「先に休んでくれ。——ジョアンを人質に送り出してからというもの、床に伏せって、食事もろくにしてはおらぬであろう」

自分までが心配のたねになっているのかと思うと、気丈なジュスタはいたたまれない。

「これでも城主の妻です。ジョアンのことが気がかりなのはもちろんですが、どこまでも私は殿の支えになりたいのです。神によって結び合わされた夫婦として、喜びも苦しみも共に分かち合いたいのです」

右近は心をなぐさめられ、その言葉を天にささげ、感謝した。

「案ずるでない。我らにはデウスがついておられる。いや、私が必ず事態を打開してみせる」

そう言いつつも、視線はジュスタからそれて、宙をさまよいがちだった。

ジュスタとしては、すべての重荷を一身に引き受けて死力を尽くそうとしている右近が見るに忍びなかった。

（殿は強く、立派なお方ではあるが、なぜそれほど一人で苦しもうとされる。私にも頼ってくだされ。それとも私では不足だと申されますか）

そんな思いを右近にぶつけたこともある。

このジュスタは右近と一夫一婦を貫いて、生涯添い遂げた人である。

ちなみに二人は四男二女をもうけたが、三男一女を幼くして喪っている。

彼女の出生地は摂津国の余野（現在の大阪府豊能町）で、右近の故郷からも遠くない。生まれは永禄四年（一五六一）頃とされ、父は豪族の能勢蔵人《のせくろうど》。

彼は右近の関連でフロイスの『日本史』にも言及されており、「クロン」「クロー」「クロダ」などとまちまちに翻訳されるうちに従来から黒田氏と見なされてきた。

しかし、余野の地には黒田家は存在せず、黒田姓を示す証拠も見当たらない。

地元の郷土史家の研究などによって、現在では能勢氏が正しいとされている。

それらの研究によると、余野の能勢氏は、応仁の乱において東軍の細川勝元に属した。

能勢頼弘が討ち死にすると、のちに家督を継いだ頼勝が活躍。

その弟の頼則は芥川城の初代城主になった。頼則は歌人でもあった。

能勢頼則の菩提寺は、天正三年（一五七五）に曾孫に当たる頼高が開いた持経寺であり、その過去帳や文献などから、蔵人という呼称が余野にいた高位の人を意味していることが伝わる。

また、永禄七年（一五六四）に「余野でキリシタン改宗を実行した高位の人物」とは、芥川城から帰郷した能勢光則と蔵人であり、のちに右近の妻となる志野は能勢頼則の五代目ということになる。

清和源氏の流れをくむ、能勢氏の家系は、現在の大阪府能勢町という地名にも生き続けている。

十一

京都市北区にある禅の名刹大徳寺の近くに、船岡山という丘陵地がある。

応仁の乱では西軍の陣地になり、東軍との間で激戦が繰り広げられたが、現在は自然公園として親しまれている。

その山頂近くに、織田信長を祭神とする建勲神社がある。信長が本能寺に倒れたあと、その葬儀を羽柴秀吉が主宰して大徳寺で営み、ついでこの丘に信長の霊を鎮めたのだ。

拝殿にいたる石段下の説明板には、次のように書かれている。

「織田信長公は、戦火の巷と化した応仁永正の大乱に終止符を打ち、民衆を疲弊絶望から救い、伝統文化に躍動の美を与え、新秩序を確立して日本史に近代の黎明を告げ、西洋を動かす力の源を追求し、悠然として東西文化交流を実行した」

そして、「明治天皇から特に建勲の神号を賜い、別格官幣社に列せられ」などと続く。

不世出の天才であったことは確かだ。

常人の及ばない発想と行動力でもって、古い体制や因習を打破した。

他の同時代の武将とは格が違うと評価していいだろう。

「長身痩躯、ひげは少なく、声ははなはだ高い。傲慢で名誉を重んじ、自ら奉ずること極めて薄い。よき理解力と明晰な判断力をもっている」

ルイス・フロイスは、信長の印象をそう書き残している。

また、他のイエズス会宣教師たちの報告書『耶蘇会士日本通信』には、

「宇宙の造物主を信ずるでもなく、霊魂の不滅を思うこともない。死後の世界など有り得るものかと確信をもって言っている。しかし、眼前の仕事は見事に処理することができ、完全で巧妙を極める……」

といった記述がある。

右近が妻ジュスタと一緒に過ごす食事の時など、この畏怖すべき主君のことがよく話題になった。右近が信長に対していだく思いは概してフロイスたちと変わらないが、異なる感想もある。

「私がかつて聞いたところでは、上様は神仏をことごとく否定したり忌避したりしておられるわけではない。尾張のご生家の関係で、神道に心を寄せてこられ、熱田神宮や津島神社を崇敬しておられるという。内心では、人間が神仏を超えることなどできないことをよくよくご存じのはずだ」

右近がそう言うと、ジュスタは少し首をかしげた。

「でも、パーデレ様たちもおっしゃっているように、あの方は家臣の進言を受け入れたりすることがめったになく、何事も独断専行のご様子。キリスト教に好意的なのは心強いのですが、どこまで本気なのか、あくまで仏教勢力を牽制するための政策に過ぎないのではないかと」

「いや、上様のキリシタン保護の姿勢は一貫している。そのおかげで、教勢はのびている。ただの方便ならば、ここまで容認はされまい。物事の本質を見抜くという点で、上様は傑出しておられる。オルガンチノ神父によると、地球が丸いということも即座に理解されたという。神の御心にかなう真の統治者になってくださるよう、我らさらに意を尽くそうではないか」

第七章　セミナリオ

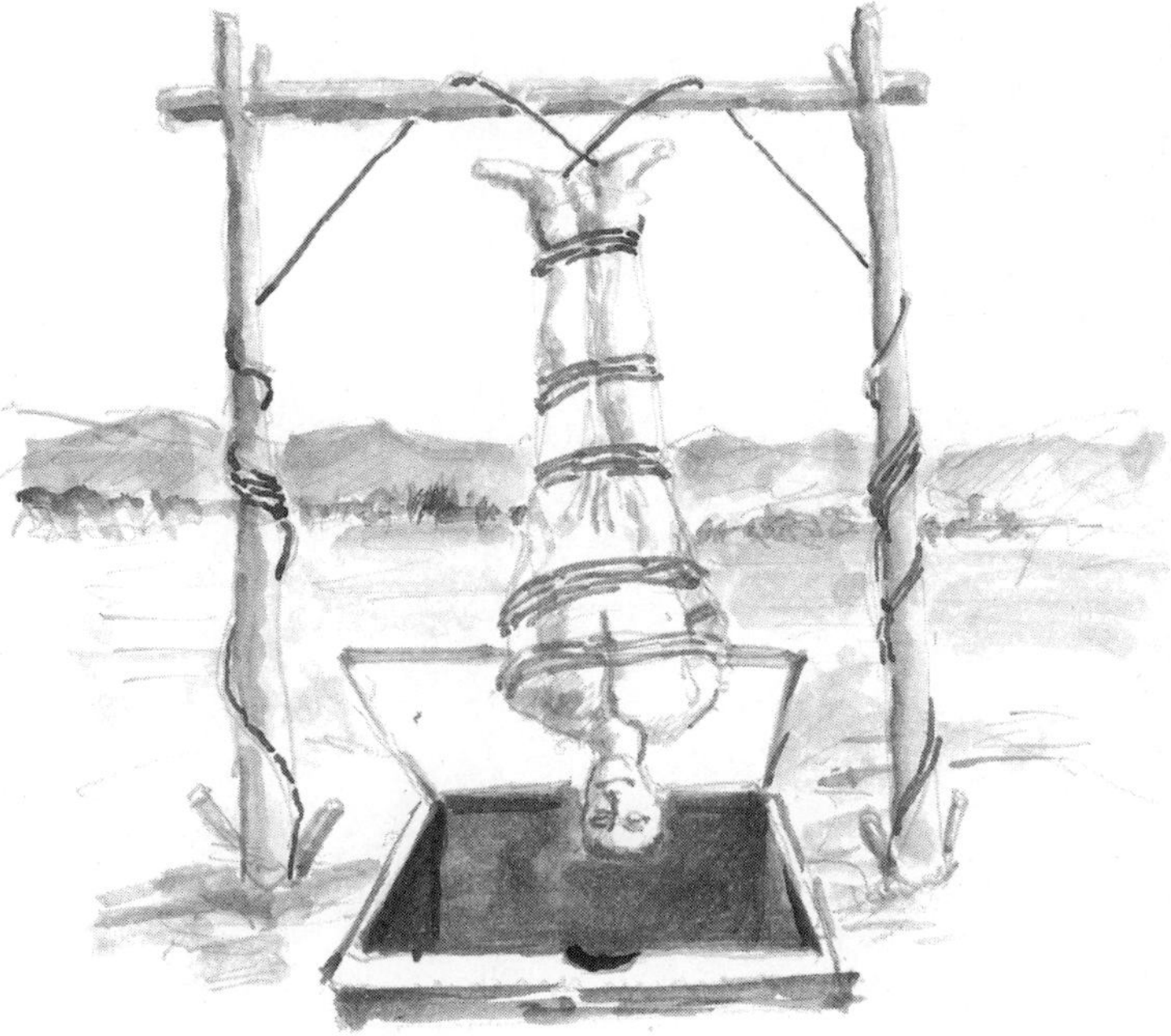

一

右近が信長に呼ばれて近江国の安土におもむいたのは、荒木村重の事件が終わって一段落した天正七年（一五七九）の初夏のことだった。

隊列の前後に家臣らを従えながら京の都をへて安土へ向かったのだが、都から安土までの道路は見事に整備されている。

これまで信長が岐阜の居城から都にのぼる際には、ほぼ毎回、琵琶湖を船でわたっていたという。

だが、これからは陸路でたやすく往還できるはずで、右近は「天下布武」への準備が迅速に進められていることを馬上で見てとり、この世で信長にかなう者はいないと痛感した。

それにしても近江は右近にとって、胸苦しくなるほどなつかしい地だ。

彦五郎という名だった幼年期、甲賀の飯道山に送られて修行した。

その間、山伏たちに連れられて琵琶湖の水辺で遊んだ思い出もある。

海を見たことがない子供にとって、満々たる湖水の広がりは驚異でしかなく、初めてまのあたりにし、これが海というものか、と立ちすくんだ。しかし、その錯覚もいっときのこと。

水に手を入れ、小魚の群れをすくおうとする楽しさにまぎれてしまった。

そんな記憶がよみがえり、右近はしばし陶然たる気分にひたった。

安土では新しい城を中心に町づくりが進み、人家がとみに増えていると聞く。

（近江は風光のよいところだ。まるで母のふところに包まれているような安らかさ、穏やかさ馬に揺られながら、湖上の青空に浮かぶまばゆい夏雲や足元の水のたゆたいにばかり気をとられ、右近はうっとりと夢心地の中にいた。


やがて、そんな右近の視野の先に、怪鳥のような影が出現した。

信長が右近に披露したかった自慢の城である。

その姿がだんだんと大きくなるにつれ、右近は圧倒された。

父の飛騨守ともども、築城についての造詣が深い右近である。

生まれ故郷の摂津・高山の城も、その次に移った大和の沢城も、さらに摂津に戻ってから過ごした芥川の城も、いずれも山城だった。

この安土城も山城には変わりないが、それらとは全く種類が異なっている。絢爛たる色彩と斬新な形を誇示し、破格の偉観でもって山の上にそびえている。

（城というよりは、宮殿ではないか。いや、まるで地中から噴出した火焔の塔だ！）

右近はただただ圧倒され、言葉をうしなった。

琵琶湖の東岸に位置する標高約二百メートルの安土山に、「天下布武」の号令にふさわしい城を築くようにと織田信長が側近の丹羽長秀に命じたのは、天正六年（一五七八）のこと。

右近が訪れた時には、城はその全容をほぼ現わしていた。

中世までの城は、いわばいくさに備えた砦に毛の生えた程度のものに過ぎない。

それに比して安土城は、高さ約十三メートルの石垣の上に約三十二メートルの建築物が立つという、「城」の通念を超える巨大建築だった。

天守閣の外観は五層に見えるが、内部は地上六階地下一階という構造。

居住空間も兼備しており、武士が中で生活をいとなんだ最初の城とも言われている。

特異なのは望楼部だ。青と赤の瓦をふき、平面が正八角形の五階は法隆寺夢殿のように朱漆で塗られ、内部は金箔仕上げ。最上階の六階は正方形の平面で、ここも黄金に輝いていた。

また、天守の東南に面した本丸御殿は、御所の清涼殿を模してつくられていた。

古来、近江の国では仏教信仰が根づよく、琵琶湖は瑠璃《るり》色に輝く「水の浄土」にほかならず、水は穢《けが》れを除き、病をいやすものとしてあがめられてきた。

浄土である湖の周辺に多くの寺社が建立され、薬師如来がまつられた。

そのような素朴でゆったりした近江の風土に反するかのごとく、安土の城は奇抜だったが、戦略的には京の都から関東に向かう交通の要衝を占め、北陸への湖上交通の拠点にもなる。

「信長様の権力と勢威を天下に知らしめる、これ以上の城はあるまい」

領民の間では、そういう声が多かった。

右近一行は山のふもとで出迎えを受け、中腹まで直線状に伸びた大手道を騎乗したまま城へと進んだ。

その両側には重臣たちの屋敷が、まるで天守に向かって平伏するかのようにひしひしと建ち並びつつある。

引きしまった顔立ちで登城した右近を、信長は上機嫌で招き寄せ、じきじきに天守の各階を案内した。

最上階では、

「壁にはすべて狩野永徳とその一門に障壁画を描かせることになっておる。キリスト教だけではなく、神道も道教も儒教も仏教も表現する。つまり天の教えを集めた殿堂にするつもりじゃ」

と話し、右近の賛辞をほしがる様子だった。

得意満面、まさに絶頂期を迎えた一代の英雄がそこにいる。

威厳にあふれた城をほめたたえながらも、右近は心の片すみで違和感を禁じ得ない。

あの鋭く、さっそうとしていた頃の信長とは微妙にちがう。

肥大化した狂気のかげりがしばしば顔面をよぎっていく。

（上様をここまで駆りたててきたのは、完璧な自己をめざし、それを永遠化しようという衝動なのだろうか。その野望の果てがこの城かもしれない。天を畏れぬ増上慢にならなければよいのだが――）

そう案じる一方で、右近の知る信長は、

「人間五十年　下天の内をくらぶれば　夢まぼろしの如くなり　ひとたび生を得て　滅せぬ者のあるべきか」

という幸若舞『敦盛』の一節を愛誦している。限りあるいのちをわきまえているはずだ。

ともあれ、信長という人間は難解だった。

城内をじっくりと巡覧した右近は、先駆的な城づくりの巧みさや鉄壁の防御態勢に感嘆する一方で、ともすればこの城館が、おごれる者の墳墓のように思えてきて、そんな不吉な想いを脳裏から振りはらうのに苦労した。

（この贅を尽くした城も町も、デウスの守護なくしていつまで安泰でおられよう。はかない一場の夢で終わりかねない）

この主君を敬愛すればこその心痛だった。

（上様の覇道を王道へと転換させねばならぬ。それができなければ、すべては上滑りし、真の意味での天下布武は成就しない。この城に空虚さを感じるのは、精神の礎石が打ち込まれていないからではないか）

右近は、完成に近づく安土の城と城下町のためには、尊い「人柱《ひとばしら》」が必要だと考えた。

二

平和の世は、決して政治や外交、軍事力といった外的な取り組みだけで成されるものではない。それ以上に、無数の名もなき「人柱」によって支えられている。

人柱とは、「架橋・築堤・築城などの難工事の時、神の心を和らげ完成を期するための犠牲として、生きた人を水底・土中に埋めたこと。また、その人。転じて、ある目的のために犠牲となった人」（広辞苑）を意味する。

このとき右近が考えた人柱とは、もちろんそんな文字通りの人柱のことではない。

身を捨ててでも「神の国と神の義」のために生きる、言いかえれば自ら十字架を背負って歩むキリシタンの存在にほかならなかった。

幼少時に、武士は生きるも死ぬもいさぎよくなければならないと叩きこまれた右近にとって、死の観念はいつも腹の底にある。

（生ける「死の柱」がますます求められる。今後はこの安土が日本の中心地となるのだから、布教活動もここで盛んにせねばなるまい）

自己犠牲の精神でデウスとキリストに仕える若きキリシタンたちが育っていくようにしたいものだ。

具体的には、都の南蛮寺に比肩するような教会もいいが、信長の心をつかむには、もっと新奇な施設のほうが望ましいのではないか。

右近は、漠然とではあったが、キリスト教による教育と修練の道場を思い描いた。

（そういう拠点が地元にできれば、上様も教義に関心を示し、キリシタンになってくださる道も開かれるだろう）


ちょうどそのあと、伴天連のオルガンチノも信長から安土城に招かれ、歓待された。

琵琶湖に突き出た安土山に、信長が築城を命じたのは天正四年（一五七六）正月のことだ。出迎えに来て、先導してくれた信長の家臣からそのことを聞き、

「都に南蛮寺が建立されたのも、同じ年でしたよ」

オルガンチノ神父は親しみをこめて、流暢な日本語でそう述べ、はじめて見た同湖の印象などにもあれこれ言及していたが、やがて視界のかなたに見え始めた城の壮麗な姿に、その饒舌も止まった。

城下に入ると、完成間近の城を中心にして、周囲に家臣たちの屋敷が建てられつつある。

自由で斬新な町づくりが進められていることが、各地から呼び寄せられた商人や職人たちの活気あふれる様子からうかがえた。

右近のときと同様、信長は自らオルガンチノを接待し、天守を案内して回った。

巡覧した神父は、広間や小部屋の周囲にめぐらされた縁側の板が、ぴかぴかと光沢を放ち、襖の金具や釘がことごとく純金であることなどにも感嘆。

イタリア人らしい陽気さで、大きな目を皿のようにして称賛の声を連発した。

先輩のルイス・フロイスがかつて信長に謁見した際に贈呈した、大きなヨーロッパの鏡、美しい孔雀の尾、黒いビロードの帽子などが大切に飾られていることにも満足した。

ただ、それらとて城の内外を輝かせる装飾の前では、いささか色あせて見えた。


右近が久々に南蛮寺を訪れ、オルガンチノと顔を合わせた時、神父は開口一番、自分も安土城を見てきた、と言った。

まだ余韻が残っているのか、派手なジェスチャーをまじえ、ひげをふるわせながら賛美の言葉を並べていく。

「ただパーデレ様、私はあの地にもやはり大きな十字架が立たないと、城下の繁栄は浮薄《ふはく》に流れ、デウスの御心にかなう真実のものにならないと案じています」

右近が落ち着いた表情と声でそう述べたので、オルガンチノの目にも冷静な光がもどった。

そして、執務室に入り、先ほどとは違う神妙な面持ちで右近に向かった。

「つまり、教会を建てるべきだということですね。私も都に戻ってから、信長様のことを思い、祈っていると、今のままではいけない、安土を新たな聖地にせねばならないという切迫した気持ちになりました」

「ジュスト殿。信長様は確かに偉大な方です。ただ、惜しむらくは敵が多すぎます。私の得た情報では、朝廷や公家の間でもひそかに信長様に反抗するような動きが高まっているとか」

事実、天を突くような権勢を誇ってはいても、信長の周囲は敵だらけだった。

とりわけ越後の上杉謙信と石山本願寺の顕如《けんにょ》が、当面の脅威として立ちはだかっていた。北陸路を経由して上洛を企図するはずの謙信、そして石山本願寺。

それらを牽制するためにこそ、信長は安土に着眼し、城を築いたのだ。

いざとなれば、早舟、早馬を使って半日で京の都に駆けつけられるし、湖上をたどれば、陸路の数倍も時間を短縮でき、莫大な兵力と物資を運ぶことができる。

だが、オルガンチノが不安にかられる一番の理由は、信長が余りにも多くの敵をつくってしまったため、各方面から怨まれ、呪われている現状だった。

「『汝の敵を愛せよ』というのが主イエス・キリストの教えの白眉であり、私たちは大切にしています。ジュスト殿も『慈悲の行い』の中で努力しておられるはず。無論、天下統一を目指して覇者の道を突き進む信長様には通用しない考え方かもしれません。しかし、そのような愛や慈悲の精神も持ち合わせておかねば、この日本がすべて信長様の支配下に入ったとき、人々が心からあの方に服しましょうや」

オルガンチノは珍しく、眉を寄せて深刻な顔つきで話し続けた。

「比叡山の焼き討ち、伊勢・長島での虐殺は言うに及ばず、荒木村重様の一族郎党をすべて処刑するなど、敵対する者にはいささかの憐れみをかけようともしない冷酷で残忍な所業の数々――あの方の命令ひとつで、どれほどの血が流れ、死体の山が築かれたことでしょうか。いくら戦国の世でも、常軌を逸しています。いずれその報いを受けると案じられてなりません」

「パーデレ様、私もそれは痛感しています。だからこそ、先ほども申し上げましたように、あの方がデウスの教えを学んで洗礼を受けるためには、安土に十字架を立てることが急務だと思うのです。さすれば上様の罪滅ぼしにもなりましょう」

その上で右近は、キリシタンを養成する道場あるいは修練所の設置を提案した。

オルガンチノは目を輝かせ、息をはずませて言った。

「私も、あの地にぜひとも教会か、それに類するような施設を建てたいのです」

だが、再び沈んだ声になった。

「ただジュスト殿、ことはそう簡単に運びそうにありません。信長様は安土には新しい寺は無用との考えを示している。先日、安土城から見送ってくれた家来の一人が言っていましたから、教会は許可されないでしょう」

そのとおりで、信長はいかなる仏僧にも城下に新たな寺を建てることを許さなかった。いくつかの古くからあった寺については、やむなく黙認した。

今や、城のそびえる小高い山の南側斜面を起点に、湖岸のほうへも町並みはきちっと区画されており、入江や掘割も整備されている。

石垣と白い胸壁で囲まれた家臣団の屋敷も、まだまだ建っていくという。

オルガンチノが望むような適当な土地はありそうにもなかった。

そんな情報にも右近は動じることなく、神父を励ますように言った。

「名案があります。上様は私に先日、安土に土地を与え、邸宅を建てるようにとおっしゃられたのです。私の屋敷のかわりに、そこに教会を建てさせていただきたいとお願いすればいいではないですか」

事実、信長は右近にそう命じていた。

高槻の城とは別の、右近の別邸ということになる。

もっとも、そこに右近や親族が住むことになれば、何かの時には人質にされるだろう。

だが、それほど信長は右近をそばに置いておきたいということでもあった。

こうして右近とオルガンチノは話をまとめ、信長に謁見し、その旨を申し出た。

信長はあっさりと承諾した。

「安土という新たな王都にふさわしい教会堂を建てることができれば、上様の名声と賢哲ぶりは、遠くゴア、マカオ、またヨーロッパにまでとどろき渡ることと存じます」

神父が深々と頭をさげて言上した、そのせりふに信長が気をよくしたことに加え、城山のふもとに湖水の一角を埋め立てて新田ができたばかりだったことも二人に幸いした。

「あの場所を与えよ。あとは右近と宇留岸伴天連たちの望むようにさせよ」

信長はさっそく、埋め立て工事を担当した三人の奉行を呼びつけ、手配させた。

奉行たちは驚いたらしい。

つい先日まで、あの土地は誰が所望しても与えないと、信長が断言していたからだ。

さらに右近にはそのあと、予定通り邸宅用の土地が下賜された。

三

これ以上望むべくもない理想的な展開に感激した二人は、さっそく安土におもむき、その予定地を視察した。

来てみれば、安土山のふもとの一等地、壮麗な城を仰いで常に信長の庇護を感じとれる絶好の場所である。

「なんとうれしいことか！　ジュスト殿、今はちょうど『聖霊降臨の大祝祭』の時期でもあるので、これこそはデウスのお恵みとお導きにほかなりません」

イタリアの農家の子らしい純朴で屈託のない性格の「宇留岸」は、あたりを熊のように歩き回りながら全身で喜びを表わしている。

右近はこういう局面でも感情をあまり顔に出さないほうだが、それでも信長の背後に聖霊の働きがあることはまぎれもないと確信し、胸のロザリオに両手を当てて感謝の祈りをささげた。

しばらくして、右近はオルガンチノのそばに歩み寄って言った。

「京の南蛮寺のそばにセミナリオを建てるという計画が頓挫したと聞きましたが、ここでならすぐに実現できますよ」

セミナリオとは、教会で奉仕する将来の司祭や聖職者たちを養成する神学校のことである。

それまで右近の考えは、安土城下に進出させるべきは聖堂か修練所かという程度で漠然としていた。

だが、現地に立って真新しい土の匂いとまぶしい陽光を浴びたとき、セミナリオをつくるという考えがふっと心に浮かんだのだった。

（日本の教会が自立するためには、我らの一族、縁者、領民の子弟の間から次代の精神的指導者を輩出せねばならない。布教とともに、そういう教育が急がれる）

右近がいだいた具体案はオルガンチノの賛同を得てそのまま採用され、信長が「安土セミナリオ」の建設を認可した。

それは行政的な措置というより、オーナー気分での厚遇ぶりだった。

だから、信長はひんぱんに工事現場に足を運び、熱心に進捗状況を見守った。

陰うつで孤独な表情でいることの多いこの気難しい男が、ここでは明るい目を周囲に向ける。汗まみれで働く大工職人や労役者たちの意気も大いに上がった。

――できるだけ立派な館を建てて、我らキリシタン宗門が天下公認の宗門であることを如実に示すようにしてほしい。

全国の宣教師やキリシタン大名もそんな期待と要望を寄せ、労力や資金面での協力を惜しまなかった。

畿内はもとより遠方の信者たちも、銀や米を提供するなど積極的に協力した。

なかでも右近の献身ぶりは特筆すべきだった。

多忙な政務の合い間を縫って高槻の所領から領民を派遣し、千五百人もの人足を動員。

その全費用を引き受けて建設に尽力した。

（いかにして無神論者の上様を、デウスに仕える正真正銘のキリシタンにするか）

それも念頭に入れて、セミナリオの設計段階から深く関わった。

新しがりやの信長の気を引くための趣向もこらした。

着工に際しては、右近の指摘どおり、南蛮寺が用意していた大量の資材を生かすことができた。瓦は必要な量が備蓄されていたし、材木はすでに裁断加工がすんでいるので、運びこんで組み立てればよかった。

安土セミナリオは着工してからわずか一カ月という早さで完成した。

均整のとれた堂々たる和風三階建ての、校舎と寮と教会を兼ねた建物である。

信長のすすめによる青色の瓦屋根が安土城の天守と照応するかのように映え、金の十字架が輝いている。

正面玄関を入ると一階には応接間と礼拝所、茶室の付いた座敷などがあり、二階は教師を務める神父や修道士（イルマン）たちの居室が相互に襖で仕切られ、三方をめぐる回廊からは水田や町並みの眺望が開けた。

手前の街道は両側に松と柳が整然と並び、城下の中央をつらぬいている。

こんもりとした緑の城山のかなたに視線を転じると、少しばかり湖面がかすんで見え、絵のように美しい。

そして、三階が大広間である。そこが教室であり、生徒たちの寝室にもなる。部屋は全館で二十四室。清潔でおごそかな雰囲気である。

セミナリオの誕生は、その耳新しい典雅な語感も手伝って広く知れわたり、連日、大勢の人々が見物に訪れた。

オルガンチノは、すでに校長に就任することが決まっていたので、何度も京の都と安土との間を行き来した。

(さあ、校舎という器はできた。次は、そこに入れる生徒たちをどうやってそろえるかだ)

四

セミナリオとは、日本人の司祭や伝道師を養成する全寮制の初等教育機関で、七〜十七歳の少年たちを対象とし、神学をはじめラテン語やヨーロッパの学問、日本文学、音楽、絵画など全人教育をほどこす。

京都の南蛮寺に、そういう学校を付属させる計画があったが頓挫していた。

それが安土で実現することになったわけで、オルガンチノ神父にとってはまさに渡りに舟だった。

だが、彼は当初、安土に建てるのは南蛮寺に次ぐような教会堂をイメージしていた。教会なら、建物さえ出来れば、あとは人々の来訪を期待して開放しておけばよく、人の姿がない日があっても別段、問題にはならない。

ところが学校となると、そこで一定数の生徒が学んでいなければ格好がつかない。

いざ安土セミナリオが誕生すると、その現実にオルガンチノが直面し、頭を痛めたのも無理はなかった。

都の貴族や武士たちの家から優秀な子弟たちを集めようとしたが、思うようにいかなかい。

切羽つまって、右近に頼ろうとした。

（教会堂ではなくキリシタンの修練所が必要だと主張し、セミナリオ開設に持っていったのはジュスト殿なのだから、当然ながら生徒を確保する手立ても講じているに違いない）

オルガンチノが高槻城を訪ね、力を貸してほしいと頼んできたとき、右近は二つ返事で引き受けた。同校の建設から生徒の発掘、さらには運営と維持管理まで、全面的に貢献していくつもりでいたから、あらかじめその懸案についても考えていたのだ。

「私の家臣たちの家庭に見どころのある少年たちがいます。是非とも彼らを一期生として入学させたいものです。私も働きかけてみますが、まずは安土見物という触れこみで招いてはどうですか」

このアイデアにオルガンチノは飛びついた。

こうして選りすぐりの少年たちが八人、招請にこたえて安土にやって来た。

はじめて仰ぎ見た豪壮な城にも感嘆したが、城山のすぐ近くに建ったセミナリオの威容にも感動した。

セミナリオの前庭で、まだあどけなさの残る彼らと対面したオルガンチノ。

胸が熱くなり、両手を大きく広げ、八人を包み込むようにして抱擁した。

そのあと得意の弁舌をふるった。

安土城が、ヨーロッパから東洋にかけて自分が目にしたさまざまな城郭や宮殿にも劣らないほど見事であることや、日本にたどり着くまでの苦労話などを、時にはおどけた身ぶりもまじえて披露した。

そして、彼らの目線に合わせるように背をかがめ、しっかりと付け加えた。

「この伴天連はみなさんの住む摂津・高槻を心から愛し、領主である高山右近様を尊敬しています。あの方の高潔で英邁なる人格と善政が地上に神の祝福をもたらしました。このセミナリオも右近様の並々ならぬ熱意で出来たのです」

少年たちは真剣に聞き入っている。

さらに神父は、セミナリオ生活の素晴らしさについて述べ、デウスとキリストへの信仰こそが揺るぎない人生の指針になり、永遠に朽ちない宝になることを力説した。

神父は聖書の一節「汝の若き日に、汝の造り主を覚えよ」（伝道の書）を三度、繰りかえした。

この聖句を唱えるのに、これほどふさわしい場面がかつてあっただろうか。

「神はあなたたち一人ひとりを先駆者として覚え、既にして偉大な人間にすべく導いて下さっています」

熱くなったオルガンチノは、そう言って、ここで一緒に学んでほしいとの希望を伝えたので、八人は即座に入学を決意した。その日からセミナリオに泊り込もうとしたが、神父は彼らをいったん親元に帰らせた。

が、少年たちはすぐに再結集し、「デウスの学園」に身を投じるべく髷を切り落として安土に向かおうとした。

これには多くの親が驚き、引き止めるわ、軟禁するわの騒動となった。

「やはり伴天連は魔術を使うのか。息子をかどわかしている」

「突然の家出など認められぬ。半人前のくせに、大きなことを言って、目つきもおかしい」

「いずれは家督を継ぐ、たった一人の息子じゃ。セミなんとやら、そんな怪しいところへやれるわけがない！」

こんな苦情や抗議が殺到したので、弱り果てたオルガンチノは右近に書状を送り、反対する親たちを説得するよう依頼した。

右近の対処ぶりはこのときも素早かった。

ただちに彼らを含む重臣たちを登城させ、懸念や疑問の声に誠実に向き合った。

神父の書状を手にして着座した右近は、顔をほころばせながら一同を見渡し、口を開いた。

「デウスが尊い御用のために人を選ぶに当たって、ほかならぬわが領内からそなたたちの子弟を召して下さった。名誉なことだから、ともに感謝し、祝賀すべし。嘆いてはならぬ」

すると居並ぶ父親の中から反論の声が上がった。

「殿に仕え、いくさが起これば出征せねばならぬ者が、修道生活に入るなど武門の恥じゃ！それに、わが家は窮してしまう。殿だって困るはずじゃ」

そんな発言が飛びかったが、右近は誠実に耳をかたむけた。

彼らの思いに理解を示しつつ、自らの体験もまじえて語った。

「私が父に言われるまま洗礼を受けてキリシタンになったのは十二歳のときだから、年齢的にはちょうどセミナリオに入る時期に当たる。あれ以来、波乱続きの少年期、青年期であった。しかし、デウスの教えに出会ったお陰で、自分の領地だけに留まらない視野と精神を持つことができ、今に至っている。これからの時代はさらに広い心と海外にも通じる知識を持つ必要がある。

セミナリオでは、そういう人間が育つのじゃ。親の狭い考えで子供らの足を引っ張らず、大きな世界へ送り出してやってはくれぬか」

それでも、固い表情を変えない親たちがいる。

右近はそばまで歩み寄り、さらに声に力をこめた。

「彼らは司祭や伝道師を目指すが、それは精神的指導者になるということにほかならぬ。一国一城のあるじになるよりも尊いことじゃ。これこそ家門の誉れであり、高槻にとっても大きな希望である。そこで、学業への支援として、毎年一人につき米二百俵を与えよう」

右近が期待するのは、殉教を覚悟して清貧に生きる人物像だったが、それを口にすると親たちはまた戸惑うに違いない。そう配慮して、現実的な対応をしてみせたのだ。

ようやく親たちは愁眉《しゅうび》を開いて納得し、あとのことは殿様にお任せしますと口をそろえた。

根底に、右近に対する日頃からの尊敬と信頼があるので、騒ぎも長引かなかった。

五

やがて、他領の少年たちもこの八人に加わり、セミナリオでの授業が始まった。

生徒の数は途中で若干の変動はあったものの、開校した当初は二十五人。セミナリオが安土で運営された約二年間、平均して二十五人から三十人までの生徒が学んだとされる。

彼らは、制服として屋内では青い木綿の帷子《かたびら》か着物を、屋外では青色の衣服と黒い胴服をその上に着用した。

セミナリオでの生活は次のようなものだった。

朝は四時半に起床し、祈りを捧げることから始まる。

ミサ聖祭と部屋の清掃、そのあとはラテン語学習、朝食、休憩と続く。

午前十一時から午後二時まで、日本語の学習と作文・習字、声楽・楽器の練習、教師の指導によるラテン語、自由時間。

午後五時からの夕食のあとは、またラテン語の授業があり、ローマ字も学ぶ。

夜八時には一日の反省と祈りをおこない、九時に就寝する。

ただし、十月中旬から二月中旬までの冬期には、すべてを一時間遅らせた。

食事は和食で、日本の食卓作法が守られた。食事の間はラテン語と日本語の読物が朗読され、それを聞きながら箸を置くのだった。

生徒は畳の上で寝起きし、互いの間は小机でへだて、また夜通しローソクの灯がともされた。

夏は一週間に一度、冬は二週間に一度、風呂に入った。

両親の病気など、やむを得ない場合のほかは家族のもとに帰ることは許されない。もし帰る場合でも、二名の同伴者が付き、その日のうちに帰校することが絶対条件だった。

カリキュラムの中では健康な体づくりのため体育も重視し、水泳の訓練をはじめ、日曜・祝日などは遠足に当て、餅や果物などの弁当と楽器などを持参して楽しい一日を過ごした。

当時の日本では、まだそのような習慣がなかったので、近隣の住民は家の前まで出て、生徒たちのピクニック姿に好奇の目を向けた。校内では寡黙な生徒たちも、郊外散策や湖での遊泳のときには少年らしくはしゃぎ、楽しんだ。

授業では、毎日の学課のほかに復活祭、降誕祭などで催される聖劇、音楽演奏もあり、文化祭も開かれ、日本語、ラテン語による演劇、討論会など盛りだくさんの行事がなされた。最後には、優秀な成績をおさめた生徒の表彰が行われた。

教師陣としては、校長のオルガンチノを筆頭に、ルイス・フロイスの後継として都に赴任したジョバンニ・ステファノーニ神父、シメアン・アルメイダ修道士、ディエゴ・ペレイラ修道士ら六人がいた。オルガンチノは生徒たちと寝食をともにし、深い祈りをささげながら、彼らの成長を支えた。

右近も信長に謁見した際などにセミナリオに立ち寄り、生徒らを激励した。ポルトガル語が話せることから、右近は外国語の習得をテーマにした講話もおこなった。

休憩時間に入って、右近に何度も質問してくる生徒がいた。

この少年がこの時から十六年ののち、豊臣秀吉によるキリシタン迫害の嵐の中、長崎で磔にされて殉教した「日本二十六聖人」の一人、三木パウロである。

六

安土セミナリオの第一期生だった三木パウロは、その後、イエズス会に入会して修道士となり、本格的にデウスに仕える人生を歩み始めた。

生涯を神にささげる決心は、セミナリオでつちかったものだ。

だが、豊臣秀吉の時代になって発令された伴天連追放とキリシタン弾圧により、慶長元年

（一五九六）十二月に逮捕され、イエズス会の神父や他の修道士たち、そして三人の少年を含む日本人信徒らとともに京都の獄舎につながれた。

獄中での三木については目撃談が残っている。彼はあとから入牢した神父たちの手を取り、顔を輝かせながら言ったという。

「今日、神の御慈悲によって初めてこのようなよき運命に恵まれました。パーデレ様たちのお陰なので、心から感謝します」

その獄舎には、キリシタンではない先住の罪人が五人いたが、三木は彼らとの出会いも大切にし、数時間にわたってデウスとキリストを証しした。五人は涙を流した。

監視役たちは三木や神父らの楽しげな様子に驚き、このような屈辱をも名誉に思っている人間など見たことがないと、しきりに感嘆した。

三木らは翌年一月、大坂から陸路、肥前・長崎まで約一カ月歩かされ、二月五日、二十六人全員が長崎の西坂で磔にされた。

三木は処刑の直前まで、群衆に向かって声を張り上げ、神の偉大な愛と恵みについて語りかけたという。

これが日本で最初の殉教事件である。後年（一八六二年）、三木らは「日本二十六聖人」として教皇ピオ九世により列聖された。

三木以外に記録にその名が残るセミナリオ出身者としては、三箇《さんが》アントニオがいる。河内国の生まれで、セミナリオを卒業してからは伝道士として活動していたが、キリシタン迫害の嵐に見舞われ、江戸前期の元和八年（一六三二）に投獄された。

牢の中にあっても、三十人を改宗させた。同年に長崎の海辺で処刑されたが、そこはセミナリオの同期生、三木パウロが二十五年前に殉教した場所のすぐ近くだった。

清水ジョアンは、セミナリオで学んだあとイエズス会に入会。それが弾圧者の目にとまり、慶長十九年（一六一四）にマカオに追放された。

その後、帰国して東北地方で働き、豊かな学識と雄弁で多くの人を改宗させたのだが、寛永六年（一六二九）に逮捕され、牢獄生活をへて同十年、江戸で殉教した。

このときの処刑方法は「穴吊り」だった。体を綱で幾重にも巻かれ、地面に掘られた穴に頭を下につるされて放置される。二日半ほどして、鼻や耳から血を流して苦痛は極限に達する。だが、最後まで耐え忍び、棄教せずに息を引き取った。

福永ニコラオも、同じ穴吊りの刑に遭いながらも信仰を全うした殉教者である。

天正十五年（一五八七）、秀吉の伴天連追放令により、福永は宣教師とともに肥前・平戸まで追いやられた。翌年、イエズス会に入り、しばらくしてマカオへ流された。

マカオ暮らしは六年に及び、その間、日本から追い出された他の信徒たちの世話や、共同体の祈りや学習などに励んだ。しかし、日本で布教したいとの初志は断ち難く、カンボジアを経由して帰国を果たした。五十二歳になっていた。

疲れを知らぬ布教活動もむなしく、ついに長崎で捕縛された。キリシタンをやめさせるための踏み絵をはじめ、苛酷な拷問で責められた。

はげしい喉の渇きを訴えた福永に対し、役人たちはこの時とばかりに、

「棄教すれば水でもなんでも与える」といった。

すぐさま彼は、「その条件ならば水はいりません」と断わった。

拷問三日目、福永が誰かと話しているような声が聞こえたので、不審に思った役人が問いつめると、

「ここにいらっしゃる聖母マリア様と話しています」

と答え、しばらく祈りの言葉を唱え続けた。

やがてその声も小さくなり、ついに途絶え、確かめると天に召されていた。寛永十年（一六三三）七月三十一日、奇しくも聖イグナチオ・デ・ロヨラの祝日のことだった。

高山右近が治める高槻領からセミナリオに入った八人のうちの一人は、加賀山ディエゴである。彼の場合は、家族ともども十七年間にわたって信仰を守り抜き、そして殉教の道を選んだ。

加賀山はセミナリオで学んだあと、武士として右近に近侍し、次いで細川忠興の家臣となった。その立派な人格と功績によって小倉の総家老にまで登用されたが、常に公然とキリシタンとして行動した。

特に小倉時代はセスペデス神父の指導のもと、現地の教会の責任者となった。やがて信仰を優先する一徹な姿勢ゆえに主君忠興との対立が深まり、家老職を解かれ、蟄居《ちっきょ》を命じられた。キリシタン弾圧の方針に逆らえず、忠興は加賀山の処刑を命じた。元和五年（一六一九）十月、小倉の郊外で斬首。彼の二人の娘も棄教の強制に屈することなく、

「棄てることなどできない教えですので、このような日を迎えました」

との遺書をしたためため、熊本の禅定院で父らのあとを追っている。

以上の人々にしても、安土セミナリオのころはごく普通の少年たちに過ぎなかった。オルガンチノ校長や教師たちの薫陶の中で、互いに切磋琢磨して目覚ましく成長した。

いずれにしても彼らは、

「体を殺しても、魂を殺すことのできない者どもを恐れるな」

というキリストの言葉に励まされ、真に英雄的に生きたキリシタンの典型だった。

七

オルガンチノ校長の姿をセミナリオで見ない日がしばらく続いた。まるで大黒柱がすっぽりと抜け落ちたような感じがして、生徒らは寂しがった。

不在の理由は、京の南蛮寺で未処理の要件がたまっているからだという。

副校長の立場にあるステファノーニ神父が、問いただした生徒にそう説明したが、実際はそんなありきたりの事情ではなく、イエズス会本部から来日した代表幹部を迎え、重要な会議に臨んでいたのだ。

南蛮寺でオルガンチノがいささか緊張気味に接待していた相手は、入洛したばかりのアレッサンドロ・ヴァリニャーノ巡察師である。

イタリア・ナポリの出身。同じイタリア人でも、年齢が上のオルガンチノが陽気で冗談好きな性格なのに対して、ヴァリニャーノは理知的で上品で、いつも何かを深々と思案しているような風情があった。

ヴェネチア領の大学で法学博士の学位をとり、イエズス会に入ってからは、その綿密な頭脳と意思堅固な性格を買われて本部の中枢を歩み、ついには総長代理に抜擢された。

東インド管区から独立して、「日本巡察師」という重責を担うことになり、宣教活動の実情を見て回るべく、天正七年（一五七九）夏、マカオから九州・島原の口之津に到着した。

このとき四十歳。

それまでに彼が受けていた報告によれば、日本ではキリシタン人口がすでに十万人を超えているということだった。しかし、彼が九州の状況を視察した印象では、どうも報告と現実の間に乖《かい》離《り》が見られる。

希望に胸ふくらませて、この東洋の異国にやってきたのに、がっかりしてしまった。

（正確でない報告書簡が目立つ。不統一な上に、事実誤認も多い）

鋭い洞察力と懸案処理の能力にも優れた彼は、ただちにイエズス会の「年報」を整備し、通信体制を改めた。

これによって同会の人事、財政、布教政策などの正確さが保たれるようになった。

長期的な展望に立ったこの改革は、大航海時代の海外宣教史の中でも特筆すべき業績として、現在に至るまでカトリック教会に語り継がれている。

また、ヴァリニャーノは「郷に入っては郷に従え」式に、日本人と日本文化に深い理解と親愛の情を示した。

一例として、茶の湯を尊重すべきだとの通達書まで作成した。その他、布教の際のこまごまとした注意点を指示している。

オルガンチノと面会した際にも、

「館の一階にはちゃんと茶室も設けてあると聞いて、さすがは現地に溶け込むすべを心得ておられると意を強くしました」

と評価した。

ヴァリニャーノは、それからもオルガンチノのさまざまな苦労をねぎらい、それまで固かった場の空気がなごんだ。

会議では、第二代布教長のフランシスコ・カブラルとヴァリニャーノの確執があらわになった。両者は、宣教方針をめぐって真正面から対立していたのだ。

ポルトガルとイタリアという出身国の違いもあるが、それに加えて、カブラルが貴族の出自を鼻にかけて、いささか日本人を見下すような態度が目立ったせいでもある。

日本の習慣になじもうとせず、日本語を覚えようとさえしなかった。

カブラルによると、日本人はまだまだ野蛮で信用できないから、高い地位の聖職者にしてはいけない。もし司祭にでもなれば、外国人神父らをあなどり、排斥してくるだろう。

「だから、せいぜい伝道士程度にとどめるべきだ。無論のこと彼らには神学校など必要ない」

これに対してヴァリニャーノは、努めて感情を抑え、自身の実体験を踏まえて反論した。

「日本に来てから九州地区を一年半ほど巡回したが、日本人が高い知性を持ち、人情も温厚で、特に勤勉さや礼儀正しさにおいてはヨーロッパ人以上であることがわかった。早く日本人の聖職者を養成せねば、布教のさらなる進展はおぼつかないし、付随する諸々の仕事もこなしていけない」

カブラルの主張を退け、全国にセミナリオや修練院の設立を急がせた。安土セミナリオについても、イエズス会として正式に認可したのはヴァリニャーノにほかならない。

カブラルは、論争に敗れる格好で布教長を辞し、ゴアに戻った。

ヴァリニャーノは最初から「畿内の巡回で真っ先に会うべきはジュスト高山右近だ」と決めていた。このころ右近は「伴天連の大檀那《おおだんな》」「教会の柱石」などと呼ばれるほど、名声がとどろいていたのである。

巡察師一行が高槻に来ることを知った右近は、淀川の対岸を埋めつくすほどの隊列を整えて彼らを歓迎した。

ヴァリニャーノは、信長に拝謁する日程も組んでいたので、通訳としてルイス・フロイスも伴っていた。

右近は普通の体格だが、巡察師は背が高い。

初対面の二人はにこやかに握手を交わした。フロイスとは久々の再会である。

八

ヴァリニャーノ巡察師とその一行は、まず城のそばの天主堂に案内された。聖壇の前に並ぶと、右近が先導して歓迎と感謝の祈りをささげた。

右近は妻のジュスタを伴っていた。彼女はこの遠来の重要人物と対面したとき、体躯こそ巨大で威圧的ですらあるが、澄んだ目と端正な顔立ち、落ち着いた物腰に聖職者の理想像を見る思いがした。

同時に、その人となりからにじみ出る雰囲気が右近に酷似している、とも感じた。

（深い絶望や孤独の淵に沈みながらも耐え忍び、天上の光を求め、絶えず格闘してこられたのだろう。冒しがたい内面からの輝きがある）

その日の夜、ジュスタが右近にそんな印象を打ち明けると、右近は彼女の顔をしばらく無言で見つめたあと、ぽつりと言った。

「ヴァリニャーノ様はああ見えても、まだ異教徒だった学生時代には随分と乱暴なこともなさったらしい。女性問題で傷害事件を起こし、投獄されたこともあるという。その獄中でキリストに出会って回心した、という経歴をお持ちだ」

「……！」

「私も過去の罪を告白した。キリシタンになっていたのに、武士としての意地を捨てきれずに刃傷沙汰を起こしたと」

「和田惟長様と剣を交えたときのことですね。あれからもう八年になりますか」

「彼はその時の傷がもとで命を落とし、私も瀕死の床についた。傷の痛みと心の煉獄の中で、私に呼びかける聖霊の声を聞いた。そのお陰で信仰の本意に目覚めたのです、と言ったら、大きくうなずいておられた」

「ご立派な前科のあるお二人ならば、さぞや意気投合されて、そのあとお話も弾んだことと拝察いたしまする」

諧謔まじりのジュスタの誘いに乗り、右近は、ヴァリニャーノやフロイスと協議した内容の一端を話した。

高槻での布教の進展ぶりに大きな関心を寄せる巡察師に、右近は報告した。

「デウスを信じ、神の愛と真理に生涯をささげる者として、福音をすべての人々に伝えることが私の使命です。とはいえ、私は領主という立場から民に改宗を強制したことは一度もありません。日頃の言動で模範を示し、天の教えにもとづく善政を心がけていれば自ずとわかってくれますから」

こういう右近に感化された民が、すすんで説教を聞いて信者になったわけで、高槻では天正七年（一五七九）に信者は八千人いたが、翌年十一月頃には一万四千人に達し、なお七千人の洗礼志願者がいた。

天正九年には二万五千人の領民のうち、実に七割を超す一万八千人がキリシタンになっていた。常駐する伴天連も修道士もいない中での成果は、右近の熱心さと、身分の上下を問わず誰とでも親しく接する誠実な人柄によるものと言っていい。

このころ領内では、およそ二十カ所に教会が建てられた。

そのために社寺を破壊した、との悪評も立ったが、事実は、領民のほとんどがキリシタンになったため、社寺は自然にすたれてしまったのだ。

右近は、そんな使われなくなった社寺を取り壊したり建て直したりして教会堂にしただけのことである。

一方で、キリスト教に反対する人々や頑迷な保守主義者、仏僧らは、右近を憎んだ。右近の人形を作って逆さにつるし、釘を打ち込んで呪いをかける山伏の一団もあった。右近は気にしなかったが、幼年時に修験者たちと修行したこともあるだけに、心外で悲しくもあった。

「呪われても、悪罵を投げかけられても、それは私の不徳、力不足のゆえです。甘んじて受け、おのれを見つめ直す機縁にいたしましょう」

イエズス会士のヴァリニャーノにすれば、宗教的には絶対の神デウスのほかには何者も認めることができない。厳格に考えれば、キリシタン大名たるものは、その権力でもって異教徒を抑え、領民をひとり残らずキリシタンにするべきである。

しかし、右近はどこまでも領民の良識に信頼し、自由意志を尊重してきた。

「なるほど。それこそ地に根ざした布教方法であり、私の主張する現地適応主義にも通じるやり方なのかもしれません」

巡察師は納得した様子だった。

「あなたがた日本人は精神面でも知力においても、西欧人より優れているように思います。外国人の支配に甘んじているような無知で無気力な民族ではないし、将来もそうでしょう。したがって、日本人を教育し、しかるのちに日本の教会の運営をあなた方の手にゆだねるようにするのが最良と信じます」

続いてヴァリニャーノが口にした言葉が、右近の心をさらに熱くした。

「そこで必要なのは、できるだけ幼年の時期から教育を施すことです。高尚な道徳的特性は『乳房から徳を呑む』ようにして、早い段階で身につけさせることが重要です。セミナリオはそのためにあるのです」

右近は足取りも軽く城に引きあげた。

ヴァリニャーノ巡察師は、まだキリストを知らない領民のために福音を伝えてほしいとの右近の願いを受け、盛大なミサを挙行した。

巡察師が持参した多くの金の飾り物や銀の燭台、香炉などが置かれ、前年に輸入された小型のパイプオルガンが讃美歌にあわせて演奏された。

集まった人々が一つに和合しているのを見て感動したヴァリニャーノは、こう書き残した。

「私は高槻にいるというより、まるでローマにいる心地でした」

九

模範的な成功例を高槻に見て気をよくしたヴァリニャーノは、いよいよ事実上の新しい都、安土におもむくことにした。

華美をきわめた安土城に見劣りしないほどの威風堂々たる陣容で、信長に謁見した。

信長は大いに巡察師一行を歓待し、通訳のルイス・フロイスを介して話は尽きなかった。セミナリオからは校長のオルガンチノも同席していた。

ヴァリニャーノは一人の黒人を従者として付き添わせていたが、それを知るや信長は、ぜひ見たい、ここへ連れて参れ、ということになった。

ヴァリニャーノはすぐさま、廊下の奥に控えていたその男を信長のそばまで来させた。

一目見て、さすがに信長や居並ぶ家臣たちものけぞるように驚いた。

従者の顔は信じられないほど黒い。

「何かを塗ったのであろう?」

信長は異常な好奇心を抑えきれず、少年のような表情で一同と庭へ向かい、上半身を裸にさせて水で洗わせた。

従者の体は何度洗っても変わることなく、ますますつややかに黒光りしている。

「生来、このように黒い肌なのだな」

ようやく納得した信長に、従者が白い歯を見せ、愛きょうたっぷりにお辞儀をしたので、信長は痛快に笑った。

広間に戻ると、

「彼のように黒い人間はどこから来たのか」

信長はかつてフロイスから贈られたお気に入りの地球儀を持ってこさせ、ぐるりと回転させて尋ねた。

ヴァリニャーノはある一点に指を置き、その地域のことを教えた。

「アフリカという大陸です。そこに住む人々は、何代にもわたって灼熱の太陽に焼かれてきたので、このようになったのです」

黒人は信長の強い要請によって献納され、彼の特別な従者になった。

この一件を裏で企図したのはオルガンチノだった。

彼は信長の気持をさらに自分たちに引き寄せ、初対面のヴァリニャーノ巡察師の印象をよくするための手を打ったのだ。

それが奏効した。

世界の広さ、大きさを、信長は再認識せざるをえなかった。そして、視野の広がりの余波とも言うべきか、天下布武の目的は弓矢、鉄砲の力、つまり覇道だけでは果たせない、王道としての人心収攬が伴わねばならないと痛感するようになっていた。

(その際に最も有力なのはキリスト教であろう――)


安土にいる間に、ヴァリニャーノは当然ながらセミナリオにも足を運んだ。

宣教師用の部屋にこもって夜遅くまで、新しい教育方針と長期の計画を練ったこともあり、セミナリオの日課はさらに充実した。

その後、巡察師は約二年半にわたる日本視察を終え、いったんローマに戻ることとなった。そこで、帰国のあいさつをすべく信長を訪ねたときのことだ。

信長はなごりを惜しみ、また会う日を待ち望んでおる、と言った。

「急きょ帰還することになりましたが、誓って、再びこの地にやって参ります。上様もどうぞつつがなく――」

ヴァリニャーノの返事は決して形式的なものではなかった。

キリシタンを擁護し、戦国の世を終わらせようとしている男への、特別な畏敬と期待の思いがこめられていた。

ちょうど盂蘭盆会《うらぼんえ》の日が近づいていたので、信長は、

「いい土産ばなしにするがよい」

なお数日、巡察師を安土に引き止めた。

当日、信長は城の天守の各層と主要な建物の屋根に多数の提灯を吊るし、街道には随所にかがり火が置かれた。

夕闇が迫る中、そのおびただしい灯りがいっせいにともされ、昼が復活したかのように明るくなった。

また、湖上では松明を設置した船が次々と繰り出し、安土城の全貌が赤々と照らし出された。

城内の特設舞台に招かれていたヴァリニャーノは、この幻想的な光景を見にきた人々のどよめきが、うねりとなって城下を揺るがすのを感じた。

かがり火は湖畔にそって、どこまでも続いている。ぱちぱちとはぜる音も風に乗って聞こえてくる。

その遥かかなた、西南の方向には京の都があるが、今しもその方角にあたる山嶺にゆっくりと夕陽が沈みつつあった。

しばらく残照が隆々たる夏雲を浮かび上がらせ、雲はまるで酩酊しているような色に染まった。が、その色は鮮血を思わせ、美しいというよりもまがまがしく感じられた。

（都で何か凶変でもあったのか。あるいはその先ぶれなのか）

ヴァリニャーノは、うしろにいる信長をふり向いて、得意げな中にも孤影を刻んだその顔つきを記憶にとどめた。

第八章　転戦と教化と

一

天正十年（一五八二）六月二日の早朝、明智光秀の軍勢が京の本能寺を襲い、織田信長は追いつめられて自刃。紅蓮《ぐれん》の炎に包まれ、骨の一片も残さずして激烈な生涯を終えた。

このとき高山右近は、備中・高松城を攻める羽柴秀吉のために信長が派遣した援軍に加わっていた。だが、驚天動地の事件がぼっ発したため、急きょ自領に戻った。

謀叛の知らせを最初に受けたとき、右近はにわかには信じられなかった。

（上様のような方が側近に倒されるなど、あり得ようか！　あの方こそは下剋上の世を終わらせようとしていたのだ）

しかも、非道な反逆の張本人が、信長の家臣団の中でも抜きん出て温厚かつ高雅な人柄で知られた光秀とは――

部隊とともに高槻の城へと帰還する馬上にあって、右近は名状しがたい衝撃から立ち直れずにいた。

絶大な覇を振るった信長の突然の横死。右近にとって、それは主従関係の破綻や喪失というよりは、不意に信長のほうが雷雲のかなたへ飛び去ったというように思えた。

（閃光のように、あわただしいお方であった――）

信長には先例があった。元亀元年（一五七〇）四月、越前攻略のときのことだ。朝倉・浅井が同盟を結んだことによって形勢が逆転し、退路を断たれたと判断した信長は、身辺のわずかな者に言い残し、数人の供だけを連れて、敦賀から都まで疾風のごとく逃げ帰った。

それは前線の将たちからすれば、まさに信長が蒸発してしまったとしか思えないほどのすばやい行動だった。

（あのときと同じであれば、今もどこかに――）

しかし、事変の詳細がわかるにつれ、右近の一縷《いちる》の望みも消えた。

何よりも胸を締めつけるのは、信長が洗礼を受けず、デウスの使徒となれぬままこの世を去ったことだ。

その不始末も自分の責任だと悔やまれてならない。

それはちょうど、かつて和田惟政をキリシタンにできずに死なせてしまい泣いて懺悔した父・飛騨守の境遇と似ているが、和田のような一介の武将の場合とはその死がもたらす影響に格段の違いがある。

信長がキリスト教に帰依していれば、右近をはじめとする全土のキリシタン大名や伴天連、宣教師たちが協力し、名実ともなる天下統一を成し遂げただろうに、もはや取り返しがつかない。

一方で右近は、留守の小部隊しかいない高槻城が、明智勢の攻撃に対して持ちこたえているか危惧していた。

光秀が、畿内の要衝にある摂津・高槻をまっさきに抑えようとするのは目に見えていたからだ。

だが、戻ってみると、城も町も平穏無事だった。

しかも他の領地では、それまで信長の厳しい統治のもとでおとなしくしていた悪党たちが争乱につけ込み、略奪や暴行など狼藉を働き始めていたのだが、高槻は例外的に平時の秩序が保たれていた。

それは領民の大半がキリシタンという風紀のよさのせいであり、右近の日頃の善政と模範的な生き方の賜物でもあった。

城に駆けこんで妻のジュスタの顔を見るや、右近はその健在ぶりに胸をなでおろした。

「殿もご無事で、うれしゅうございます。明智様は我らが味方につくとお思いのようで、こちらにはまだ兵を差し向けて参ってはおりませぬ」

気丈な性格のジュスタは、頭にきりりと鉢巻を締めた臨戦の姿で、てきぱきと答えた。

事実、信長を討ったあと光秀は、諸将を味方につけるべく多数派工作に躍起になっており、高槻にも軍使を派遣し、本領を安堵するから、手向かわないよう申し入れていた。

これに対してジュスタは右近の代理として応対し、適当な外交辞令を述べて、その場を切り抜けている。

右近は、城の守りをさらに厳重にした上で、その後の都と安土の状況をつかむべく、偵察隊を放った。

南蛮寺やセミナリオがどうなったかも案じられた。

南蛮寺は正式には「被昇天の聖母マリア教会」と言うが、そこで活動するイエズス会宣教師やキリシタンたちこそは、本能寺の変をもっとも間近で目撃した人々だった。

何しろ同教会は、本能寺からわずか百数十メートルという距離しかない場所にある。

聖壇の燭台に灯りをともす係の者が起床し、身支度をしているとき、戸外から馬蹄の響きと人間の足音の入りまじった震動が小刻みに伝わってきた。

そうこうするうちに、払暁のしじまを破って、「銃声が聞こえ、火があがった」と『イエズス会日本年報』に記されている。

一方、光秀の大軍は安土にもなだれこんでいた。

二

都から安土までの距離は十四里（約六〇キロ）ある。本能寺で信長が非業の死をとげたとの知らせは、その日の正午に安土に到達した。

だが、凶報を受けて防御体制に入ろうとしたときには、安土の城下町に光秀の軍勢が押し寄せ、信長が完成しつつあった斬新な町並みは、あっというまに席巻されてしまった。

（どこへ脱出すればいいのか！）

このとき、セミナリオにはオルガンチノ校長、ステファノーニ、アルメイダ、ペレイラたち教師と、三十人近い生徒がいた。

オルガンチノは来日して初めて生命の危機に直面した。自分ひとりならセミナリオと運命をともにしても構わないが、未来ある生徒たちを死なせるわけにはいかない。

そのうちに地元の信者たちが駆けつけ、善後策を協議した。

「急ぎ、沖島へ！」

某信者の提言に、他の信者も盛んに賛成する。それに従うしかないとオルガンチノは判断し、留守を志願した修道士を残して、あわただしくセミナリオを出、島への道をとった。

沖島は、安土から約二キロの沖に浮かぶ琵琶湖最大の島で、現在は近江八幡市に属し、モチを引き伸ばしたような細長い形をしている。

湖にあって人が暮らす島は日本でここだけだ。

もともとは湖上交通の安全を祈る小さな祠があるだけの無人島だったが、平安末期に起きた保元平治の乱のあと、源氏の落ち武者七人が山すそを切り開いて住みつき、島での生活史が始まったとされる。


沖島への逃避行は、勝手のわからない伴天連や少年たちにとって悪夢でしかない。

一行はセミナリオをあとにする際、銀の十字架や燭台、聖杯、さらにヴァリニャーノ巡祭師がおいていった濃紅色のビロードの服、書籍などを大きな袋につめて持ち出した。

そのほか、いざという時のために神父は銀貨をポケットにしのばせていた。

岸辺に来て、村人に船の手配を頼むと、やってきたのは親切な漁民を装った、海賊ならぬ湖賊の一団である。

神父らは、一刻も早く島に渡りたい思いに駆られ、彼らの正体を見抜くゆとりがなかった。

船が出帆するや、漁民たちの態度が豹変した。

さかんに、重い袋の中身について荒々しい口調で詰問してくる。

(何もかも奪われ、殺害されて湖に投げ捨てられるのではないか)

オルガンチノは恐れ、同行者も生きた心地がしなかった。

賊たちに抵抗しようにも、武器がない。運を天に任せるしかなかった。

（イエス様がガリラヤ湖で水の上を歩かれたように、我らのもとへ来てくださらないだろうか。いや、あれは奇跡――。ここで天に召されるとしても嘆くまい）

揺れる舟の上で、乱れた思いにさいなまれ、神父は固く祈りの手を組んだ。

船が島に着くと、賊たちは運賃という名目で神父らの荷物を奪おうとした。

だが、オルガンチノが、これらは教会用具で必需品なので見逃してほしいと懇願し、代わりにこれを、と銀貨を差し出したので、湖賊の群れは納得して舟でどこかへ姿を消した。

オルガンチノたちは、ようやく一息ついて、水と少量の米を口にした。

やがて島からは、安土城が火に包まれ、崩れ去るのが見えた。

威容を誇ったあの城の最期もあっけなかった。

ゆっくりと、音も立てずに火焔に呑み込まれ、時のかなたへ没した。

（セミナリオも無事ではないだろう）

このまま島にいることもできない。より安全な場所へ移る必要があった。

同情して世話をしてくれる島民がいたので、安土に残した修道士に救援を求める手紙を渡すよう、その男に依頼した。

翌日、彼はヴィセンテ修道士をともない、島へ戻ってきた。

オルガンチノたちの喜びは言葉に尽くせなかった。

それから一行は、島民の忠告に従い、島からは安土と逆方向の坂本方面へ、湖を渡った。

陸路を急ぎ、ようやく都の南蛮寺にたどり着くことができた。

一方、これに前後して、安土では光秀とその配下たちがやすやすと城を占領。

光秀は宝物庫を開けて財宝を将兵たちに分配するなどしたあと、直ちに待ち受けている戦いのために河内方面へ引き返した。

セミナリオは一部の兵や群盗の略奪に遭い、装飾品や家具はもとより、鍋の類から扉、窓、ふすま、畳にまで盗まれ、外壁と柱と屋根を残すだけの無残なありさまとなった。

三

再び時計の針を、天正十年（一五八二）六月二日に起こった本能寺の変の直後に戻す。

毛利氏を討つため備中・高松城を攻囲中だった羽柴秀吉は、信長死すとの報せを受けるや、それを極秘にして毛利氏と和睦。

全軍を率いて急ぎ京に帰還した。

世に言う「中国大返し」である。

明智光秀との主戦場を山城・摂津国境の山崎の地と想定し、光秀討伐の陣容を決める軍議が尼崎で開かれた。

右近は織田信孝、丹羽長秀、池田恒興、中川清秀ら周辺の諸大名とともに会した。

まず戦いでの先鋒をめぐって、池田と中川の言い争いとなった。

両者とも、自分こそその役を引き受けると主張して譲らない。

そこに割りこんだのが右近だった。

「ご両人の意気ごみ、まことに心強い限りでござる。いくさは最初の気合いがかんじんですからな」

落ち着いた声音で言った。

「ただ、重鎮の方々はうしろに控えていていただきたい。切り込み役の先鋒はこの高山にお任せくだされ。何より、織田家の軍法では敵に近い城主が先陣を務めることになっております。それがしの居城高槻は、光秀が本陣を構える勝竜寺城の一番近くに位置しますがゆえに、先鋒は自分をおいて他にはないはず」

そう宣言し、二番は中川殿、三番は池田殿に、と図面を指さした。

これには池田と中川も色をなし、右近に詰めよりそうになった。

しかし、座の中心の秀吉が二人をなだめ、裁決した。

「亡き上様も、このような場合はその順列で手配しておられた。高山殿が道理にかなっている」


さて、六月十三日の山崎の戦い。

約一万五千の光秀軍に対し、約四万を擁した秀吉は天神馬場に本陣をすえた。

右近二千の軍は西国街道を進み、街道沿いの村に入ると、くぐり抜けた門を閉め、他の武将の後続を許さない態勢をとった。

手柄を独占しようとしたわけではない。

先鋒として、退路を断つという決死の覚悟を示したのだ。

これで士気は大いに上がり、最初の突撃で敵兵二百の首をとり、光秀の軍を混乱させた。

右近の側の討ち死にはわずか一人だけだった。

合戦は兵力にまさる秀吉軍が勝利し、ここに光秀の「三日天下」は終わった。


戦後、織田家の後継者問題などを協議した清州会議において、右近にはこの戦いの功績により、摂津能勢郡で三千石、近江で一千石の加増が決められた。

右近の家臣の間からは、あれだけの勲功に対して四千石は少なすぎるとの不満も出たが、右近は意に介さなかった。

(私はデウスの正義のため、良心に従って、信長公の版図を簒奪《さんだつ》しようとした卑怯者を討ったのだ。それ以上、何を望むことがあろうか)

またこの年、十月十一日から七日間にわたり、信長のための盛大な葬儀が都は紫野の大徳寺で営まれた。

右近も当然ながら、全国の諸侯や大名たちにまじって参列していた。

法要での一連の流れにうとい右近ではない。

ひそかに気を引きしめていた。

焼香の番が回ってきたとき、右近はためらうこともなく「お先にどうぞ」と隣の者にすすめた。

(高山殿は焼香をしないのか)

周囲の者たちがけげんな顔をした。

仏前での焼香は、キリスト教の教理にそぐわないから、控えねばならない。

右近は内心の声に従ったまでだ。

「亡き上様の霊は、ここで静かに私の作法で弔いますゆえ、ご了解願いたい」

しかし、秀吉以下、諸侯が居並ぶ中で焼香を拒むというのは、信長の霊に無礼を働いたことになる。

葬儀を主宰した秀吉の体面をも損なうとして、領地没収あるいは死罪の処分を告げられてもおかしくない状況だった。

だが結果的には、秀吉をはじめ誰ひとり、右近をとがめなかった。

秀吉は、キリシタンは焼香をしないものだと思っていたし、信長と違って細かいことにこだわらない性格でもあったので、それが幸いしたのである。

四

信長亡きあと、秀吉が虎視眈々と織田家の後継の座をうかがうのを尻目に、右近は自領の発展に余念がなかった。

その一環として、高槻でセミナリオの復活に取り組もうとした。

安土から逃れたオルガンチノらは、緊急避難的に南蛮寺に身を寄せていたが、セミナリオを再開するには、そこは余りに狭く、少年たちの教育の場として適していない。

近辺に工面できる土地もなかった。

そんな彼らに、右近は救いの手を差しのべた。

さっそく高槻城の堀のそばに土地を用意しただけではない。

急いで新しい校舎の建設に取りかかった。

工事が順調に進んでいるころ、その様子を感慨深く眺める初老の男がいた。

右近の父、ダリオ飛騨守である。

荒木村重事件で、最後まで信長に抵抗したため、越前・北庄の柴田勝家預かりとなっていたが、信長の死にともないその処分も消え、三年ぶりに帰還を果たしたのだ。

飛騨守は髪に白いものが増え、ぶあつい怒り肩はやせてなだらかになった。人柄も、かどが取れてまるくなった印象だ。

越前では幽閉は表向きで、自由行動を許されていた。

熱心に布教し、かの地にキリスト教を広めることができたと自負している。

「父上、苦労されましたな」

「なんの。武士としての飛騨守は老いぼれたかもしれぬが、ダリオとしての飛騨守はまだまだ若い者には負けぬ。右近、これを見よ」

そう言って飛騨守は袴をたくし上げ、両膝をあらわにした。

「すっかりたこが出来てしまった。かたい床の上にひざまずいて祈ることが多いからのう。越前では、ここ以上に励んだものじゃ」

やがて高槻にセミナリオの校舎が完成し、三十二人の生徒たちが勢ぞろいすると、右近は彼らを歓迎する宴を天主堂で開催した。その場で右近は、飛騨守がセミナリオの管理人になることを発表し、皆の拍手と歓声を受けた。

渦中の織田家では、信長の三男・信孝が後継レースに名乗りを上げていたが、強い発言権を持つ秀吉にはばまれた。

それを恨んだ彼は、柴田勝家・滝川一益らと結んで岐阜城に挙兵。

秀吉は柴田と滝川を打倒すべく、軍を進め、右近もそれに参戦した。

天正十一年（一五八三）二月、滝川がこもる伊勢亀山城を攻めたときのことだ。

包囲したものの、城兵は精強で守りが堅かった。

周囲には逆茂木《さかもぎ》をめぐらし、高い石垣の上にある櫓からの射撃は激しく、容易には接近できない。

さすがの秀吉軍も攻めあぐねた。

この間、右近はじっと櫓の地下に着目していた。

そして、相手の意表をつく新奇な作戦を考案。

部下の中から精鋭を選んで、命じた。

「よいか、まず金掘りをせよ。十分に掘れたなら火薬を仕掛け、導火線に点火せよ。火が付けば全力で出口に向かって走るのじゃ。でないと、お前たちも櫓もろとも木っ端みじんになる」

金掘りとは、金鉱などの鉱山で坑道を掘り進めること。

築城を得意とし科学知識もある右近は、この技術を城の攻略に応用したわけだ。

またの名を「土竜《もぐら》攻め」と言う。

右近の出生地、摂津・高山には鉱山がいくつかあり、彦五郎と名乗っていた幼年期には何度もそこへ足を運び、鉱夫たちの働きぶりを見ていた。

金掘りについての知識は、このときに得た。

故郷高山の鉱脈からは銀も採掘されたが、これが資金源となり、南蛮貿易や伴天連たちとのルートで右近に大きく利したことにも、ついでながら触れておく。

爆破作戦は見事に成功し、亀山城は陥落した。

知将・高山右近の面目躍如だった。

五

明くる天正十一年（一五八三）の春には、柴田勝家が雪解けを待って近江北部に兵を展開し、秀吉軍と対峙した。

両軍は余呉湖の周囲の山々に陣を構え、一か月にわたりにらみ合うことになる。

秀吉は四月に再び挙兵した織田信孝を討つべく、岐阜に向かった。

その間、右近は現地にとどまり、秀吉に命じられて築いた岩崎山の砦を守った。

連戦で疲れた兵を国元に帰して、千人にも満たない兵力だった。

（兵は少ないが、この砦に立てこもっておれば、持ちこたえられる。敵が攻めてきても、応戦している間に援軍が来るはずだ）

右近はそう踏んでいた。

果たして、秀吉の不在を察知した柴田勢の佐久間盛政は、岩崎山の隣、中川清秀（摂津・茨木城主）が陣取る大岩山のふもとに迫った。

その数一万五千。

短気で知られた中川を挑発すれば開戦は必至、との読みは的中し、中川陣営はいきり立って出撃しようとした。

これを危惧した右近は、中川のもとに駆けつけ、大軍の敵に二千ばかりの兵で刃向かうのは無謀だと主張した。

「中川殿、軽挙はなりませぬぞ。ここは援軍を待って砦を死守するのが得策。いくさは今日だけで終わるものではない。後日を期すべきでござる」

だが、勇にはやる中川は聞き入れない。

いさめる右近を臆病者扱いして、ついに山をおりた。

かくなる上は、と右近は意を決した。

衆寡敵せず旗色の悪い中川軍を助けるべく、騎馬隊を率いて突撃。弓隊と鉄砲隊がそれを援護した。

が、圧倒的不利は変わらず、右近とその手勢は次々に倒れていく。

深い傷を負った中川は、大岩山に戻ると、自刃した。

右近はようやくのことで囲みを破り、田上山の羽柴長秀（秀吉の弟）の陣に退却したが、そこにたどり着くまでに、多くの部下をなくした。

生還できたのは右近と数人の従者だけで、一時は右近戦死のうわさが流れたほどの激戦だった。妻ジュスタの父と兄弟二人もこのときに命を落としている。

岐阜から戻った秀吉は、なぜ援軍を出さなかったのか、右近はほとんど全滅という華々しさだったのに、と長秀に言い、

「吾と汝は同種ならず」

と、しばらく怒りがおさまらなかったという。

ただ、これで柴田勢の一角は崩れた。

秀吉は、岩崎山と大岩山に居座っていた佐久間軍に対して反撃を決行。世に言う「七本槍」たちの活躍もあって、「賤ケ岳《しずがたけ》の合戦」に勝利を得た。敗退する柴田を追って越前・北庄を包囲すると、柴田勝家は城に火をつけ、自刃して滅びた。

これで秀吉は天下をほぼ手中におさめた。

六

天下を狙う羽柴秀吉にとって、織田家の重鎮で最大のライバルだった柴田勝家を滅ばしたあとは、もはや難敵と言えるほどの者は他に見当たらない。

支配下に置いた国は二十余り、約十八万の兵力を持つまでになった。

さらに態勢を盤石なものにするため、足元の摂津・河内・和泉の領主の配置換えをおこなったが、その中で右近は引き続いて高槻領を安堵された。

勢いづいた秀吉は、この年（天正十一年）の八月、大坂を新しく政治の中心地とするため、巨大な城郭（大坂城）の建設に取りかかった。

築城の名手として評判の高かった右近は、手腕を買われて同城の石垣普請を担当することとなり、瀬戸内海の各地から巨石を運んだ。

建設の進行とともに、城下町も整い始め、右近もその一角に屋敷を構えた。

オルガンチノがそこへ訪ねてきた。あの安土より広々として躍動的な大坂に驚いた様子の彼に、右近は言った。

「これだけの規模を誇る大坂です。宣教師の皆様も、ぜひ土地を買って教会か聖堂を設けるべきでしょう。布教の拠点になるだけではありません。それは秀吉様の意向にかなうはずです。あの方は今、外国人にも自らの力を誇示したいと思っていますから、教会がここにできることは大歓迎しますよ」

万事派手好きな秀吉の性質をよく心得た上での助言だった。

「早いうちに秀吉様に会い、土地を配分していただきたいと請願されるといい。私からも申し出ておきます」

ところがオルガンチノは難色を示した。

「ジュスト殿、ありがたいお言葉ではありますが、信長公があのような形で逝ってしまわれ、安土の町が廃れて以来、教会の経済も困窮をきわめております。土地を買うお金などありません」

これに対して右近は、支援を申し出た。

「教会建設にかかる費用は、この私にお任せください」

安心したオルガンチノは、しばらくして、右近の世話で秀吉を訪ねた。

秀吉は上機嫌で彼らを奥の間まで招き、しばし歓談。

そのあとわざわざ自ら城外に出ていき、幅六十間（約一一八メートル）奥行五十間（約九九メートル）の土地を選び、測量させ、書付を与えた。

こうしてこの年、大坂教会ができあがった。各地の信者が参集して、降誕祭が行われた。


天下統一への障害を除去するための秀吉の戦いは、なおも続き、右近はそのつど従軍し、活躍することになる。

秀吉が十万の大軍を投入した翌年二月の紀州攻めでは、右近は海上から進んだ小西行長軍と海陸呼応しての作戦に臨み、雑賀《さいが》衆や根来《ねごろ》衆の制圧に貢献した。

さらに六月には、信長以来の懸案である四国・長曾我部《ちょうそがべ》氏の征討にも参加。

播磨・明石から渡海し、阿波の城の攻略などでその勇名をとどろかせた。

華々しくも苛烈な、転戦につぐ転戦の日々。

心の平安を取りもどすいとまもなかった。

だが、右近は陣中で、夜襲に備えつつ、多くの兵が眠ったのを見届けると、静かに手を組んで祈るのだった。

七

いくさでの心身の疲れをいやすかのように、右近は平時にはたびたび高槻領内を視察し、領民たちと語らい、聖書を学びあうなどした。

大坂城で秀吉に謁見した日には、必ずといっていいほど大坂教会にも足を伸ばした。

当時、大坂教会には、キリシタンではないが、物珍しさに惹かれて教会にやってくる者も多かった。

その中に、牧村兵部《ひょうぶ》という武士がいた。名は政治《まさはる》。

大将の馬のまわりで護衛に当たったり、伝令や決戦兵力になったりする馬廻衆《うままわりしゅう》の頭で、右近より七歳年上だが下役であり、余り評判のよくない男だった。

というのも、正妻以外に数人の妾を持ち、放埒な生活を送っていたからだ。

根は気の小さいところがあり、右近のことを毛嫌いしていた。

たまたま大坂教会でこの牧村と出会い、彼の行状を耳にしていたので、右近はなんとか伝道して、生き方を改めさせようとした。

まずは、丁重な物腰で四国平定での働きをほめ、牧村の自尊心を満足させた。

その上で、教会がここにあることの意義を説明しながら、自分がキリシタンになった理由などを語った。

「やがてこの戦乱の世も終わり、天下泰平の時代になる。それに合わせ、我らはこれまでの罪を悔いあらため、新しい人間に生まれ変わらねばならない」

これが右近の決まり文句だったが、牧村には、さらに直言した。

「牧村殿、貴殿はことのほか女性を好まれるとか。それも男の甲斐性というものでござろう。ただ、『英雄、色を好む』という考えは、もはや捨てるべきだと存ずる。これからは神の教えが根本となって天下が治まっていく時代。女性の存在に敬意をいだき、妻以外の女性は自分の母か姉妹か娘のように思って大切に接する。それができる人間こそが真の英雄の絶対条件でござる」

（わしの勝手じゃ。余計なお節介を）

牧村は最初、反発していた。

だが、話を聞いているうちに、右近の誠実な態度にほだされていった。

その澄んだ目の輝きにも魅せられた。

「一夫一婦が天の法度《はっと》。それを踏みはずすと、累が子孫に及ぶこと必定でござる。牧村殿とて、家門の繁栄を願っておられるはず。貴殿はこの理がわかり、その如く歩めるお方じゃ。格別の勇気の持ち主だとお見受けした。ともにキリストの精神で新たな時代を築きましょうぞ」

いつしか牧村はすっかり感化されていた。

そして求めるようにして、大坂教会で洗礼を受けた。

彼の変身ぶりは周囲も驚くほどで、奥方一人を残して他の女性たちときっぱり縁を切り、キリシタンになったこと、貞操を守るべきことを堂々と伝えて回った。

「信じられん。あの兵部に一体、何があったのか」

「人の心を短時日のうちに変えてしまうとは、恐るべきことじゃ」

この出来事は大坂で大変な話題となった。

キリスト教が「高山の宗門」と呼ばれるほどになったのである。

八

次に右近が目をつけた人物は、南伊勢十二万石の城主、蒲生氏郷《がもううじさと》だった。

右近より四歳若いが、文武両道に秀でた名将である。

のちに現在の会津若松市の基礎をつくることになる氏郷は、近江の日野城主・蒲生賢秀の三男として生まれ、十三歳のときに人質として岐阜の織田信長のもとに送られた。

十四歳で初陣を飾ったが、その若武者ぶりを信長は高く評価し、自分の娘を嫁がせるほどに重用した。

氏郷は信長に忠勤を尽くし、あらゆる戦いで活躍した。

本能寺の変では、安土にいた信長の側室や子女を守り、自領の日野に避難させた。

最近、近江一帯を支配下に置こうとした秀吉によって、氏郷は日野から伊勢へ移封されていた。

関白に就任した秀吉への伺候で大坂に上がった際には、城でよく右近とも顔を合わせた。

右近は氏郷との交友関係を重ねるにつれ、彼の器量を認め、キリシタン大名にすべき人物だという思いを強めた。

そんなある日。

大坂城の一室で、右近は単刀直入に話し出した。

「蒲生殿、ご存じのように拙者はキリシタンですので、万民が身分にかかわらず神のもとで泰平に過ごせるよう願って参りました。戦乱の世を早く終わらせるためにも、デウスへの信仰が広がっていかねばならぬと考えております」

(わしを誘う気なのか)

と氏郷は警戒したが、右近は続けて言った。

「我らは先祖の代から栄枯盛衰を繰りかえし、今日なお激しく移り変わる時代に生きております。誰しもが泰平の世を願いつつも、その実現は容易ではない。人間同士でいくら平和を築こうとしても、人が完全でない以上は不可能と言えます。人がすべて人に対することをやめて、神を仰ぐに至ってこそ、真の平和への道が開かれると信じております」

「高尚なお考え——しかし、どうも空想、理想のように思えて、何と申し上げてよいやら」

腕を組み、戸惑い気味に答えた氏郷。

右近は軽くうなずいた。

「お互い、武将として荒々しく生きてまいりましたなあ。これも運命かも知れぬ。だが、運命は変えられます。キリスト教には、我らの心に永遠の平安と福楽をもたらし、世の中を変える力があります。一度、教会にお越しくだされ」

氏郷は、右近の誠実で高潔な人柄や天性の武勇に敬意をいだいてはいたが、このあとも会うたびにデウスやキリストの話ばかりするので、辟易《へきえき》してきた。

ついには右近を避けるようになった。

しかし、右近はひるまない。

彼の動静から目を離さず、出会う機会を作っては前面に立ちはだかるようにして教導した。

(氏郷の救いのためじゃ。強引と思われても、全身全霊でもってデウスのもとへ導いてみせる)

こういう右近のひたむきなまでの熱意に、当初キリスト教に対して全く関心を示さなかった氏郷も、根負けするような格好となり、ついには自発的に教えを受けようという意識がめばえてきた。

先日まで、もう私をつけ回すのはやめてくれ、と言っていた氏郷が、態度をひるがえして大坂教会に来る。

そう聞いた右近は、オルガンチノ神父と喜び合った。

「彼は信長公も期待した大器です。彼が晴れて信徒になれば、わが高槻以上に領内の教化が進むことでしょう。ぜひとも特別な計らいで迎え、教義を伝えていただきたい」

来訪した氏郷を、右近をはじめ伴天連や修道士たちが歓迎して手厚くもてなし、そしてオルガンチノが説教した。

神父は、天地創造から始まり、イエス・キリストの事蹟と十字架、復活による救済に至るまでの壮大な天の摂理を語った。

「これらはすべて実際にあったことであり、蒲生様、あなたの命の中にもデウスの愛と真理が脈打っています。主キリストの栄光が今、あなたに臨んでいるのです。こうして自ら教会に来られたことが、何よりの証明ではないでしょうか」

氏郷は感動した。

こんなに心が熱くなったのは、生まれて初めてである。

そのまま洗礼を受け、キリシタン大名の仲間入りを果たした。

その後は、さらに教えを請うべく逆に右近を追い回すようになった。大坂にあるときは必ず教会に姿を見せ、聖書を学んだ。

さらに氏郷は、治めている伊勢をキリスト教の国にしようと考え、オルガンチノを伊勢に招こうとするなど、積極的に奔走、周囲の武士たちにも直々に教理を説明し、キリシタンにした。

この氏郷と右近が力を合わせて導いた大物に、黒田官兵衛孝高《よしたか》がいる。

秀吉の参謀としてその大業を助け、のちに黒田如水と号した。

彼もキリシタンとなり、多くの武士をキリスト教に導いた。

その他、右近による直接・間接の働きかけで入信した人々は列挙しきれないほどで、いわゆるキリシタン大名の過半は右近の熱意の賜物といえる。

だが、彼はそれを誇ったりはしなかった。

(すべては神の成せるわざ。私はただ、その道具として働いたに過ぎぬ)

深く頭を垂れ、また天を仰ぎ見る右近。

このとき三十三歳になっていた。

第九章　波乱の予感

一

いつの世でも、新奇な考え方が一定の勢力を形成するようになると、それを危険視し、排斥しようとする動きがざわざわと生じてくるものだ。

関白秀吉の周辺、権力者を取り巻く環境下となると、なおさらである。

右近の影響でキリスト教に改宗する大名が相次ぐのを見て、こころよく思わない人間がいた。面と向かって批判したりはしないものの、陰口をたたく。

大坂城内で諸侯らが雑談に花を咲かせていた時、話題がキリシタン大名のことに移った。

「最近、キリシタンが随分と増えた。戒律は厳しいはずだが、本当に守っているのか」

「正妻以外の女は近づけないという生活も、どうも信じられぬ」

「どうせ見せかけだけじゃ。仏僧がよい例ではないか」

といった調子である。

また、あるときは、やはり暇つぶしの歓談の席で下品なネタが俎上《そじょう》に乗せられていた。その部屋に右近が入ってくると、たちまち皆は口をつぐんでしまい、わい雑な空気が吹き飛んだ。

右近はこのころ、凡俗の連中から「歩く品行方正」と揶揄されるようになっていた。

彼らの間では、こういう右近を見るにつけ、

「自分はどうせ、あんな立派な人間にはなれない。キリシタンには不向きじゃ」

と開き直るような言動もあった。

秀吉の側近で右近を激しく嫌ったのが、施薬院全宗という初老の男だった。もと比叡山の僧だったが、還俗して医学の道に入り、秀吉の厚遇を得て、由緒ある施薬院を復興。医療面から秀吉を補佐するかたわら、大坂城下で庶民の施療もおこなっていた。以前から反キリシタン色を鮮明にしていたのだが、秀吉の顧問格に当たる黒田官兵衛が改宗するに及び、ついに危機感が頂点に達した。

（あの官兵衛までキリシタンになるとは！　これは捨ておけぬ事態じゃ）

大坂教会に乗り込み、居合わせた伴天連に、

「そのほうらは一体、何を考えておるのじゃ。次々に諸侯を宗門に籠絡《ろうらく》するとは、まことに怪しい。高山殿を中心に徒党を組み、上様に対してよからぬ策謀をめぐらしておるとしか思えぬ。そう上様に伝えるから、さよう心得よ」

と険しい形相でおどすように告げて去った。

これを伴天連から聞いた右近は、

「疑念をお持ちなら、私に直接その思いをぶつけてくればよいものを」

ぽつりと、そう言っただけで、特に何もせずに捨て置いた。

（関白様も、なんと狭い了見か、と一笑にふされることだろう。仮に上様が全宗殿の言い分を真に受けて詰問してきたとしても、私は堂々とキリスト教の正しさと布教の本意を弁証するのみ。それでも理解されない場合は、領地没収であれ死の宣告であれ、喜んで君命に服する）

不退転の信仰を自らの中で再確認していた。

その秀吉は、右近が思ったとおり、全宗の告げ口に耳を貸さなかった。

中傷を繰り返す彼に、

「全宗、もうよいわ！下がっておれ！」

と、怒鳴りつけた。

「右近のごとくわしに誠心誠意、仕えてくれる者はめったにおらぬ。右近は裏表のない人間であることもわしはよく知っておる」

この時点では確かに秀吉は、右近に対しても、教会を拠点に活動する伴天連に対しても、好意と信頼感を寄せていた。

唾がかかるほどの勢いで秀吉から叱責された全宗は、平伏して退場はしたが、内心、決して承服はしていない。

（今に見よ！　キリシタンどもめ）

胸の奥に一物を秘めた。

それからも全宗は、秀吉が体の不調を訴えるごとに、顔色や舌を診たり、腹を手でさすったりしながら、

「上様は、奥方や側室の方々へのご寵愛がいささか度を過ぎているように思われます。昨夜も少し冷えましたが、かなり熱い床を交わされたのでは御座らぬか」

などと、秀吉好みの冗談をはさみながら摂生の大切さを説いていく。

そして、小男にしては不釣合いなほどに大きい秀吉の耳に顔を近づけ、そっと毒を注入してい

くのだった。

「上様、あれですな、キリシタンたちは一夫一婦などと唱えて、身辺を清らかにしていると申しますが、不自然に思えてなりませぬ。男子の精力は、自然の求めるに応じ発揮させてこそ健康が保たれるというもの。わたくしめに言わせれば、ああいう潔癖な生き方は一種の病でござる。いずれ彼らは、その方面でも範を垂れよと上様に迫ってくるはず。ご警戒を——」

秀吉は横臥したまま目を閉じて、下卑た笑みを浮かべていた。

二

こうして全宗は、権力欲と色欲を断ちがたい秀吉にうまくおもねりながら、キリシタンらがいかに奇怪で面妖な集団であるかを吹き込んでいった。

ただ、この時期の秀吉は天下平定に余念がなかったから、キリシタンのことを特別、問題視していない。

だから、全宗がまき散らす中傷にも、また始まったか、と苦笑する程度で、まともに取り合わなかった。

しかし、この稀代の出世男は抜け目がない。

キリシタン勢力の増大に無警戒でいたわけではなく、ある意味では、彼らを泳がせていたのである。

（全宗がしきりに告げ口するように、キリシタンが何かを企んでいるのだとすれば、毒をもっ

て毒を制すればよい。いざという時には、全宗とその一派が役に立つ）
全宗の毒舌は、日常的に繰り返されるうちに効果を表した。
キリシタンへの疑心暗鬼が、秀吉の潜在意識の中にじわじわと蓄積していった。

この年、天正十三年（一五八五）の夏、秀吉は紀州と四国の平定に従った大名たちへの論功行賞で、二十数人の国替えをおこなった。そのほとんどは悪条件で石高を減らされたが、右近は播州明石（兵庫県明石市）へ六万石への転封となった。

高槻四万石からの昇進と言っていい。

一方、その高槻は秀吉の直轄領となった。

だが、右近を支えるパーデレたちは、この措置を額面どおり喜べなかった。

いつかはこのような処遇になるのでは、と恐れていたのだ。

（要衝の地という観点から見れば、秀吉公は高槻のほうを直接支配下に置きたくなるに違いない。そこで右近殿を敬遠し、明石へ追いやったのではないか）

しかし、右近は至って涼しい顔つきのまま、このようなパーデレたちの見方を否定した。

「私を遠ざけるため、とおっしゃるか。それは考えすぎじゃ。キリシタンに疑念を抱いてかような措置をされたのでないことは、高槻の一部を祐筆でキリシタンの安威了佐殿にお与えになったことでも明らかです」

そう述べ、さらに、秀吉が高槻本城は甥に託したが、教会や宣教師たちには今までどおりの活動を保証していることを指摘し、パーデレたちを安心させた。

明石は四国攻めの際に軍船が集結した港で、右近はこの港から渡海し、淡路島の部隊と合流しながら阿波へ土佐へと進軍したのだった。

海に面している上に、大坂から至近という位置関係にある。

それを思えば、右近を遠ざけるというよりもむしろ、大坂の西側一帯を固めるために重用したと考えるのが妥当だ。

すでに秀吉は、九州への遠征、さらには中国大陸（明国）への進出という野望を持つにいたっていたから、海の玄関口に当たる重要な場所に右近を配するということは、彼の手腕に期待している証拠だった。

とはいえ、右近にとって高槻を去ることに未練がなかったわけではない。

武将の駆け出しのころから、この土地を任され、領民と苦楽をともにしてきた。

特に、父・飛騨守と二人三脚で布教に努め、領民を一人残らずキリスト教に導き、洗礼を授けるべく奔走した。

その結果、「神の国」のひながたを創建できたと自負している。

右近の移封を知ったキリシタンの領民たちが、別れを惜しんだのは言うまでもない。

続々と高槻城の周辺に集まってきたが、領民の間からは祝賀の声はまばらで、圧倒的に悲嘆の声が多かった。

右近は、天主堂にあふれた彼らの前に立っていった。

「そなたたちの気持ちはよくわかるし、ありがたいと身にしみて思う。だが、これで縁が切れるわけではない。互いに新たな高みへと向かうための節目に過ぎない。キリシタン同士、どこにいても心は通じ合う。今後も信仰にはげんでいこうではないか」

右近の言葉を受けて、高槻セミナリオの管理人、飛騨守もいった。

「関白様の了解を得て、セミナリオも大坂に移ることになった。ジュスト右近は新領地の明石におもむくが、そこでこの高槻以上の神の国をつくるはずじゃ。そうなれば、高槻と明石とで領地を超えた連携体制を築き上げることもできるぞ」

その場には、改宗したかつての僧侶たちの姿もあった。

いつの間にか伸びた髪で髷を結っているから、普通の武士と変わらない。

そのうちの一人が、この飛騨守の威勢のいい発言を曲解した。

戦国の世にあっては、寺や神社はときとして軍事力や政治力の拠点となり、大名と敵対することもあった。高槻でも似たような状況があったが、右近が寺社を破却した形になったのは、それが理由ではない。

あくまでも布教が進んだ結果、寺社が自然に役目を終えたからであり、僧侶らの改宗も、強制によるものではなかった。

だが表向きはそうでも、依然として煮え切らない者がいた。

それがまさにこの男で、大坂城の施薬院全宗のもとへ走った。

密告のためである。

三

かつて僧侶だった高槻の男から密告をうけた施薬院全宗は、「しめた！」と叫んだ。

（キリシタンどもを排除する絶好の口実にできる！）

さっそく秀吉のもとに参上し、右近の父・飛騨守の発言を報告した。

「高槻と明石とでキリシタンたちが連合するなどと息巻いておりますぞ。いよいよ本性を露呈しましたな。関白様の統治を根底から揺るがす脅威になるものと断じざるを得ませぬ」

秀吉は、全宗の弁舌の激しさに顔をしかめたが、その後も似たような風聞が寄せられたため、

（右近らキリシタン大名を甘く見てはなるまい。点が線になり、さらに面になって広がっていくとすれば、ちと厄介じゃな）

そんな疑心がわいてきた。

事実、これがのちに、秀吉がそれまでの方針をひるがえして、伴天連追放令を打ち出すに至る一因となったのである。

右近の播州明石への移封が決まってからというもの、全宗と同様、過剰に反応する者たちがいた。

明石の僧侶である。

彼らにとっては死活問題で、その危機感は全宗以上に切実かつ具体的だった。

「キリシタンの大檀那」高山右近が乗りこんでくる、と大騒ぎになった。

「大変じゃ！　改宗を強いられるぞ。寺も破却されてしまう」

彼らは反対運動を起こして集結。

信心深い北政所《きたのまんどころ》に訴え、秀吉にとりなしを頼もうとした。

袈裟姿の黒い集団は、それぞれの寺の本尊である仏像を船に積みこみ、大坂を目指した。

城に到着すると、右近の移封を撤回してほしいと施薬院全宗を通じて請願した。

だが、その余りの狂騒ぶりに嫌悪感をもよおした秀吉は、

「普段は高尚な態度で仏の慈悲や悟りを説くくせに、何という大人げない、底の浅い連中ぞ。もはや明石は右近の領地。何をしようと自由じゃ。寺から持ち出した仏像など、袈裟の外気に当てて、なんの功徳やあらん。いっそ、たきぎにしてしまえ！」

と怒り、僧侶たちを追いかえした。


領民と信仰をともにし、悲喜こもごも多感な歳月を過ごした高槻を去るに際し、右近が感傷的にならなかったわけがない。

彼の周囲には、高槻に築いた天主堂や教会、セミナリオがすたれはしないか、と心配する声もあった。家臣のキリシタン武士も皆、明石へ移るからである。

都と大坂の伴天連たちも、最も頼りとする一大拠点を失うことを危惧した。

右近は彼らを慰め、後顧の憂いのないよう、秀吉の了解を取りつけて高槻セミナリオを大坂に移すなどした。

どこへ行こうとも宣教の基盤への支援は変わらない、という姿勢を示したのだ。

四

右近は明石でまず、船上《ふなげ》の地（現在の兵庫県明石市新明町）に居城を構え、城郭とその周辺を整備した。

見晴らしのいい場所で、明石海峡をへだてて淡路島がすぐ近くに見える。

これまで山地に住むことが多く、海との縁がなかった右近は、この眺望がすっかり気に入り、潮風を胸いっぱいに吸いこんだ。

そんな明石入りから間もない頃のこと。

キリシタン大名の小西行長が右近のもとにやってきた。

小西行長は、右近の明石入りと同時期に秀吉から人事配置されていて、その領地も同じ播州の室津《むろのつ》だった。そのほか、小豆島や塩飽《しわく》諸島も与えられた。

繁栄していた港町堺の豪商の家に生まれ育った行長は、海のことに詳しかった。

秀吉が天下の実権を握ると、その経験と能力を買われ、船奉行として水軍の重責をまかされていた。

右近とは、お互いにキリシタン大名という親しさもあるが、隣同士になったのを受けて表敬訪問したのだ。

「高山様がすぐそばに居られるということは実に心強い。何とぞ、信仰面も含めてご指導いただきたい」

行長が日に焼けた顔をほころばせながらそう言うと、右近はうなずいた。

「室津はこの明石以上に瀬戸内の良港。貴殿にとっては治めがいのある新天地ですな」

「いやいや、明石こそ重要です。こたびの国替えでは石高を減らされた者がほとんど。そんな中で高山様は大出世された。それは関白様がいかに高山様を重んじておられるかという証拠でござる。今後の九州攻めなどに向け、海上交通を掌握するように願われております」

「ともに、関白様によって天下が平定され、泰平の世が開かれるよう、武将として本分を尽くしましょうぞ」

しばらくの沈黙のあと、行長が言及したのは、明石における布教への期待と、それにあわせて自分も室津でがんばるという抱負だった。

右近は同意しつつも、慎重な姿勢を示した。

「その点でも力を合わせるのは当然。ただ、まずは領民のためを専一に考え、善政を敷くことです。その上で、神の教えを説く。人々の心を十分に耕しておかないと、撒いた種は芽を出しませぬからな」

さらに右近は付け加えた。

「我らの領地で布教が進んだとしても、余りそれを大っぴらにしないよう気をつけるべきでござる。関白様はああ見えて、いろいろと猜疑心や嫉妬心の強いお方。現に、高槻と他領の信者たちが連帯してよからぬ動きを秘めている、などと、ありもしない風聞が上様の耳に入っているとか。疑念を持たれぬよう行動することも肝要ですからな」

キリシタンが増えるにつれて必然的に旧勢力や権力者との軋轢が生じていた。

右近には、何かいやな予感がするのだった。

ついでながら、小西行長について、もう少し触れておく。

彼は秀吉に仕えるキリシタン大名でありながらも、このあと明らかに右近とは異なる生き方を選んでいく。

ひとことで言えば、信仰を持ちつつも、武将としての野望を捨てきれなかった。

室津を治めたのち、肥後（熊本県）の南半分二十四万石を領し、八代、宇土、天草の教会を守った。

秀吉の朝鮮侵攻（文禄の役）が始まると、その第一軍の大将として半島に渡り、釜山を落とし、首都の京城（現在のソウル）まで攻め上った。

大陸進出という無謀な冒険が秀吉の死とともに失敗に終わると、行長の夢もともに消え去った。

だが豊臣家に仕える意志は変わらず、彼は秀吉の遺児・秀頼に忠誠を尽くした。

関ケ原の戦いでは石田三成の西軍にくみしたが敗走し、伊吹山の山中に逃れた。

追いつめられ、自ら小西行長であると名乗り出て、縛につぃた。

慶長五年（一六〇〇）十月一日、行長は目隠しされて裸馬に乗せられ、首には鉄枷をはめられて、堺と京の都を引き回しにされた上、敗軍の将として六条河原で処刑された。

享年四十二。

斬首される直前、仏僧たちが説教しようとしたが、行長は、

「私はキリシタンだから、無用である」

ときっぱりと断り、胸に吊るしたロザリオを手にして大声で祈ったという。

そんな行長の生涯だが、晩年はその信仰がもたらした可憐な花によって美しくも哀しく彩られている。

彼が育てた朝鮮の娘「おたあ」である。

文禄の役で親と故郷を失った彼女は行長に助けられ、日本に連れてこられた。

幼少時から行長とその妻の慈愛を受けて成長し、キリシタンになった。洗礼名はジュリア。

しかし、充実した幸せな日々は長くは続かなかった。

育ての親の行長がこの世を去ると、皮肉なことに、おたあは関ヶ原の戦いで勝利した徳川家康から、その美貌と才気を認められ、侍女にされてしまう。

家康はおたあを側室にしようとしたが、キリスト教を第一に考える彼女を徳川幕府の征夷大将軍である自分の側室にすることはできず、苦心の末、伊豆大島へと追放した。

島に流された後も、家康の彼女に対する未練は捨てがたく、キリシタンをやめて戻ってくるようにとの要求が続いた。だが、おたあはそれを拒み続け、さらに新島、神津島へと流され、追放先の島で数奇な一生を終えた。

その島にはジュリアおたあのものとされる供養塔が残っており、現在でも毎年、慰霊祭が行われている。

五

天正十四年（一五八六）一月、長崎から大坂へと向かう伴天連の一行があった。

その中心にいたのは、新たにイエズス会の副管区長になったガスパル・コエリョ神父である。就任あいさつを兼ねて関白秀吉を表敬訪問しに行くのだ。

まずは大坂城落成を祝賀することになるが、一番の目的はさらなるキリシタン保護を求めることにあった。

というのも、滞在していた九州の情勢が不穏で、盟友である豊後（現在の大分県）のキリシタン大名大友宗麟に対する薩摩・島津氏の攻勢が強まっていたからである。

堺から大坂に入ったコエリョらは冬の寒さが緩みはじめた三月、大坂城からほど近い右近の屋敷に落ち着いた。

右近にとってコエリョは初対面だが、通訳で同行したルイス・フロイスとは懇意の間柄だ。旧交を温めつつ、フロイスは九州の現状と、キリシタン大名大友宗麟について詳しく説明した。

大友宗麟《おおともそうりん》は、北九州を足がかりに勢力を広げた大名である。名は義鎮《よししげ》。

武将の家に生まれ、二十一歳で家督を継いだ。

キリスト教と出会ったのは、フランシスコ・ザビエルに領内での布教を許したことがきっかけで、当初は巨額の富を生む南蛮貿易が目当てだった。

仏教徒でもあり、キリシタンになるつもりはなかった。

三十三歳のときに剃髪し、名前を義鎮から宗麟に改め、最盛期には六カ国を支配下に置き、西国一の覇王と自任するようになった。

権謀術数に長け、戦場での猛将ぶりも群を抜いていた。

その後、ザビエルがまいた教えの種が胸の奥底で芽吹き、記憶の中のその人格に傾倒するようになり、ついに回心。

天正六年にイエズス会の日本布教長カブラルから洗礼を受け、生き方を転換した。

家督を息子の義統に譲り、九州にキリスト教の王国を創建するという壮大な計画を立て、布教活動に取り組んだ。

それが本気であることは、ヨーロッパの法律や諸制度を導入したことでもわかる。

右近は宗麟と面識はないものの、その盛名は宣教師や仲間のキリシタン大名から聞いていた。

右近より二十歳以上も年長だが、晴れて信徒になったのが四十八歳と遅かったため、その点では右近の後輩に当たる。

フロイスはなおも語った。

「宗麟様が洗礼を受けた四カ月後に義統様は薩摩の島津との戦いに敗れ、大友家は壊滅状況に追いこまれました。そこで再び宗麟様に当主への復帰を求める声が高まったのですが、宗麟様は信仰生活に専念したかったようで、応じませんでした。ところが、同家の弱体化につけこんで周辺大名の挙兵や家臣の反逆などが相次いだため、宗麟様は決意し、義統様を助けて指揮をとるようになったのです」

コエリョらが秀吉に謁見するのは、宗麟による九州の教化事業が実現するように保護を仰ぐためだったが、要は島津征討を急ぐようけしかけたかったのである。

右近はフロイスの説明で九州の様子が手にとるようにわかった。キリスト教で西国をまとめようとする宗麟の壮大な理想には率直に感動もし、刺激もされた。その反面、冷徹な姿勢はくずれない。右近の特徴である、はるかな遠くを見通すようなまなざしでじっと拝聴している。

（人間の歩幅がそれぞれ違うように、同じキリシタン大名でも布教の進め方は一律ではない）

右近においては、天から賦与された使命の自覚が絶対的なものだった。

だから、他のキリシタン大名の歩みに学びはしても、それと自分の現状を比べる必要などないし、そんな意識もなかった。

しかも、この時代は、中央の権力者との位置関係が重要になってくる。

コエリヨらが宗麟を称賛するのは当然だろうが、事実上の天下のあるじ、秀吉の権力機構とは遠く離れた西国での動きにすぎない。

先の織田信長への働きかけがそうであったように、右近は領地での教化だけでなく、秀吉のそばにあって、彼をキリスト教に導くことを自らに課している。

（天下を治める人間をデウスとキリストに導いてこそ、名実ともに泰平の世を開くことができる。だから私は、そのときどきの支配者の顔色や鼻息も注視しなければならぬ。物事を慎重に運んでいくことが肝要だ）

こういう点で、右近は穏健派と言ってよく、右近とは性格も置かれた環境も全く異なり、いわば自由天地で生きてきた宗麟は急進派だった。

実際に、五十歳近い年齢でキリシタンになった宗麟には、残された寿命が決して長くないゆえの焦る思いがあった。じっくりと腰をすえて緻密に取り組むというよりは、大急ぎで教化を進めたという気配がある。

粗っぽさがあったことは否めない。

それが、コエリョが時勢を甘く見たことにもつながった。

六

大坂城に入ったのは、イエズス会の副管区長コエリョとオルガンチノら神父四人、修道士四人、日本人の同宿十五人など、総勢三十五人余りの代表団である。

フロイスが通訳を務めた。

大広間で一行と面会した秀吉は、いつにも増して上機嫌だった。

遠来の客、しかも南蛮の伴天連という異相の面々が、左右に居並ぶ諸大名たちに囲まれてかしこまっている。贈答の品々も華やかだ。

その光景は秀吉の自尊心をこの上なく満足させた。

ヨーロッパの文物がひれ伏しているようで、まさに世界の王になった気分だ。

着座するなり、

「よう参られたのう！　神の教えを広めるため、故郷や家族と別れ、はるばるわが国にやってこられたとは。まことに天晴れである」

そう陽気な声を張り上げ、大名の列にいた右近に扇子の先を向け、ぬしはキリシタンゆえ伴天連のそばへ移るがよい、と命じた。

右近がコエリョらのもとに行くと、秀吉は場をやわらげようとして軽口をたたいた。

「予はこの右近に頭が上がらぬ。予に側室がおるのを大目に見てくれれば、キリシタンになってもよいのじゃがのう。しかし、伴天連の方々を大切に思う気持においては、右近に負けぬぞ」

ひとり無邪気に哄笑した秀吉は、公式の謁見が終わって諸侯たちを退席させると、高座を降り、にこやかに神父らに近づいて、ひとしきり言葉を交わした。

そのあとコエリョやフロイスといったパーデレらと右近だけを引き連れて、武器庫、着物、生糸の部屋、銀の部屋、金の部屋など、これまで外部の者に見せたことがない城内のすみずみまで自ら案内した。

世間の評判になっている、組み立て式の黄金の茶室が置かれた場所に来ると、いたずらっぽく笑い、

「これは最近、千利休に師事しておる右近にとっては垂涎《すいぜん》の的になるだろうから、開陳はまたの機会にするかな。許せ、許せ」

などとふざけたりした。

天守閣の最上階からは大坂の城下町が眼下に広がっている。

その眺望を披露して得意満面、秀吉は気宇壮大《きうそうだい》な計画を打ち明けた。

「天下統一もいずれ目鼻がつく。残るは関東、奥州、それに九州じゃ。それが済めば、朝鮮と明国に出征する。そのための秘策もすでに練っておる」

至れり尽せりの歓待ぶりに、コエリョやフロイスがすっかり舞い上がったのも無理はない。

ただ、外征の企図には驚いた。明は大国である。それを攻め取ろうとは、余りに無茶だ。コエリョは、現実論を説かねば、と考えた。

「関白殿下の申される遠大なご理想には、感服するばかりです。その遂行の手始めに、まずは、九州へご出陣願いたい。島津を攻めて下さるのならば、教会をあげて必ず、大友宗麟様をはじめ九州の全キリシタン大名が関白殿下の配下につくように尽力いたします」

そんな約束ごとを口走ってしまった。

秀吉の大風呂敷に触発された格好だが、秀吉は気をよくした。

「左様か。朝鮮と明を治めるようになったあかつきには、至るところに教会を建てて進ぜよう」

すると、調子に乗ったコエリョは、秀吉をさらにあおり、朝鮮出兵のための大型軍用船を二隻、ポルトガルから用立てるとまで申し出た。

秀吉とコエリョのやり取りを横で聞いていて、右近とオルガンチノは冷や汗を流した。

明らかにコエリョは、本分から逸脱している。

(政治や軍事に触れた不用意な発言だ。以前、巡察師ヴァリニャーノ様は、宣教師たちに対して、この国のいくさや政治には関わらないようにと厳命された。関白自身、伴天連が国政に口出しすることを好ましく思わないはずだ。このままでは警戒心を持たれてしまう)

そう懸念した右近は、このきな臭い話題を転じさせようと、通訳のフロイスに耳打ちした。

しかし、フロイスは右近の忠告に素っ気なかった。

コエリョの暴走に巻き込まれているとしか見えない。

いつものフロイスではなかった。

大坂教会に戻ったコエリョたちは、居合わせた小西行長や黒田官兵衛らに、秀吉から破格の扱いを受け、会談は成功したと感想を述べた。

だが、右近は素直に喜べず、どうもコエリョとフロイスの言動が軽率に思えてならなかった。

あとから入ってきた右近は、平静さを装いつつも、顔に血がのぼっている。

「パーデレ様。有頂天になられては困ります。我々が城を去ったあとで秀吉様は、伴天連には武力があり、九州のキリシタン大名はその指示で動く、と再確認しているに違いありませぬ。イエズス会は武力集団にほかならないと誤解を招いたことになりますぞ」

右近がこれほどパーデレたちに苦言を呈したことはない。

このときばかりは、懇々と、その非を論した。

コエリョは九州におけるキリスト教の発展と、その最大の功労者である大友宗麟らキリシタン大名の活躍を過大評価したきらいがある。

その勢いで秀吉も丸めこむことができるのではと、いささか調子に乗りすぎた。

要は、軍船の提供で秀吉に恩を着せ、彼を利用しようとしたのだ。

だが、駆け引きでは秀吉が一枚も二枚も上手だった。

のちにオルガンチノは、ヴァリニャーノ巡察師にあてた書簡の中で、このときのコエリョとフロイスの軽はずみな言動を厳しく批判している。

着々と島津征討の準備を進めていた秀吉は翌天正十五年二月、京の都と大坂を固めた上で自ら出陣し、九州へ向かった。

三十カ国から動員された秀吉軍は総勢四万。

その先頭を行くのが右近の軍勢だった。

右近は、秀吉軍本隊の前衛総指揮官の役を命じられて明石の地から発した。

率いるは六百の歩兵と百の騎兵、それに多数の雑兵。

総勢で千人余りに過ぎない。

それがひときわ異彩を放っていたのは、旗指し物にはすべてクルスを染め、ある者は十字架を兜に飾り、他の者は鎧の上から大きなロザリオをぶら下げていたからである。

しかも出陣に先立ち、全員で告解をなし、聖体拝領にあずかっていた。

朝には教会に集まって祈祷を捧げている。

身も心も清め、命運を天にゆだねての出発であった。


九州平定でも右近は真っ先に敵を突き崩し、大いに働いた。

その活躍もあって秀吉軍は肥後（熊本県）八代で島津勢を撃破。

秀吉は薩摩を支配下に置き、西日本を掌握したのを見届けてから、六月、博多の箱崎に凱旋した。

秀吉は千代の松原に戦勝祝いの茶席を設け、地元の有力商人たちと交流した。

次なる目標、大陸進攻の基地として博多の街を復興させる必要があったのだ。

そんなある日の夜、ついに右近の恐れていた事態が起きた。

七

九州平定後、右近を含めた秀吉軍は、しばらく博多に滞在していたが、天正十五年（一五八七）六月十九日の夜、右近の陣屋に、秀吉の使者が何の前ぶれもなくやってきた。

何事か、と騒然となる家臣たち。

そんな中、謹直な右近は使者を出迎え、居ずまいを正して対座し、頭を下げた。

使者は秀吉からの書状を、重々しい声で読み上げた。

「詰問状」

右近の顔色が変わった。

「キリシタンの教えは邪教であり、わが国において大名や武将らの間に広まったのは、高山右近が彼らを説得したからにほかならない。予はそのことを不愉快に思っている。なぜなら、キリシタンどもの間では、血を分けた兄弟以上に固い団結が見られ、天下に影響を及ぼすことが懸念されるからだ」

「そなたが高槻や明石の領民をキリシタンとし、寺社を破壊・焼却したことは道理に合わない悪事である。今後とも予に仕え、大名の身分に留まりたければ、即刻キリシタン宗門を棄てなければならない」

いわゆる「伴天連追放令」の発布である。

右近にとって、それは青天の霹靂だった。

追放令には宣教師向けの五カ条と、国内向けの十一カ条の二種類があった。

前者は、神国、仏教国の日本でキリスト教が説かれることは不適当であり、伴天連たちは改宗を強制して神社仏閣を破壊する者であるから、二十日以内に国外に退去せよ、という内容だった。

一方の国内向け、それはまさに右近を狙い撃ちしたものだった。

目を半眼にして聞いていた右近は、

——心外なり！

そう叫びたかったが、かろうじて耐えた。

自らの心情をひと言ひと言、使者の脳裏に刻みこむようにして述べた。

「私はこれまで関白様に対し、忠勤を尽くしてまいりました。高槻や明石で家臣や領民らを信者にしたのは決して責められるべきことではなく、むしろ私にとってかけがえのない手柄であり、誇りである。こたびのキリシタンをやめよとの仰せ、断じて受け入れられませぬ。いさぎよく明石の領地と知行六万石を返上し奉りますゆえ、よろしくお取り計らい下され」

陣屋に駆けつけて右近の様子を見守っていた盟友の小西行長が、この発言に顔色を変えた。使者に断わったうえで右近を隣の部屋に連れてゆき、詰め寄った。

「もう少し穏便に対応されてはいかがか。ここは、うわべだけでも命令に従っておくのが得策でござる。俸禄と領地を捨ててしまったら、年老いた貴殿の両親や妻子、多くの家臣はこれからどうなるというのじゃ」

右近の側近たちも加わり、信仰をやめるふりをするだけでもよいではござらぬか、などと進言したが、右近は頑として聞き入れない。

「人間に関わることは変えることができても、神とその真実に関わることは一点たりとも曲げることはできぬ。たとえ人、全世界をもうくとも、おのが霊魂を失わば何の益かあらん。地上の権力者を恐れず、天上のお方をこそ恐れねばならない」

座敷に戻ると、右近は使者に低頭して告げた。

「先ほど申したことに変わりはありませぬ。そのとおりに関白様に復命してくださるよう」

使者が去ったあと、陣屋がざわめく中でも、右近は端座したままの姿をしばらく崩さなかった。

八

右近は大きな衝撃を受けたが、実は半ば覚悟していたことでもあった。

ここに到る伏線が、大坂城で秀吉に謁見した際のコエリョの不用意な発言以外にも、まだほかにあったからだ。

九州平定のあと、博多にとどまっていた秀吉のもとに、コエリョが戦勝祝いに訪れた。フスタと呼ばれる船に乗り、平戸から博多湾に入った。

同船は小型ながらも駿足で、二基の帆柱が立ち、船首には大砲を装備した鉄板張りの頑丈な軍船だった。

ある日、秀吉は数隻の船を従えて湾を遊覧していたが、この異国船に近づき、武将たちとともに乗りこんできた。

不意の来訪だったがコエリョは秀吉を歓迎し、船内をくまなく案内したあと、ポルトガルのワインと砂糖菓子などをふるまった。

秀吉は同船の構造や武装が完璧であることをほめ、博多に教会を建てたいというコエリョの要望も快諾。

周囲の者と談笑しながら下船し、自分の船に戻った。

あとでその情報に接した右近は、愕然とした。

南蛮の武装船をこれ見よがしに誇示したことが災いのもとになると危惧したのだ。

ただちにフスタ船にいるコエリョに面会を求め、改めてその詳細を尋ねた。

コエリョは通訳のフロイスを介して返答した。

「関白殿下は我々に対して好意的ですから、布教は順調に進むことでしょう。それを今回、確認できました。海上で殿下は立派な船だと感心しておられ、イエズス会は今後まことに頼もしい援軍になると満足げに語られるなど、終始、上機嫌でおられました。博多に教会を設けることも許諾してくださった」

コエリョは、この時点での宣教の成果として日本の人口二千万人のうち信者が二十四万人を数えるまでになり、教会数が二百を超えたことに気をよくし、宣教の前途を楽観していた。

右近は、しかし、彼が得意げに話せば話すほど、心が冷えていった。

(上機嫌だった？　それこそが曲者で、油断ならぬ。関白は、イエズス会はフスタ船に見られるように強大な武力を所持していると警戒したに違いない)

ここはしっかり直言せねば、と右近は身構えた。

「布教活動には妨害がつきもの。教会は一点の疑いもいだかれないように注意せねばなりませぬ。そういう意味でもコエリョ様、関白様には特段の配慮が必要なのです」

「どういうことですかな」

「以前、関白様に謁見された際に、軍用船を用意すると申されていました。その約束を果たすべく、この船は至急、関白様に献上すべきでござる。船は殿下のために用立てたものだと言って、贈呈するのです。持っていると変に疑われますぞ」

コエリョは険しい表情で反論した。

「これはポルトガルの技術の粋を凝らした船。いくら相手が関白とはいえ、ただでくれてやるなど論外ですな」

あとはそっぽを向いて右近と目を合わせようとしなかった。

しかもコエリョは、平戸に大型のポルトガル船が入港したのを知った秀吉が、それを博多に差し回すようにと命じた時も従わず、二枚舌だと秀吉の怒りをかってしまった。

さらに、追放令の直接的な誘因として、秀吉の側近施薬院全宗の動きも無視できない。

侍医の立場で秀吉にうまく取り入りながら、パーデレたちやキリシタンのあら探しに狂奔し、偏った情報を秀吉の耳に吹きこみ続けていた。

「彼らは今や侮れないほどの勢力となり、陰で何かを企んでいるとしても不思議ではありませぬ。かつての一向一揆のように、天下にとって危険極まりない連中ですぞ」

右近には大きな信頼を寄せてきた秀吉も、コエリョたちの政商のようないかがわしさには不快感が募り、全宗のキリシタン排撃論になびく気分になっていた。

だから、発令のタイミングも通告の中身も、秀吉にとってはそれなりに筋が通っている。天下統一の大事業は中央集権国家の樹立にほかならず、キリシタンたちはその前途に立ちはだかる黒雲である。

かつての一向宗と変わらないではないか。

秀吉はその虚像におびえた。

九

秀吉の糾弾とも説得ともつかぬ詰問は、右近が命令に従えば領地を安堵し、主従関係を保つという懐柔策にほかならず、秀吉はどこか未練がましかった。

右近は折れるはずだ、少なくとも表面上はそうするに違いない、と読んでいたからである。

秀吉は何とかして翻意させようと、再度の使者を送った。

だが、右近の決意は不退転だった。

業を煮やした秀吉は、ついに彼の茶頭を務めていた千利休を三人目の使者に立て、代弁させた。利休は右近にとっても茶の湯の師匠だから、最後の切り札と言っていい。

伝達事項には、右近の力量と功績を惜しむ秀吉の心情がにじんでいる。

――領地は失っても、肥後（熊本県）に転封となっている佐々成政《さっさなりまさ》に仕えることを許す。彼の与力になれ。それでもなお棄教を拒むのであれば、他の官教師ともどもマカオか明の国に放逐する。

右近は、利休に迷惑をかけたことをわびた上で、秀吉のこの譲歩案をも謝絶した。

「キリスト教信仰が、関白様の御命令よりも重いかどうか判断は難しい。ただ、私としてはいったん天に志したことを軽々しく変えてはならず、志操堅固であることが武士本来の姿だと存じあげております」

利休は、了解したとの旨を微笑で返し、引き下がった。

胸中で、秀吉は納得するまい、いや、理解できないのだ、とつぶやいた。

右近が見せた一徹さは、俗世を超越した信念であり、その信念のために殉じてもいいという点で、茶の湯を求道する利休にも通じるものがあったからだ。

この両者と、その精神の次元において対極にあった秀吉は、怒るよりもあきれてしまった。

（なぜじゃ。わしに従えば将来は安泰、大大名にさえなれるのに。この先、どう生きていくつもりか）

だが、振り上げた拳はおろすわけにはいかない。

もはや説得は無理だと断じ、右近の領地を没収し、追放する処分を下した。

その命令が下った日、右近は家臣全員を集めるよう命じた。

陣屋の広間に家臣たちが勢ぞろいすると、右近は何ごともなかったかのように穏やかな表情で着座した。

物言いたげなそれぞれの顔にちらりと視線を注いだあと、口を開いた。

「関白様の御処置により、私は改易・追放の身となった。領地などを失うのは惜しくはない。ただ、そなたたちが主君を失い、禄を得られなくなることに心が痛む。御一同は信仰の友であり、勇敢な武士である。きょうまでの忠勤に報いたいが、今の自分には何もしてやれぬ。ふがいない私を許してくれ」

そう言って頭を下げる右近に、家臣らの間から嗚咽がもれた。

突っ伏して泣く者もいる。

「おのおの方が私の親しい武将のもとで召し抱えてもらえるよう、手を尽くす。これからの迫害によって苦難は続くであろう。だが、どんなことになっても家族を守るように努めよ。妻子を顧みないのが武士の美徳とされてきたが、我らキリシタンは違う。妻子、家族を大切にせよ！家庭の神聖さ、絆こそはいかなる財宝にもまさる」

家臣らは異口同音に声を放った。

「パーデレ様のあやまちも注意しておられた殿が、なにゆえ罪を一身にかぶってしまわれるのか、納得できませぬ！　かくなるうえは我らもお供いたす」

髷のもとどりをその場で切り落とす者が相次いだ。

右近は感激しつつも、一同をなだめた。

「殿は今後、どうなさるおつもりか」

「厳しい境遇になることは覚悟しておる。だが、悲しむにはあたらぬ。主キリストも我ら罪びとを救うために地上に降臨され、貧者になり給うたではないか。それにならって貧しさを忍ぶことは、私にとって無上の喜びなのじゃ」

宿営を退去するに当たっては、五人の供だけを選んで連れて行くことにした。

大勢が志願したが、あまりに多人数では謀反の疑いを持たれかねない。

右近はそう諭して、その場をおさめた。

こうして右近は、苦楽をともにしてきた家臣たちに別れを告げた。

家族がいる明石にも使者を送り、妻ジュスタと父ダリオ飛騨守に事の次第を伝え、対岸の淡路島に逃れるように指示した。

二人は右近が棄教の道を選ばなかったことを喜んだ。

十

伴天連追放令は宣教師たちに対しても、布告から二十日以内に国外退去するよう命じている。博多の町でもいたるところに、禁令を記した高札が掲げられ、すでに長崎や豊後だけでなく、京の都や大坂でも役人や仏教徒らによって教会が破壊され始めていた。

この事態に、宣教師たちは緊急対策会議を開いた。

副管区長のコエリョを筆頭に、フロイス、オルガンチノ、セスペデス、パシオら神父、コスメ修道士らが居並んでいた。

沈うつで深刻な雰囲気の中、ひとり気を吐いたのは滞日経歴が長いオルガンチノだった。

――自分は九州には留まらない。

たとえ捕縛されたとしても京の都か大坂に戻る。

セミナリオの生徒たちも待っているからだ。

彼は、右近が秀吉の説得工作にも屈せず信念を貫いた結果、追放処分を受けたとの情報に接し、大いに発奮していた。

コエリョは、オルガンチノの熱情には反応せず、すぐに出帆する船がないことを理由に、六カ月の猶予期間を秀吉に嘆願するとの考えを述べた。

また、数人の宣教師を一時マカオに待機させ、その他は肥前の有馬晴信らキリシタン大名の領内に匿ってもらうとの方針を示した。

そのころ陣営を引き払った右近は、五人の従者だけを伴い、博多湾に浮かぶ能古島《のこのしま》へ向かう小舟に揺られていた。

同島は「金印」の出土で有名な志賀島の南にあり、元寇の役で知られる。

右近の改易・追放の沙汰は、博多にいた武将たちに半日で広まり、右近のもとへやってきて翻意を促がす者、同情し惜別の辞を告げる者などが少なくなかった。

秀吉に直談判はしないまでも、前途険しい日々の足しにと餞別を集め、右近のもとに届けた武将もいた。

だが、右近はその好意だけを謝し、多額の金には指一本触れなかった。

そんな俗世の人情を避けるためにも、右近は沖合の小島に身を隠したのだ。

(いよいよ流浪の身となった。かねてからの出家の願いがかなったのだ。すべてを神の御手にゆだね、キリストの如く歩まん)

右近に敗残者の影はなかった。

第十章　加賀の客将

一

伴天連追放令を受けて、右近はキリシタンとしての信念を貫くためおよそ一年、亡命・流浪の旅を続けることになる。最初に身を寄せたのは、博多沖の能古島という小島であった。

奈良時代に防人が置かれた古い歴史を持つ島で、蒙古が攻めてきた元寇の役では占領されてしまったが、直後に吹き荒れた暴風で元軍が全滅し、何千という兵士の遺体で浜は埋めつくされたという。

島民の粗末な家に潜んでいる右近は、そんな言い伝えを耳にした。

島に来てすぐに、右近は付き従ってきた五人の家臣の中から使者を小西行長や大友宗麟に送り、別れた家臣たちの今後を託した。

明石の領民の長たちにも理解を求めるべく、書状を発した。

折り返し行長から返事が届き、淡路島に渡った妻子ら高山一族の様子を知ることができた。淡路島には、国外退去を指示された数人のイエズス会宣教師たちも同行していた。

みな泰然として、この運命を嘆くどころか神に感謝の祈りをささげたという。

――義のために迫害される人たちは幸いなり。天国は彼らのものである。

右近自身も、この主キリストの言葉をかみしめては祈った。

一方で、志操堅固な右近の巻き添えになって日常の暮らしと財産を失う破目になる大勢の人々のことを思うと、上に立つ者として慚愧《ざんき》にたえない。

実際、明石で留守を預かっていた家臣とその家族や、三千人ほどいたキリシタン領民にとって、ただちに明石を出よとの命令は酷なものだった。

右往左往しながら家財道具をまとめ、着の身着のまま他国の同志を頼っていくしかなかった。

(私が頑固なために、家臣や民を路頭に迷わせたことになる。その罪も背負っていこう。今はただ、彼らへのデウスの御加護を願うのみ)

深刻で沈痛な時間が流れたあと、博多の夜を彩る明かりを遠望しているうち、関白秀吉への複雑な思いがつのってきた。


右近は幼少時、父の飛騨守から剣術の手ほどきを受けたが、そんな折りに父はよく、戦いに明け暮れた武将としての胸のうちを吐露した。

「あの空をゆく鳥たちに、国の境はあるか。自由にどこへでも飛んでいく。人間だけが天地をわざわざ狭くして、その狭い中で角突き合わせ勢力争いを繰り返しておる。愚かなことじゃ。いい加減そんな妄執から脱して、大きな世界に遊びたいものよ」

しかも右近は、長じてからは、万里の波涛を越えてやってきた宣教師たちに出会い、ヨーロッパの文明や地理、アジアの王国での体験談などを聞くことができた。

そこで養われた知識と思考尺度からすれば、秀吉とて日本という小国の一時的な盟主に過ぎない。

その島国の中の、さらに小さな豆粒のような島に自分はいるのだから滑稽な図ではあるが、心までは縛られず制限されていない。

名誉や富など現世的な執着から解き放たれている。

この自由の味わいが、秀吉にはわからないだろう。

(地上のいかなる栄華にも永遠性はない。こたびの迫害で、秀吉様は偏見と曲解によってデウスの代理者、信奉者たちを排斥した。天下の権を握ったことに驕り、黄金好き、派手好きが高じて好色も目に余る。天に逆らい続け、滅びの道をたどっておられる。哀れでならぬ)

右近はいつまでも能古島に腰を落ち着けていたわけではない。

この間、小西行長が東奔西走していた。

ほどなく彼の腹心が右近らを島から連れ出し、自前の船に乗せ、瀬戸内海を経て、高山一族が避難した淡路島に向かわせた。

キリシタン大名の行長にしても、追放令が出たあとは日和見主義に陥り、見かけ上は棄教したかのようなあいまいな態度をとっていた。

だが、国外退去を拒否して京の都や大坂に踏み留まるとの決意を示したオルガンチノ神父の殉教精神に打たれ、勇気を取りもどした。

そして、パーデレたちと協議し、領国である室津の近くにパーデレの隠れ家を用意したほか、貧しい信者には援助物資を与えるように取り計らった。

九州のキリシタン諸侯には、可能な限りパーデレたちをかくまうよう働きかけてもいる。

二

行長には、右近のように公然と棄教を拒絶するほどの覚悟はなかった。

しかし、せめてその信念にあやかり、惜しまずに支援したいと思っていた。

（ジュスト高山右近というキリシタンの大黒柱を奪えば宗門は弱体化する。関白はそう企図したに違いない。しかし、右近殿はそれに抗した。なんという勇気、強い信仰か。お陰で我らキリシタンは、悪魔に魂を売り渡さない生き方がどういうものであるか、そのお手本を見ることができた）

そんな敬意と感謝の思いから、行長は右近とその家族を自領の小豆島《しょうどしま》にかくまうことにした。隠れ家も用意していた。

島に入る前に、右近は行長の居城がある播磨の室津に立ち寄り、都や近隣から集まった信者たちとミサを営んだ。

その場には、同じく殉教の覚悟をいだくオルガンチノ神父も駆けつけていた。

神父はこのときの右近の説教を記録し、後世に伝えている。

「戦国の世では、つまらない利欲のためにいくさが起こり、実におびただしい人命が失われていきます。しかも、死ぬのは武士たちだけではなく、家族も悲惨な道へと追いやられ、敵の物笑いの種にされてしまう」

「私たちが今、直面しているのは、人間をこのような破滅の道に陥れる悪魔との戦いです。デウスの側にあって生命を失うことは、主キリストとともに勝つことを意味するのです。初代の教会以来、世界のキリスト教は、殉教者の犠牲によって高められてきました。迫害を通して、日本人は神の教えがどんなものかもっとよく知ることができるでしょう」

「私たちが殉教を恐れずすべてをささげて歩むときに、神はその愛と真理を示してくださるはずです。神はささげられた生命を懐にいだき、必ず日本の復活の礎にしてくださいます」

三

新天地の小豆島で、右近は一年近くを過ごすことになった。

ちなみに、小豆島は現在は香川県に属するが、明治までは本州側、備前（岡山県）の領地だった。右近の足跡もあることから、キリシタンの島としても知られるようになり、平成二年（一九九〇）には「全国かくれ切支丹研究大会」が同島で開催されている。

島での生活は右近が髪を落とし坊主頭になることから始まった。

天正十五年（一五八七）夏、右近三十五歳の時である。

オルガンチノも、右近のゆくところならどこへでも、といった格好で同行した。

パーデレの隠れ家は山中の一軒家で、右近とその家族の潜伏地はさらに二里ほど奥に入った場所（現在の小豆島町中山地区あたり）だった。

港からそこへ向かう道の途中には、行長の配慮で信者の部下が警護に立ち、右近らの安全を守っていた。

同島にキリスト教が伝えられたのは、その前年のこと。

大坂のセミナリオにいたグレゴリオ・セスペデス神父が日本人のジョアン森修道士を伴って赴任し、布教に着手したのが端緒であり、やがて島民の多くが洗礼を授けられ、信者になった。

だから、右近が来たころには既にある程度の教会基盤ができていたわけで、その点でも行長の統治ぶりが頼もしく思えた。

右近とオルガンチノは、互いの住みかを行き来しながら、今後の教会活動について話し合った。

右近は祈りや布教にばかり明け暮れていたわけではない。

島の環境に慣れてくると、信者の漁師から釣りの方法を教えてもらい、水泳も楽しんだ。

川や池で泳いだ経験はあるが、海は初めてだった。

晩夏のある日も、右近は浜辺へ行き、下帯一つになって海に入り、岩場まで泳いだ。

海は穏やかで、波も余り立たない。

空を仰いで深く息を吸うと海面に浮かぶことができる。

両手を広げて大の字になる。白い雲がゆったりと流れていく。

雲と呼吸を交わしながら浮いているようで、うっとりして実にいい気分である。

（このまま平穏無事の島暮らしを続けることができるのなら、ここに骨を埋めてもいい）

そんな心境にもなっていた。

右近はその生涯で妻の志野（洗礼名ジュスタ）との間に四男二女をもうけたが、そのうち三男一女を幼くして喪っている。

島に来たときは、長男の十次郎（ジョアン）だけが健在で、彼はまだあどけなさの残る少年だった。両親の影響で信仰を大切にし、その従順さが右近夫妻の大きな誇りだったが、さらに島で娘の小菊（ルチア）が誕生した。

一方で右近はオルガンチノ神父と頻繁に会っては島をめぐり、島民と交流。布教はもとより、礼拝や教義の学習などに熱心に取り組んだ。

神父はそんな右近の姿を、イエズス会本部に感動をこめて書き送っている。

――ジュスト右近殿の信仰と勇気は驚くべきである。もしこの勇敢なデウスのしもべの徳をいちいち述べれば、多くの枚数を要するであろう。彼は、日本ではいくさで生命や領地を失い、あるいは死を賜う者が少なくないのに、自分は主キリストを愛するがゆえに領地を失ったのであって大いに喜ばしいことであると語り、デウスのために生命をささげる準備を進めている。

右近はまた、家の周囲の畑で農作業に汗を流した。

修行僧のような粗末な身なりで、黙々と土にまみれている。

ジュスタもよく働いた。

二人が木陰でひと休みしていると、心地よい風が吹き渡った。

教訓めいた言葉がひらめいて、右近は即興詩のように吟じた。

「粗衣粗食に感謝する境遇は薫風を呼ぶようだ。簡素で質実剛健な生き方は、何も持たないのに実は無尽蔵の恵みを天がもたらしてくださる。それを知れば、現世の名利など俗塵の如きもの。剣を捨て鍬をとって、神の田を耕そうではないか」

そばのジュスタに目をやると、木にもたれてうたた寝している。

右近はしばらくその横顔に見入った。日に焼けて少し面やつれしているが、豊かな母性がほのかに匂い、聖母マリアのように神々しく思えたのだ。

四

島での月日は波風が立つこともなく過ぎていき、右近にとっては英気を養う格好になっていた。秀吉の詮索がここまでは及ぶことはない。というより、秀吉自身が伴天連追放令の徹底にそれほどこだわらず、禁令は次第にゆるくなった。

事実、各地のキリシタン大名のもとに潜んでいた宣教師たちは、やがて徐々に信者たちを集めてはミサを行うなどして以前の態勢に戻り、布教活動を再開していた。

ただ、秀吉がそういう状況をまったく放置していたわけではない。

その表われの一つとして、彼は施薬院全宗ら側近から、小西行長が右近とオルガンチノを匿っているとの情報をつかむと、行長を呼びつけた。

「そなたも右近も神を絶対として神への忠誠を第一に守っておると聞く。ゆえに、予に従うことはできぬ、ということになるのだな」

手にした扇子を開いては閉じながら、秀吉は問い質した。

行長は右近とは違い、信仰よりも現実的な思惑に流されるほうだったので、当初は禁令で動揺し、信仰面で煮え切らなかった。

しかし、このときばかりは身の破滅も恐れずに右近を擁護しようと腹をすえていた。

「せん越ながら、中傷を信じてのそのような決めつけはおやめ下され。デウスに忠誠心をいだく者こそまことの忠臣でございましょう。なぜ高山殿のような忠義の士を追放処分にされたのか。それが的はずれであること、これまで上様に付き従ってきた高山殿を見ればよくわかるはず。あの方には、上様に対して無礼なふるまいや謀反のような言動などいささかもなかったではござらぬか」

行長の毅然たる態度と迫力に、さすがの秀吉も目を伏せてしまった。

天正十六年（一五八八）七月、行長に南肥後（八代、宇土、天草）三十二万石への移封が決まった。それまで数万石の彼にとっては望外の栄転である。

そのかわり、小豆島は行長の手から離れた。

つまり、右近とその家族にとっては、もはや同島が安住の地ではなくなってしまった。

五

小西行長の転封に伴い、右近は小豆島を離れ、またもや流浪の境遇へと追いやられた。

行長の家臣が島に派遣され、右近に告げた。

「殿の命令で、高山様とご家族を、肥後（熊本県）へお連れせよ、とのことです。船はいつでも出航できます。お急ぎ下され」

「かたじけない。いつも行長殿のお世話になるばかりで――大船に乗った気持ちとは、まさにこのことを言うのでしょうな」

オルガンチノ神父や信者の島民たちが港まで見送りに出ていた。

神父はすっかりこの島が気に入っており、今回は踏みとどまった。

「ジュスト殿、デウスがお許しになるならば、またお会いできるでしょう。そのときまでに、ここに立派な教会堂を建てておきますよ」

右近一行を乗せた船は、瀬戸内海を西下し、ひそかに肥後に入った。

宇土城で出迎えた行長は、右近の旧臣たちを多数、家臣として召し抱えるとの好意を示したので、右近はまた感謝するしかなかった。

それが難なくできるほどの豊かな封禄を、行長は得ていたのだ。

彼はほかにも貧苦のキリシタンたちを援助し、またイエズス会に千石ないし二千石の扶持を与える約束もしている。


しばらくして、秀吉は右近が肥後にいるとの情報をつかむと、何度も大坂に呼びつけようとした。右近への愛惜の情を禁じえなくなったからだ、という噂が流れた。

秀吉の勘気《かんき》が解けたと、当初は誰もが思ったが、秀吉得意のおびき出し戦術かもしれない。行長もそれを恐れ、大坂へ行かないように説得した。

しかし、右近は、またも遠い目つきになっている。

「もはやこれ以上、迷惑はかけられませぬ。今のままでは行長殿の地位に累を及ぼしかねないし、せっかく盛り返してきた教会がまた危うくなる事態も考えられるからです。進んで虎口に入れば、また新たな道が開かれましょう」

六

かくして、右近は久々に大坂の土を踏んだ。

ところが呼びつけたはずの秀吉が直接会おうとはしない。

肩透かしを食らった格好である。

大坂城の手前で拘束されることもなく立ち往生しているうちに、面会を求めているのが加賀・前田家の当主前田利家だと知らされ、一瞬いぶかりはしたが、まさに地獄で仏に会ったような思いになった。

ひそかに敬愛する人物だからだ。

城下の前田屋敷に案内され、信長の時代から勇名をはせたこの歴戦の武将と顔を合わせた。

利家、このとき五十歳。

背が高い上に円熟の貫禄がついて、堂々としている。

幼名を犬千代といい、信長の小姓となって出世。

秀吉とは、その足軽時代から夫婦ともども仲がよく、家が隣同士という誼《よしみ》もあって、親友関係を維持してきた。

「お前たちは不思議じゃのう」

「サル」と「イヌ」は犬猿の仲ではなかったのか。

そう信長にからかわれたこともある。

のちに加賀百万石の祖として、北陸の地に香り高くみやびな日本文化の華を咲かせた利家。茶の湯などをたしなむ風流人でもあり、右近は茶会で同席するごとにその温厚で滋味ある人となりに心引かれた。

信長のように威圧的なところはなく、秀吉に顕著な陽気さと気まぐれな面もない。剛毅な半面、ひょうひょうとしたところがあり、周囲が自ずとくつろぐような天性の徳を備えている。

実際、懐が深く幅の広い御仁だと、誰からも慕われていた。

しかも、信長が安土城を築くと利家は城下に屋敷を構え、宣教師や右近との出会いを持ち、南蛮文化やキリスト教にも興味を示していた。

（このような方こそ、天下びとにふさわしい）

右近は何度も、そう思った。

ただし、利家とて戦国期を生き延びてきた百戦錬磨の男だ。戦場では激しく情け容赦ない性格の一端ものぞかせている。

そんな利家が追放の身の自分になぜ会おうとするのか、右近は意図がよくわからない。

迎えた前田屋敷の面々も、今や犯罪人の右近の出現に戸惑いを隠せなかった。

しかし、利家は緊張する彼らを尻目に、やあやあと相好を崩しながら右近に近づき、すぐそばに胡座《あぐら》をかいた。

右近は髪をおろした出家の姿のままで、しかも丸腰である。

以前のキリシタン大名高山右近とは大違いの落ちぶれた異相とやせた肩の感触に、さすがの利家も息をのんだ。

しかし、右近の凛としたたたずまいに、その信念がいささかも揺らいでいないことを見てとった。

「よくぞ戻ってこられたな。大坂までの道中、いや、これまでの旅のすべてが大変であったと察するが、おぬしは肝がすわっておるから、もはや怖いものなしであろう」

追放後の苦労をねぎらいつつ、利家はしばらく右近と茶の湯談義などを交わした。

茶菓が供され、ともに喉をうるおすと、利家が右近にざっくばらんな調子で話しかけた。

「右近殿、今のままでは何かと不自由であろう。金沢に来ればよい。この利家に、その知恵と力を貸してはくれぬか」

実は、利家はすでに根回ししていた。

追放令の発布後、伴天連やキリシタンに同情的だった彼は、次第に秀吉の態度が軟化してきたと見てとるや、すかさず秀吉に言上した。

「高山右近は武功の士である。貴公の弟の秀長殿も右近のため、畿内追放とした上で他国内での自由を与えるようにと執り成したと聞いた。わずかな知行ではあるが、わが前田家に召し抱えたい」

秀吉は許可した。前田家に仕えるようになれば、間接的ではあるが、右近は秀吉のもとに再び服属するわけで、異存のあるはずもなかった。

そのような利家の奔走があったことなど、右近は知る由もない。

しかも、いきなりの誘いだ。

「ありがたいお言葉なれど、すぐには決められませぬ。いっときのご猶予を」と述べて即答を避けた。

さもありなん、とうなずいた利家は、いったん退室しかけて、また右近のそばに戻り、顔を寄せた。

「これは余計なことかもしれぬし、よく知ってもおろうが、畿内や他国とは異なり、わが北国にはまだキリスト教が宿っておらぬ。その点では未開の地じゃ。おぬしにとっても、やりがいはあると思うぞ」

戯れに池に小石を投げ入れるような風情のこのひと言が、右近の心に波紋を広げた。

かつて信長の怒りに触れて越前（福井県）に流された父・飛騨守や宣教師からも、越前では布教も進んだが、その先の北国は手付かずだ、と聞いていた。

（教えの種がまかれるのを待ち望んでいるはず。行かねばなるまい）

右近は決意し、利家からの招きを受け入れることにした。

飛び石のように続いた流浪の運命も、こうして加賀・前田家という新天地で落ち着くことになった。

七

こののち二十六年間、右近は同地で暮らすことになる。

利家が右近を引き取りたかったのは、右近の武将としての勇猛果敢さやすぐれた用兵の才だけが理由ではない。

茶の湯や俳諧にも通じた文化人という面でも、右近を高く買っていた。

（秀吉の天下は盤石で、戦国動乱の世はもはや過ぎ去ろうとしている。次にやってくるのは茶の湯に代表される文化の時代だ）

そう見越して、利家は右近の獲得に乗り出し、秀吉の了承を取りつけた。

右近が大坂に来るように仕向けたのも、利家その人だったと言っていい。

ちょうどこのころ、秀吉は京の都で北野大茶会を催した。

利家も出席し、千利休や弟子の山上宗二、堺の今井宗久らと交流。

本格的に茶をたしなんだ。

茶の湯は、武家の間で今後ますます社交の場として欠かせないものになっていく。

その点でも、利休の高弟である右近を手元に置いておくことは、何より心強い。

さらに利家には、思い入れがあった。

右近は律義で誠実な男だとの定評があり、わが後継者である嫡男利長の補佐役にうってつけの人物。息子より十歳年上で、何かとよき相談相手になってくれるであろう。

それらを勘案し、利家は右近を三万石で召し抱えると明言した。

だが、その条件を提示された右近は、淡々と答えた。

「それは十分すぎます。もっと少なくて結構でござる。教会の一つでも建てることを許してくだされば、それだけでありがたい」

その無欲さに驚き、利家は右近に改めて惚れ直した。

右近が、前田家お預かりの形で、事実は客将として金沢に移り住んだのは、天正十六年

（一五八八）十一月のことである。

このとき三十六歳。

単身赴任ではなかった。いつものように家族を伴っていた。

（いかなる苦難や流転があったとしても、それらを乗りこえて家族の絆を保つのは、信仰の力にほかならない）

高槻城にあったときも、明石から追放され、小豆島に隠棲したときも、右近は一貫して家族と共に行動してきた。

そこには、信仰を大切にする家庭を築くことが何よりも肝心だとの信念が表われている。

同行していた家族は、父のダリオ飛騨守、母マリア、妻ジュスタ、長男ジョアン十次郎である。

ちなみに、右近が妻子と小豆島で暮らしていた時期、両親は行長の別の領地で過ごしていた。

右近の金沢入りは、コエリョ副管区長ら宣教師たちには経緯がよくわからないままに進んだため、さまざまな臆測を呼んだ。

――右近はやはり秀吉におびき出され、処刑されたのではないか。

――いや、金沢で生きてはいるが、自由は奪われ、流刑者の扱いを受けているらしい。

――これは新たな追放と言うしかない。金沢は北の辺境にあり、司祭や修道士もいない未開の地だ。

日本人キリシタンの大黒柱とされた右近としばらく連絡がつかなくなったので、パーデレたちが悲観したのも無理はない。

コエリョらが、右近が前田家の中で相当な待遇を受けていると知るようになったのは翌年、北国に遅い春が訪れたころだった。

金沢は前田利家が治める加賀・能登・越中三国（現在の石川県と富山県）の首邑《しゅゆう》であり、農作物や海産物の集散地として、また商業や加工業の中心としても繁栄していた。

右近は金沢の第一印象として、厳冬で雪が降り続く日が多い分、天地が常に清々しい風で洗われ、素朴な中にも高雅な品格があるように感じた。

（心がすっと天に届くようで、実に祈りがしやすい。まさに北の鎮めだ）

そして、南側に連なる卯辰山《うだつやま》や野田山に登り、そこからの眺望を楽しんだ。

日本海へ開けた平野には、南東から北西へ犀川《さいがわ》と浅野川が並行して流れ、こんもりと隆起した地勢のかたまりをうるおしている。

その細長い台地の上に、建設途上の城が見える。

築城にも詳しい右近は、その遠景に目を凝らした。

脳裏に、あの場所にはこういう造りの城がふさわしい、と理想の像が浮かびあがる。

右近が客将として迎えられた天正十六年（一五八八）は、前田利家が金沢に本拠を移してまだ五年という時期。城は建設の緒についたばかりだった。

城づくりにも並々ならない関心と知識をもつ右近のことだ。じっとしておれない。

仮住まいの屋敷からたびたび出かけては、現場の様子をいろんな所から見守った。

この地では一向一揆への警戒を怠ることはできず、城塞はとりあえずその防備として必要だった。利家の側近からは、本格的な築城はまだ先のことだと聞いていた。

城のことに限らず加賀の国情を知るべく、右近は頻繁に金沢とその周辺を歩き回った。

高槻や明石の領主だったころは、城を出る際には近侍の者が付いて来たが、今や身軽な立場である。

坊主頭で質素な身なりのこの男を見て、関白秀吉からも重用されていたかつての大名だと気づく者などほとんどいない。

住めば都というが、環境に慣れ、見聞を深めるにつれ、右近は金沢での新生活がすっかり気にいっていた。家族そろっての朝の祈りや聖書の学習に始まり、茶の湯などで過ごす日課が静かに繰り返されていく。

ある日、右近は嫡男の十次郎を伴い、能登の七尾（現在の石川県七尾市）を訪ねた。

利家の家臣が先導し、北東へおよそ六十キロの道のりを騎馬で向かった。

能登半島はちょうど左手の親指を立てて曲げた形に似ているが、金沢はその付け根の左下にあり、七尾は第一関節の曲がった窪みに当たる。

昔から能登の中枢を担った港町で、七尾湾に面している。

室町時代に足利一門の有力者、畠山基国が守護として来任し、以来、畠山氏が治めた。

その歴代が拠った七尾城が町の南の山にある。

石動山《いするぎやま》山系の北端、標高約二百メートルの山頂部を平たくして本丸を配置。急峻で複雑な地形を巧みに利用しながら、東方に長屋敷、西方および北方にかけて西の丸、二の丸、三の丸など大小さまざまな曲輪を備えている。

戦国期に入って拡張増強を重ね、そのように雄大な規模の山城になった。利家は信長から能登一国を拝領して以降、ここを居城としていた。

しかし、いまは海側に新たな城を築いたため役目を終えていた。

利家は築城にも詳しい右近に、さながら山上都市の観を呈していた七尾城を見せたくなり、家臣に案内させたわけである。

ふもとに到着し、盗賊や狐狸の住みかにならぬよう警備する兵らに会いながら山道を登り、右近は息子に話しかけた。

「城というものは、単に砦を拡大したものではない。領土を守り、支配地を広げていこうとする武将の望みと知恵を結晶したものじゃ。ゆえに、その城を見れば、その地域の置かれた状況や上に立つ者の才覚までうかがい知れる」

右近は織田信長が琵琶湖畔に建てた安土城を思い出していた。信長と運命をともにして燃え落ちた城のありし日の偉容は、鮮やかに脳裏によみがえってくる。

(見事な城ではあったが、奇抜な外観といい内部の趣向といい信長様自身の反映で、華美に流れ、虚飾の匂いがした。金箔まみれの今の大坂城も同じ類いか)

その点、この七尾城はきわめて合理的、機能的で、越後の上杉謙信が攻略した際に絶賛したというのもうなずける。

「だが、この城が廃されたように、いずれは城など無用の時代も来ることだろう。早くいくさのない泰平の世にせねばならぬ」

帰路は、馬に揺られつつも、じっくりと庶民の暮らしや生業などを視察してまわった。

しばらく辻々を散策した十次郎が戻ってきた。

「父上、ここにはお寺も多く、南無阿弥陀仏のお経の声がナマンダブ、ナマンダブと聞こえてまいります。一向宗（浄土真宗）ですね」

「そうじゃ。この北国は昔からその信心が盛んでな」

親鸞が開いた念仏の教えは他力本願に徹しているから、キリスト教と似た要素がある。それを考え、ジュスト右近としては布教の意欲を大いに刺激された。

後年、彼の尽力により、この七尾でも多くの人々がキリシタンになった。

往時を偲ばせる伝承や史跡が現在も残っている。

八

金沢に身を寄せて以来しばらくは、右近の日常は、茶の湯と信仰に明け暮れる時間がさらさらと流れるように過ぎていった。

特に何ごとも起こらない、俗世の喧騒から隔絶された静かで平穏な日々。

外部との接触も控え目だった。

しかし、そんな時期も一年半で中断し、右近の立場はにわかに静から動へと転じた。

天正十八年（一五九〇）春。

上洛要請に応じない北条氏を征討すべく、秀吉がいわゆる「小田原攻め」に踏み切ったのである。前田利家のもとに出陣の軍令がくだり、右近も呼び出しを受けた。

緊張した面持ちで登城した右近を、利家は気さくな態度で迎えた。

久しぶりの対面に、利家はまず右近の近況を尋ねた。

「左様か。すっかり加賀の地に落ち着かれたとのことで何よりじゃ。ここは都や大坂ほどの賑わいも繁栄もないが、風雅の文物をたしなむという点では適しておる。さぞそなたの茶の道も深まったであろうな。そこに、ほれ、そうして座っておる姿が利休殿に似てきたぞ」

豪快な笑い声に、右近はつられて頬をゆるめ、話題はしばし茶の湯の共通の師匠千利休に移った。

和気藹々《わきあいあい》の語らいが続いたあと、利家が表情を改めた。

「そなたのたてた濃茶をじっくりと味わいたいところじゃが、そんな悠長なことも言っておれなくなった。小田原へ行く。ついてはわが軍の一翼を担ってほしい。こたびは後方からの支援でよい、頼む」

いざという時には前田家のために身命を惜しまない。

それが客将として遇された者の務めである。

律義な右近は利家の要望を事実上の命令として受けとめた。

「秀吉様の大業を達成させるため、何よりも前田家の名誉のためにお役に立つならば幸いでござる。微力を尽くしまする」

だが、妻のジュスタは出陣と聞いて、さすがに顔を曇らせた。

「もはやいくさとは無縁の境遇になったと思っておりましたのに――武士の宿命はどこまでもついて回るのですね」

ため息をついて言った。

「あともう少しで太平の世が来る。そのためのやむを得ぬ征途じゃ。かの北条氏は、時流に抗してどこまでも秀吉様に従おうとしない。いずれ決着をつけねばならぬ相手なのじゃ」

右近は、妻に対してというより、自分自身に言い聞かせていた。

が、やるからには何事も徹する男である。

クルスを染め抜いた旗を掲げ、前田家の一部隊を率いて出発した。

金沢城下の人々の多くがキリシタン武将、高山右近の存在に気づいたのはこのときだった。

同年四月、利家の軍は越後の上杉景勝とともに、小田原を北から攻撃。

上野《こうずけ》（群馬県）松井田城、武蔵（埼玉県）鉢形城を落とし、八王子城も攻略して小田原を包囲する秀吉の本軍に合流した。

この間、右近は華々しい働きを示した。

利家は、右近ならば必ず期待に応えてくれると見込んでいたし、その戦いぶりをわざと秀吉の目につきやすいようにして、公式に赦免を得ることができるように取り計ろうとしたのだった。

それは奏効して、秀吉も右近の武功に賞賛の言葉を送ったが、依然として目通りは許さなかった。

ともあれ、秀吉は小田原攻めで北条氏を滅ぼし、その余勢を駆って同年、奥州を平定。

ここに全国統一の大事業は成った。

九

小田原から金沢へ、前田家の諸将とともに凱旋したあと、戦いの疲れを癒していた右近に胸の躍るような報せがもたらされた。

巡察師ヴァリニャーノが久々に日本に戻ってきたという。

久しく耳にしていなかったその名を聞いて、右近は明るい気分になった。

「パーデレ・ヴァリニャーノが上洛されるとのことです。ともに参りましょうぞ」

父のダリオ飛騨守にそう促がすと、ダリオも喜び、父子は大雪を蹴って、京の都へ急いだ。

右近にとっては五十里の道も苦にならず、天馬空《くう》をゆく思いだった。


京の都に到着した右近父子は、ヴァリニャーノ巡察師がいるはずの南蛮寺を訪ねた。

ただ、行き違いでそこに巡察師の姿はなく、オルガンチノ神父がいた。

二人との再会を喜んだオルガンチノは、追放令にめげず半ば公然と入洛していたと鼻高々に言い放った上で、巡察師が今は大坂にいることを告げた。

オルガンチノは、ヴァリニャーノ巡察師の再来日の目的について説明した。

「ヴィジタドール・パーデレ（巡察師）は、長崎から都に来るとただちに、追放令によって教会が直面している苦境を何とか打開しようと関白様に謁見を願い出たのですが、案の定、伴天連には目通りを許さないとの厳しい反応でした。出直しです」

右近はしばらくの沈黙のあと、口を開いた。

「知ってのとおり私は前田家お預かりの身で、表立って動けませぬ。当初に比べればキリシタンにとって情勢はよくなったと思われますが、依然として追放令は発動中です。ヴァリニャーノ様が宗教の看板を背負ったままでは、秀吉様が拒否するのも当然といえば当然。あの方に受け入れられるように、外交あるいは事業に関わるような別の肩書を使ったらどうでしょう」

右近の意見を受けて、飛騨守とオルガンチノも頭をひねった。

だが、すぐには妙案が浮かばない。

とにかくヴァリニャーノ本人に会うのが先決で、策を練るのはそれからでいい。

右近父子は都をあとにし、大坂の教会へ向かった。

そこでようやく巡察師と対面できた。

右近にとっては八年ぶりの再会だ。金沢から一心に駆けつけた甲斐があったと喜んだ。

ナポリ生まれのイタリア人、アレッサンドロ・ヴァリニャーノ、五十一歳。

イエズス会総長代理という権限を付与され、「日本巡察師」に任命された時は三十四歳だった。三度にわたって全国を巡回したが、右近が初めて同師と会ったのは信長の全盛期、安土セミナリオ開設のころだ。

日本の歴史と文化を尊重し、適応しようとする人となりと宣教方針に強い共感を覚えた。

飛騨守は老境にあるせいか、過去の美しい追憶にひたることが多い。

高槻の天主堂で右近や領民たち一万数千人とともに祝った盛大な復活祭を回想していた。輪の中心にいたのはヴァリニャーノその人である。

（パーデレは領内に二十以上あった教会堂も視察され、満足しておられた。高槻が模範となり、日本全土へとキリスト教が発展していく手ごたえを感じ、大いに期待されていた。しかし、それも今や――）

感傷にふけっていた飛騨守が現実に戻ると、右近は巡察師と話し込んでいた。

どうすれば秀吉との謁見を実現できるか。

追放令によって、秀吉は建て前として宣教師の入国を許可していない。

そのため、南蛮船の一隻も日本に来航できなくなり、南蛮貿易は事実上、ストップしている。

この状況が続けば、秀吉政権の財政にも大きな痛手となることは目に見えている。

秀吉は本音ではその事態を回避したいはずで、暗黙のうちにイエズス会の入国と滞在を承認すると見ていい。

ただ、表面上はあくまで伴天連や宣教団とは異なる装いにしてほしいのだ。

ヴァリニャーノは現実に合わせて柔軟な対応ができる人物だった。

「私もいろいろと思案しました。その結果、インド副王・ゴア総督の使節という資格で行くことにしようと決めました。実際にそういう経験もありますから」

その名義にして再度、秀吉への謁見を申し入れるという案に、右近は賛同した。

ヴァリニャーノは右近を包容力のあるまなざしで見つめ、尋ねた。

「ところでジュスト殿は追放のあと各地を転々とし、今は加賀におられるとのこと。苦労しましたね」

そのねぎらいの言葉に右近は恐縮し、率直な心境を吐露した。

「デウスが私に賜わった最大の恩寵は、権謀術数がうずまく関白殿下の政庁での任務から退けてくださったことだと思っています。お陰さまで今は何の支障もなく、前田家に御奉公し、息災に過ごしおります」

さらに付け加えた。

「そろそろ家督を息子に譲り、余生を福音の使徒として布教一途に生きていこうかと考えております」

巡察師は、しかし、右近のこの見解を是としなかった。

十

「ジュスト殿、引退を考えるのはまだ先にして下さい。貴方の家族や友人らが困るではないですか。いずれは伴天連追放令も解かれ、キリシタンの時代になるでしょう。そのとき、あなたは領主の地位に戻ることもできる。そうなれば、高槻や明石のときのように、むしろ多くの人々をデウスのもとへ導けるはずです」

ヴァリニャーノは、関白秀吉亡き後の日本を想定し、右近が大名として返り咲くことを期待していた。

かつて「キリシタンの大檀那」と称えられるほど活躍した右近だ。

ヴァリニャーノにはそのころの右近の姿と、大きな業績が忘れられない。

右近も、隠遁生活を恋い慕う一方で、ときの権力者が洗礼を受けるよう働きかけねばという使命感も消えてはいない。

ただ、秀吉の目の届かない金沢にいる間に、いささか埋没してしまったようだ。

そんな気配に、ヴァリニャーノは刺激材料を与えて右近を鼓舞しようと考え、新鮮な情報を伝えた。

今回の再来日に際してヨーロッパから連れて帰った日本人青年のことである。

「伊東マンショ、千々石《ちぢわ》ミゲル、中浦ジュリアン、原マルチノの四人が無事に大役を果たし、祖国に戻って来ました。すっかり成長して、将来有望の若者たちです。いつか会ってやって下さい」

いわゆる「天正遣欧使節」である。

日本人の司祭を養成するセミナリオを卒業後、九州のキリシタン大名、大村純忠・大友宗麟・有馬晴信の名代としてヨーロッパに派遣され、各地で熱烈に歓迎された。

この使節団の生みの親がヴァリニャーノにほかならない。

織田信長と面会した彼は、日本の王もカトリックに親近感をいだいていると確信し、今こそ日本とヨーロッパを結びつける千載一遇のチャンスだとして、少年使節の派遣を発案していた。

彼らが盛大な見送りの中、長崎を出航したのは天正十年（一五八三）二月。

信長が非業の死を遂げる数か月前のことだ。

四人はそのとき、十三、四歳の少年だった。

同十二年二月、カトリックの総本山バチカンでローマ法王グレゴリオ十三世に謁見。

スペイン・ポルトガルの国王として君臨していたフェリペ二世にも拝謁するなどして、ヨーロッパに日本という国の存在を知らしめ、行く先々で日本ブームを巻き起こした。

四人の異郷暮らしは往復の航海を含め足かけ九年に及び、東西交流の橋渡し役を全うして帰国したときには、出迎えた大名や親たちも見違えるほど立派な大人になっていた。

（何と幸せな、神に祝福された若人たちだろう）

右近は彼らが心底、うらやましかった。

「私もこの狭い日本を飛び出し、海のかなたへ、ヨーロッパへ、法王様のおられるバチカンへ行きたいものです。いつの日か！」

ヴァリニャーノはさらに、再来日に伴い、祖国からグーテンベルクの活版印刷機を持ってきたことを話した。

これで日本人による漢字の印刷ができるようになり、こののちキリシタン向けだけでも五十種類以上の書物が印刷されていく。

四人の少年たちも実地に体験した高度な文明の話題は、閉鎖的な状況に甘んじていた右近の視界を広げ、勇み立たせるに十分だった。


ヴァリニャーノがイエズス会巡察師としてではなく、インド副王使節の資格で入洛したので、天正十九年二月、秀吉は都に築いた聚楽第《じゅらくだい》で華々しい謁見式を行った。

使節の行列では、フェリペ二世から贈られたアラビア馬が進み、ポルトガル人が続いた。

伊東マンショらの姿もあり、彼らはローマ法王からもらったビロードの服を着ていた。

マンショたちが演奏する洋楽や土産話、珍しいヨーロッパの品々に、秀吉はじめ居並ぶ諸侯らは魅了された。

秀吉はマンショに、家来になるようにと語りかけるなど終始、上機嫌で、ヴァリニャーノには今後の行動の自由を保証した。

秀吉は表向き、伴天連追放令の方針は変えなかったが、なし崩し的に緩和されたと言える。

ヴァリニャーノ巡察師はインド副王という立場で関白秀吉に謁見したあと、諸侯の宿舎を訪問して回り、礼を尽くした。

紳士的で宗教色のない態度に、彼らの多くが好感をいだき、謁見の成功を祝すとともに、遣欧使節の偉業を率直にたたえた。

巡察師一行は、長崎へ帰るまでの間、都に二十日余り、大坂に八日ほど滞在した。

都では、右近と飛騨守が巡察師の宿舎に泊まりこみ、ほとんどの時間を巡察師のそばで過ごした。

さまざまに談笑する中で、彼らは、秀吉との謁見式によって暗黙のうちにイエズス会の日本での活動が承認されたという見方を改めて共有した。

第十一章　南溟の天

一

文禄元年（一五九二）、秀吉は明国を征服するという途方もない野望実現の第一歩として、諸大名に号令をかけ、朝鮮への侵略を断行した。

「文禄の役」である。

表向きの出兵理由は朝鮮側が明国への道案内を拒否したためである、とした。

秀吉は、総勢十五万九千という大軍を編成。

第一軍の大将が熊本の宇土城にいた小西行長であり、対馬の宗義智、平戸の松浦鎮信、有馬晴信、大村喜前、五島の福江純玄が指揮官としてこれを支えた。

松浦以外は皆、キリシタンであり、第二軍の大将黒田長政も同様だったから、多くのキリシタン大名が重要な部署を任されていたことになる。

パーデレの間では、秀吉がこの戦いに勝利をおさめた暁に、彼らキリシタン大名を朝鮮の領主にしようと、つまり左遷を図っているのではないか、と勘ぐる声もあった。

ただ、気宇壮大な秀吉である。明国の首都北京に朝廷を移すことさえ考えていたことを思えば、左遷という意味は当たらないだろう。

この折り、右近の話題がまたしても秀吉の口にのぼり、再び彼をそば近くで用いるとの沙汰が下った。

（追放令を解除しないままで、どういう魂胆なのか。しかも、利家公の頭越しではないか）

右近は不服だったが、同年四月、利家も徳川家康らとともに前線基地の肥前・名護屋本営に駐屯部隊として出陣したので、それに加わった。

陣営は、名護屋城に近い通称「筑前山」に設けられ、利家は玄界灘を一望できるその場所に、風雅な一角を添えた。山腹を削って露地をつくり、茶室をしつらえたのだ。

言うまでもなく、それはまずは秀吉をもてなすためであり、さらには秀吉と右近が対面するにふさわしい場の設定でもあった。

秋に入って秀吉はその茶室に正客として招かれた。

そして右近は、久々に秀吉の前に座った。

秀吉は終始、ご満悦の様子だったので、これで事実上、右近に対する勘気はすっかり解かれたと周囲は受けとめた。利家の思惑どおりになった。

さらに、秀吉の頭には、右近を朝鮮の戦場に派遣しようかという考えもちらついていたようだ。

利家がそれを察知し、その考えを取り下げさせたのも、この茶会がもたらした成果に違いない。

利家は秀吉に進言した。

「高山右近は、いやしくも一時は天下人たる殿下の意向に逆らい、追放処分にされた男でござる。そんな人間を前線の将に抜擢するのは、いかがなものか。この名護屋にとどめて、茶会を差配させるのがよろしかろう」

利家としては、右近を、大義のない道楽のような外征のために、危険な目に遭わせたくなかった。

今や右近は加賀・前田家にとって宝のような存在である。

みすみす死地に行かせるわけにはいかない。

利家の配慮で陣営に留まった右近は、渡海していく行長に書状を送り、武運を祈ると伝えた。行長はキリシタンではあったが、心情面でも学識の面でも神の教えに徹してはおらず、むしろ戦国武将の気風を濃厚に残し、いわば覇道に与するところがあった。

秀吉にもあこがれの思いをいだいていた。

行長の第一軍は釜山に上陸するや、翌朝には釜山城を落とした。

秀吉の諸軍はまさに破竹の勢いで進み、この間に第一軍は二十、第二軍は八、第三軍は十二の合計四十の城塞を攻め落とした。

いくさ慣れして準備のできていた軍隊と、泰平にあぐらをかいていた国の軍隊の違いをまざまざと見せつけた格好である。

二

秀吉が中国大陸進攻の前線基地として築いた名護屋城は、大坂城にもひけを取らないほど規模が大きかった。

城の周りには百二十以上の陣屋が建ち、城と海の間には城下町もつくられた。

当初、その中の前田家の陣屋や茶室で過ごすことが多かった右近の耳に、朝鮮での戦いの様子が海を渡って伝わってくる。

とは言え、十数万もの人間が行き来する城下だから、いい加減な風聞も流れて真偽のほどは定かでない。

だが、さすがに秀吉がいる本陣では正確に戦況を把握していた。

――小西行長殿の第一軍に続き、加藤清正殿らが率いる十万を超える軍が侵攻した。陸では目覚ましい勢いだったが、敵もさるもの。海では李舜臣（イ・スンシン）という男が指揮する水軍によって、わが方の船が四十四隻、撃沈されてしまった。

――抗日義勇軍も陸上で抵抗を開始した。さらに明軍四万三千人が参戦したので、予断を許さない。

そのような情報に接したあと、右近は断崖にたたずみ、はるかな水平線に目を凝らし、かなたの半島で繰り広げられている死闘に思いをはせた。

外国が戦場になっているという事態は、これまでの右近の経験にないことで、伝え聞いた片鱗をつなぎ合わせ、あれこれ推測するしかない。

目の前に広がる海がどこまでも青く澄み、穏やかに凪いでいればいるほど、いつも以上に想像力がふくれ上がるものであった。

馬のいななきや隊列の轟き、干戈を交える音、鉄砲の硝煙の匂い、阿鼻叫喚の悲鳴、それらが一斉に押し寄せて、全身に返り血を浴びたような気分になった。

（かの地では祖国を蹂躙されて、流血の山河を逃げ惑う人々があふれているに違いない。こんな無謀で身勝手ないくさは、傲慢不遜という誇りを免れようがない）

右近は、武門に生まれ、武将として生きてきた半生を思い、今また末席ながらその一員になってしまっていることに自責の念をいだいた。

秀吉がすみやかに正気を取り戻して愚かしい征服事業を放棄することを、そして盟友の行長をはじめ出征した将兵らが無事に帰還することを、祈るばかりだった。

このころから、右近やパーデレたちは、ほとんど公然と行動の自由を許されるようになった。右近は名護屋をあとにして、ヴァリニャーノ巡察師が派遣したペレス神父を伴い、金沢に戻った。

席の温まるいとまもなく、右近は同神父とともに加賀や能登、越中をめぐって布教した。北国に宣教師が入ったのは、このペレスが初めてだった。

そんなある日、金沢にいた右近のもとに思いもかけず、ローマ教皇シスト五世から手紙が届いた。

ヴァリニャーノが取り次いで送付された、豪華な刺繍の袋に収められた書簡は、「愛する貴族、ジュスト右近殿」で始まる。

「敬虔なるキリスト者はいさぎよく俗世の栄職を捨てて、勇敢に世の富をさげすみ、苦しみを主の贈り物として平然と受け入れ、聖なる道を歩むのが当然です。貴方は明確にその模範を示し、」と綴られ、追放の刑に処されても毅然として耐え忍んだとして、右近を称えている。

さらに、

「貴方は正義のために苦難と困窮にも屈することなく信仰、希望、愛の美徳を完成し、また、死をも恐れない勇気と殉教精神によってキリスト教がいよいよ栄え、益々広められるためにいのちをかけてきました」

などと続く。

うやうやしく手に取って拝読し、右近が感激したことは言うまでもない。

早速、ポルトガル語による礼状をしたためた。

「キリストの名において最も尊敬する教皇様。私が少年時代に神聖な洗礼を授けられましたのは、デウスの深いお考えによってであります。このような大きな恵みと名誉を決して忘れません」

ただ、天にも昇るような朗報のあとには、悲報ももたらされるようである。

右近が出会った群像の中に、ロレンソ了斎という日本人の修道士がいる。

琵琶法師上がりの目の不自由な男で、日本の伝統や仏教、神道などに造詣が深く、その知識を生かして宣教師たちを助けた。

右近は了斎から洗礼を受けた。

以後ずっとその特異な風貌と厚恩を忘れていない。

その了斎が長崎で六十五年の生涯を閉じたという。

（ロレンソ了斎殿の訃報に父はまだ接していないだろう。知れば、さぞ気を落とすに違いない）

右近はふと案じはしたが、父の飛騨守に知らせるべく、越中（富山県）に足を運んだ。

このころ飛騨守は体調がすぐれず、療養していたのだ。

同地を治める前田利家の長男利長に会う用件もあり、右近は父の見舞いも兼ねて、訪れた。

利長の下屋敷の一角で寝たり起きたりの飛騨守は、この日も横になっていたが、了斎が帰らぬ人になったと聞いて、さすがに寂しい顔つきになった。

「仏教に帰依していたわしも、宗論の場であの御仁の気迫と弁舌に降参してしまい、キリシタンになった。その日が、もう随分と昔のように思える。我ら高山家にとっては終生の、いや天の国に昇ってからも変わらぬ恩人じゃ」

布団の上に端座し、了斎を偲び祈りの手を組む飛騨守だった。

「私にはただただ懐かしいお方です。福音によって新しい人に変えられることを了斎殿ほど如実に示したお方はいない、とも思います」

右近はそう言って、父と祈りをともにした。

三

文禄三年（一五九四）四月、聚楽第にいた太閤秀吉は、二十数人の諸侯を引き連れ、京都・伏見の利家邸での茶会に臨んだ。

その茶会には、利家の直臣たちも列席して秀吉に謁した。

その中に右近の顔を見いだした秀吉は、そばに呼び寄せ、土器《かわらけ》の盃を与えた。利家をはじめ並み居る面々は、この一事からも、秀吉が右近に対する勘気を解いたのは明白だと受けとめた。歓迎した者が大半だが、キリスト教への不信あるいは無関心ゆえに複雑な表情を浮かべるものもいた。

右近が晴れて復権したとの情報は、それが都における出来事のため伝わり方が早かった。

右近に好意的な大名たちも、胸をなでおろした。

特に喜んだのは、伊勢国から転じて会津（福島県）九十二万石の領主になっていた蒲生氏郷である。

当初、右近に導かれて入信し、レオンという洗礼名を授かりはしたが、伴天連追放令で信仰が揺らぎ、すっかり冷めてしまっていた。

だが先般、ヴァリニャーノ巡察師が入洛した際に連絡を受けて右近と再会し、信仰の熱意が復活した。

文禄の役に出陣し、朝鮮への遠征軍に加わるべく名護屋に下った折には、右近と共に長崎に巡察師を訪ねたこともある。

その氏郷が、下血するなど腸の病を患い、秀吉が都に戻る際、同じ船で運ばれ、都の屋敷に帰った。

秋に入って病状は悪化し、右近はたびたび彼を見舞った。

「太閤殿下も心配しておられるというではないか。気を強く持ってくだされ。あの信長様からも愛された器量人の貴殿が、早く健康を回復し、以前にもまして活躍されることをいつも祈っておりますぞ」

氏郷は笑顔を向けながら、

「かたじけない。この病が癒えたら、必ず会津の領民を一人残らずキリシタンにしてみせる。また、太閤が伴天連追放令を撤回するように諫言するつもりでおります」

これには右近は苦笑し、

「レオン殿、その意気やよし、でござる。ただ、布教を焦ってはなりませんし、余り派手に進めると、また嫌疑をかけられることになりかねぬ。とにかく、まずは養生を専一に」

と言い聞かせた。

翌年二月になると、氏郷の病は重篤となり、秀吉は九人の名医を遣わして治療に当たらせた。

右近も連日、氏郷の屋敷に詰めた。

最期を看取ることも想定し、氏郷の「告解」(罪の赦しの秘跡)役を務めるつもりだった。

氏郷はもはや寿命が尽きようとしていると悟り、布団から青白い腕を伸ばして右近にすがった。

「ジュスト殿、貴殿のおかげでデウスの教え、福音の恵みにあずかった我が身なれど、生前の罪過は覆いがたく、それらを償い、きよい心で最期の時を迎えたく存ずる。天国への道に入れるよう、とりなしを願う」

右近は深刻な思いで、伝えた。

「レオン殿、本来ならばパーデレにしてもらうべきところでござるが、太閤殿下の手前、それもかなわぬ。私が引き受けます」

安堵の表情を浮かべた氏郷は側近の者を呼び、一振りの短刀を枕頭へ持って来させた。

「これを受け取っていただきたい。よく御覧になれば、つばに十字が彫られていることがわかる。鞘は、朱と黒の漆を重ねた『変わり塗り』と呼んでいるもの。我らの絆の証しに、と用意させた次第でござる」

短刀は刀身が約二十センチ、柄や鞘の部分を入れると三十三センチの逸品だ。

右近は両手で拝受し、無言のまま、つばの右上部にくっきりと彫り込まれた十字の模様にしばらく見入った。

氏郷の呼吸が荒くなってきたのに気づき、右近は立ち上がり、氏郷からも見えるように枕もとの壁に聖像を掲げた。

氏郷は体を起こそうとしたが、無理だった。

寝たままで胸のロザリオの上に両手を組んだ。

右近が祈祷文を唱え、氏郷がそれに続いた。

罪を悔い改めるよう右近が強く勧めると、氏郷は涙を流して赦しを請い、痛悔の念で祈った。

「ジュスト殿、十分に懺悔ができたようでござる。今生でのお情けの数々、改めて礼を申す」

しぼり出すような声で言うと、氏郷は聖像に目を向け、かすかに口を動かし、やがて息を引き取った。

四

その器量を惜しまれつつ四十歳で世を去った氏郷との別れに、四歳年上の右近は弟を喪ったような悲しみと寂寥感に襲われ、しばらく沈うつな日々を過ごした。

右近の精一杯のとりなしで、氏郷の魂が神のもとへ昇り、安らいでいると信じてはいる。

だが心が晴れないのはなぜだろう。

文禄という、わずか四年しか続かなかった期間の政情が、殺伐として重苦しかったせいかもしれない。

そこには、天下びと秀吉の物狂いとも言うべき朝鮮への侵攻や、関白秀次の謎めいた自害などがあった。

右近は、自身の表舞台への復権と引き換えにして、大切な人々が次々に姿を消していくように思われ、つらく、やりきれなかった。

思えば、秀吉の身勝手さに振り回されているばかりではないか。

(さすがの太閤も耄碌《もうろく》した。権力亡者になり果ててしまった)

世間でもそんな悪評が立っていた文禄最後のその年、健康を損ねて療養していた右近の父・ダリオ飛騨守も、ついに帰らぬ人となった。

七十近い老齢でもあり、寒い越中にいてはなかなか良くならないだろうと心配した右近の措置で、名医もいる京の都に移送し、飛騨守の妻マリアも付き添って伏見城下の前田屋敷で看護していたのだが、その甲斐もなかった。

容態が急変したとの報せを受け、南蛮寺にいたオルガンチノ神父が駆けつけ、臨終の秘蹟を授けた。髪もひげも真っ白な飛騨守は、その顔に微笑を浮かべ、右近や家族の祈りに抱かれつつ息を引き取った。

右近が子供の頃、父は澄んだ夜空を仁王立ちになって仰いでは、感極まったふうに言ったものだ。

「どこまでも静寂が広がり、目にするのは星のまたたきだけだが、実は、この無限の宇宙には神仏の意思と力が躍動し、その大音響で満ちているのではないだろうか。でなければ、こんなに心が騒ぐはずがない」

今、その天空を父の魂が一筋の光をひいて駆けのぼっていくような気がした。

飛騨守には遺言があった。

「長崎のキリシタン墓地に葬ってほしい。了斎殿をはじめ、先に天に召された多くの信徒の列に加わりたい」

右近は亡父に寄り添って金沢に戻り、家族や親族、前田家の人々が集う中、密葬ミサを経て遺骸を茶毘《だび》に付した。

遺骨を母マリアと妻のジュスタが長崎へ携えて行った。

長崎の教会が主宰した葬儀は、地元の信徒らも参列し、盛大に営まれた。

「キリシタンの葬儀は明るいのう」

伴天連が説く来世、つまり「天の御国」に入るという望みがそうさせるのだろう。

遠巻きに眺めていた領民たちは、そんなふうに言いはやした。

五

あいかわらず伴天連追放令が撤回されることはなかったが、このころには、キリシタンの活動は事実上容認されており、宣教師たちも控え目ながら布教活動を続け、進展も見られた。

ところが、文禄元年（一五九二）、フランシスコ会の宣教師ペドロ・バウチスタがスペインの使節として来日してから、様相が変わってきた。

当時、日本の貿易の相手国はポルトガル一国だった。

イエズス会は、同国を背景にオルガンチノやヴァリニャーノらを派遣して布教に当たっていたわけだが、そこにスペインのフランシスコ会が割り込んできたのである。

しかも同会は、先輩格のイエズス会と歩調を合わせようとせず、独自に振る舞った。追放令など無視し、公然と布教を推し進めた。

それまで太閤の顔色をうかがいつつ、薄氷を踏む思いで慎重に活動してきたイエズス会は苦りきった。

この事態を放置すれば、取り返しのつかない悲劇につながる。

それは現実のものとなり、やがてあの「日本二十六聖人殉教」にまで発展していくのだが、その直接の引き金となる事件が慶長元年（一五九六）に起こった。

ルソンからメキシコへ向かっていたスペイン船が暴風雨に遭い、四国・土佐沖で動けなくなり、浦戸に流れ着いた。

船の名をとって「サン・フェリペ号」事件という。

土佐の長曽我部元親は、秀吉が急派した増田長盛と打ち合わせて積荷と乗組員の所持金を没収。同船は日本征服の意図を秘め、フランシスコ会士を間者として送り込もうとした疑いが濃いと報告した。

——修理がしたいから助けを求めたのに、漂着したというのはでっち上げであり、没収は不当だ。こんなひどい日にあわせるような国を、わがスペインの国王は放っておかない。兵を送り、懲罰するだろう。

厳しい処置に憤慨し、腹立ちまぎれにこう答えた航海士の発言も火に油を注ぐ格好となった。

「海を越えてやって来るのは、やはり野心あってのことか」

秀吉はこの事件を通して、伴天連たちは侵略の前衛部隊に違いないとの疑念を深めるようになった。わが物顔で布教を展開するフランシスコ会の態度も、心証を悪くした。

「国を奪おうとする伴天連らを捕え、キリシタンらも一緒に処刑せよ！」

息巻く秀吉は、断罪すべきキリシタンたちの名簿、つまり受刑者リストの作成を側近に命じた。

名簿の筆頭に、右近の名前が載っている。

これに怜悧《れいり》な目を光らせた奉行がいた。

秀吉の寵臣、石田三成である。

担当者を呼びつけ、表情こそ穏和ながら、強く命じた。

「太閤殿下が高山右近を追放してざっと十年になるが、その間、なぜ殺されずにきたかわからぬのか。右近には幾多の功労があり、殿下も好意をいだき続けてこられたがゆえである。今さら右近を処分する意義はない。名簿から削除せよ！」

さらに三成は、秀吉に対してもイエズス会を弁護し、処罰はフランシスコ会の宣教師とその同宿・信徒らに限るよう進言し、了承された。

この時期、三成は、秀吉によるむなしい明国攻めのいくさを終わらせようと考える小西行長と思いを共有していた。

（キリシタンは都とその周辺だけで四万人にのぼる。無益な殺生は、もう止めにせねばならぬ。捕えた者も、追放か島流し程度にとどめたいものだ）

六

誇大妄想につかれて大陸征服を夢見た秀吉だったが、明との講和は決裂し、懲りることなく再び朝鮮へ派兵した。

「慶長の役」である。

これも惨めな失敗で終わった。

豊臣家の行く末へ不安と未練を残して秀吉が死んだのは、慶長三年（一五九八）八月だった。

さらにその次の年、閏三月、前田利家もこの世を去る。彼は跡継ぎの利長に遺言を残していた。

「高山南坊《みなみのぼう》は世間に迎合せず、我らに心から尽くしてくれた律義者である。これからも茶代として禄を授け、情けをかけてやるように――」

利家は右近と、他の何事にも増して茶の湯を通して人格の交流を深め合えたという思いが強かった。

遺言にある「南坊」とは右近の茶人としての呼称であり、右近が茶をたしなむようになったのは、二十代も半ば、高槻城主のころからだ。

千利休に師事し、早くから「利休七哲」の一人として、利休の弟子の中でも第一等の人物と評価されるほどだった。ちなみに、彼以外の七哲の顔ぶれは、蒲生氏郷、細川忠興、芝山監物、瀬田掃部、牧村政治、古田織部で、うち四人がキリシタンである。

戦場でいのちのやり取りを繰り返す戦国の世に生きる武士にとって、酒や賭け事という刹那的な慰めでは、いくさで荒れた心を癒すことはできなかった。

むしろ、すべてを忘れて静寂の中に身を置く茶の湯こそが、最上の癒しと安らぎをもたらしてくれた。それが当時の武将たちが茶を好んだ、あるいは必要とした所以と言えよう。

右近にとって、茶の湯はそれ以上のものであり、信仰とも切り離すことができない。茶道とカトリックの聖餐《せいさん》の作法はよく似ているし、茶室は、神を想い、神と対話する祈りの部屋、礼拝堂にほかならなかった。

千利休に学んだ右近の茶には、「一期一会」や「和敬静寂」の意義のほか日々の繁雑な生活や人間関係から完全に離れ、沈黙のときを持つ「市中の山居」の趣きもあった。利休は茶室のあり方にもこだわり、従来の書院造りから四畳半、三畳、二畳、一畳半まで規模を小さくし、戸口にはにじり口を設け、慎み、謙虚さ、質素さを求めた。

そんな精神性と美意識を受け継いで、しばしば茶室にこもった右近は、さらに茶の湯に森羅万象の源であるデウスと霊交する神聖な境地を見いだしていた。だから、神経質なまでにその場の清潔を心がけた。

ただ、それが徹底していただけに批判も招いた。

信長の弟で大名茶人としてよく知られた織田有楽斎などは、右近はわび茶がわかっていないと指摘し、「右近の茶には清いという病がある」とけなした。

前田利長が金沢の茶室で利家を偲びながら右近と過ごしているとき、この辛日批評が話題にのぼった。

「有楽斎殿は随分と失礼な言い方をしたものだ。悔しくはないか」

右近はちらりと微笑して答えた。

「聖書に、『誰でもわたしについて来たいと思うなら、自分を捨て、日々自分の十字架を負い、そしてわたしについて来なさい』という主キリストの言葉があります。拙者の茶の湯は、この教えに基づくものです」

常に主を仰ぎ見、不要なものを捨ててこそ、そこに簡素ながら美しい真実があることを右近は知っていた。

「茶の湯は、我々がキリストの十字架の血によって清められ、死に至るまでキリストに従うべきことを再確認させてくれます。清さへの渇きのような思いがあって身辺をいつもきれいにしておりますが、その癖を病と言われれば、そのとおりかもしれませぬ」

七

高槻城を造って以来、右近は「築城の名手」と評されていたが、加賀の地においてもその力量を存分に発揮することになった。

秀吉と利家の死後、徳川家康が実権をふるいはじめ、前田家への圧力を強めてきていた。

その家康の軍勢の来襲もあり得るとして、防御のために金沢城の増改築が行われた。

右近が指揮をとり、合わせて、城下をぐるりと堀で囲む「内惣構《うちそうがまえ》の掘削」もおこなった。

それらは、いつ戦いが勃発してもいいように、短期間でやってのけねばならない。

――担当者に技術と迅速さを競わせ、ほうびを与える。

この方針が現場を勢いづかせた。

慶長四年（一五九九）十二月中旬から始まった昼夜を問わぬ突貫工事は、年が改まった正月過ぎにもう終わっている。

城には新丸を設け、尾坂門を大手の正門にするなどした。三層三階建ての菱櫓の構造や入母屋形の屋根、黒い隅柱などが京の都の南蛮寺と似ているのは、右近が両方に関わったからにほかならない。

金沢城を見違えるほど拡張し堅固にしたのに続き、内惣構を築いて金沢を一大環濠都市に変えた。

これが加賀百万石の基盤ともなった。

惣構は城を中心に、西側と東側に分けて総延長約二キロにわたり、いずれも浅野川に流れこむようにつくられた。

その際、掘り出した土は城側に盛り上げて土塁の堤にし、上部には竹などを植えて武装した。

右近がこの大事業をわずか二十七日間で完成させたことには、命じた前田利長も目を丸くするほどで、その采配ぶりと手際のよさに驚かない者はなかった。

そこには右近ならではの知恵があった。

材木が建設現場に届くまでにほとんど加工を済ませていたため、工事が始まるとあっという間に仕上がったような印象を与えたのだ。

金沢城や内惣構づくりに続いて任されたのが高岡城の建設だった。

後年、利長は弟の利常に家督を譲り、越中の富山城に隠退した。

しかし、その城は立山連峰から吹き降ろす激しい風による火災で焼け落ち、利長は魚津を経て高岡に移った。

当時、関野原と呼ばれていた高岡には小高い塚があり、周辺は湿地が広がっていた。

利長は土地の選定や資材の調達は側近にさせた上で、城の設計を右近に命じた。

右近は事実上、総指揮を務めた。

北と西の沼を自然の要害となし、南と東に堅固な大手門や揚手口を配し、そばを流れる川の伏流も防御に活かした。

前田領である加賀・能登・越中の三国から人を集めて突貫工事を実施。

慶長十四年二月に着工して八月には早くもほぼ竣工したというから、高岡城はわずか二百日前後でできたことになる。

この城は、加賀の国を背にした前線基地として、東方向から攻めてくる敵を食い止める役割を担って築かれた。

城は領地の中心に置くものではなく、最前線にこそ構えるべきだとの利長の考えも反映している。

——いくさとは、敵陣に踏み込んで行うものであり、自分の領地ではしない。

右近は、こう述べた利家の遺言にも忠実だった。

八

慶長五年（一六〇〇）、石田三成は家康の専横を糾弾し、小西行長らとともに挙兵。天下分け目の「関ケ原の戦い」が起こった。

利長のもとには東西両軍から誘いがあったが、家康に母親（芳春院）を人質に取られていることもあり、東軍に属した。

右近はその豊富な実戦経験が買われ、前田家の軍奉行に任じられた。

このとき、前田勢は北陸で局地戦を展開したに過ぎない。

だが、「右近の兵千人は他の一万人にも優る」との評判が立つなど東軍の勝利に貢献したとして、戦後、前田家は八十二万五千石から一挙に百十九万五千石にまで加増された。

関ケ原の戦い以後の十年間は、右近らキリシタンにとって平穏な歳月が流れた。

天下を手に入れた家康は江戸幕府をつくり上げるのに忙しく、当初、キリスト教に対して比較的寛大で、布教を黙認していた。

そこには、キリシタン大名の動向を見極めるためと、南蛮貿易による実利に加え銀の採掘や造船技術を得るためという政治的な思惑が働いていた。

分厚い肉で表情を隠し、容易に腹の内をうかがわせない家康の老獪《ろうかい》さには定評があったが、やはり右近も、家康に強い警戒心を抱いていた。

（あの御仁は、三河の領主だったせいもあるが、京の都から遠く離れた江戸に腰をすえている。

この間合いからして絶妙じゃ。信長公と秀吉公が踏んだ轍は繰り返さないという計算もあろう）

つまり家康は、一代限りの短期政権ではなく、今後、自身が死んだあとも続く幕府をつくるつもりで物事を進めているに違いない。

そこから次のような懸念が生まれ、右近の表情を曇らせるのだった。

（家康は関白殿が置き去りにした禁制を廃止してはいないし、かつてなく強固な集権的幕藩体制を築こうとしている。我らはいずれ危険分子として排除されるのではないか）

右近の不安は的中した。

慶長十七年（一六一二）、家康の謀将、本多正純の家臣の岡本大八と、肥前国有馬の領主有馬晴信の間で贈収賄があったことが発覚した。

両者がともにキリシタンであることを重視した家康は、態度を硬化。

信仰とは無関係の事件であるにもかかわらず、これを契機にキリスト教を禁じる方向に転じた。

二人を厳罰に処するとともに、京都所司代板倉勝重を呼びキリシタンの取り締まりを命じた。

駿府、江戸、長崎、有馬などの教会は破却され、大奥の女中や小姓、徳川直臣旗本のキリシタンも捕縛、追放あるいは処刑された。

そして翌慶長十八年（一六一三）十二月、徳川家康はついに「伴天連追放令」を発した。

キリシタンたちがクリスマスの礼拝と祝いの準備に忙しいさなかのことだった。

この禁令は、家康に重んじられて敏腕をふるい、のちに「黒衣の宰相」の異名をとった京都・

南禅寺の長老、崇伝が起草した「キリシタン追放令案」に基づく。

——日本は神国・仏国であり、儒教の国である。キリシタン宗門は日本の国法や神道、正法を損なう邪教である。速やかに日本から排除すべし。

強い調子で断罪している。

秀吉のときの禁制はあくまで伴天連、つまり外国人宣教師たちを対象とし、それまでの日本人のキリスト教信仰を禁じたものではなかった。

だが、家康のそれは追放令とは名ばかりで、キリスト教を一切認めない禁教令にほかならず、宗門は全面的な禁圧をこうむった。

以後、明治六年（一八七三）に解かれるまで、徳川時代の鎖国政策と相まって、日本では二百六十年もの間、徹底したキリスト教弾圧が続いていく。

九

追放令の発令後、ただちに宣教師と日本人キリシタンの名簿が作成された。

その報は領内に多くの信者を抱えていた加賀の前田家にも届き、越中・富山城に退いていた隠居の利長は、右近のことを真っ先に案じた。

当初の「客将」という立場を超えて余りあるほど、右近は長年、この前田家のために尽くしてくれた功臣、忠臣である。

何とかして助けたい。

（今度こそは信仰を棄てなかった場合、厳罰に処せられる。右近よ、表向き、口先だけでよいから、棄教したふりをしてくれ）

そういう思いで利長は、筆頭家老の横山長知を呼び、右近が柔軟で賢い対応に出るよう勧告せよと命じた。

横山は、右近の娘小菊（洗礼名ルチア）の岳父である。ルチアが嫡男の康玄に嫁いでいたから、家族同士で親しい。

説得役として打ってつけの人物だが、彼は右近がどういう人間かよく知っている。説得が無駄であることを利長に直言した。

「考えてもみて下され。右近はかの太閤の迫害のときも殉教を覚悟し、現に領地と身分はもとより何もかもを捨てて信仰を守った一途な男でござる。今になって棄教するというようなことは万に一つもあり得ませぬ。年齢も六十を過ぎ、もはや前途に俗世の執着など持ってはおりますまい」

利長はうなだれた。

宗門にはずっと好意的で、かつては母や妹にも教えを受けるよう勧め、自らも洗礼を望んできた。

過ちをおかした家臣には、教会に行き、告解するよう強制さえした。

だから、利長には横山の言い分はよくわかる。ただ、頼りになる右近をむざむざ手元から奪われたくないのだ。

「ともかくも、わしの思いをそのままの形で伝えておいてくれ。右近の信仰に勝てる者など、どこにもおらぬのう。それにしても惜しい」

ため息まじりで言った。

年が明けて間もなく、前田家当主の利常は、右近および右近の世話で同家の客将になっていたキリシタン武将の内藤如安とその一族を金沢より京に護送し、京都所司代板倉勝重に引き渡すべき旨の厳命を受けた。

右近の屋敷には、最悪の事態を憂慮して前田家の家臣や知友たちが押しかけてきた。

彼らの耳にはすでに、棄教しないキリシタンが火刑にされたり、腕や足を切られて放置されたり、俵に詰めて雪の中に埋められるなど、残酷な迫害の実態が伝わっていた。

「もはや老齢のおぬしひとりのことならば致し方ないが、まだ幼少の孫もいるではないか。身分の安定を図り、子孫の将来を、出世の道を考えてやれ」

「江戸幕府という新しい体制の要請じゃ。信仰はうちに秘めた上で、もうキリシタンではないと申せば切り抜けられる」

むなしい努力とは承知しながらも詰め寄る彼らに、右近は全く動じることなく、きっぱりと答えた。

「この期に及んで、冗談にもそのようなことを口にしないで下され。拙者はただただ永遠のいのちに至る真理の道を行くだけでござる」

もとより殉教覚悟の右近は、どのような説得にも耳を貸すはずがない。

そして、わずか一昼夜のうちに身の回りの整理を済ませ、家族ぐるみの追放令に従っていった。

平素からキリシタンとして、出処進退に心の準備ができている。

一般に見られるように、あわてふためいたり大騒ぎしたりして醜態をさらすことはなかった。

金沢を去るに当たり、右近は主君利常に黄金六十枚を届けさせた。

「これは本年分の俸禄に相当いたしますが、もはや殿に御奉公することもかないませぬゆえ返上いたします」

使いの者にそう伝言した。

また、茶友でもあった利長に対しては、形見として秘蔵の茶壷を贈った。

だが利長はどうしてもそれを受けとろうとはしなかった。

十

こうして慶長十九年二月、右近と内藤如安ら一行は金沢に永久の別れを告げた。

籠が用意されていたが、右近は、

「殿に相すみませぬ。皆と徒歩にて参りますゆえ」

と、これを断わった。

昨日までと打って変わり、旅姿となった右近とその家族。

大勢の人々が町外れまで見送った。泣いている者が少なくない。

金沢をあとにする右近の胸に、万感の思いが去来する。

この地で過ごした二十六年の歳月が一場の夢だったかのようでもある。

今や所持するのは数枚の衣類と、旅に必要な品々のみ。

ただ、胸にロザリオを架け、荷物の中に聖書を忍ばせることは忘れていない。

目的地の京都まで護送されていくのは、右近のほかに妻ジュスタ、夫と離縁した娘ルチア、病死した長男ジョアン夫妻の遺児で右近の孫にあたる五人、それに内藤如安、宇喜多久閑の家族という面々だ。

そんな一行の周囲を警護の兵が固めていた。

折しも真冬。

北陸の険しい山路は深い雪に埋もれ、寒さが肌を刺す。

それにもめげず、右近は黙々と先頭を歩き、すぐその後ろには十六歳をかしらに八歳までの小さな孫たちが続いた。


右近の脳裏には、重い十字架を担い、むち打たれながらゴルゴダの丘を登ったイエス・キリストの姿があった。

「主キリストに倣い、苦難の道をたどれるは幸いなり。心安らかに行こうぞ、強くあれ、我らの行く手には常にデウスの導きがあるのじゃ」

右近は、歩き疲れて難渋する孫たちに声をかけては、励ました。

金沢を出て十日ほどして、一行は琵琶湖の湖畔、坂本に到着。

身柄を京都所司代に引き渡され、しばらく留め置かれた。

まっすぐ京の街に入れなかったのは、都のキリシタンたちが騒ぎを起こすのを所司代が恐れたためだった。

収容先の小さな寺でも、右近は家族を集めては朝に夕に祈り、とりわけ孫たちに懇々と言い聞かせた。

「我らのいのちは神から給わった。ゆえに、神のために使役せよ。隣人を大切に思うのはもとより、おのれの敵、迫害する者のためにこそ祈れ。ひとではなく、天の父に従え。それが勝利を得る方法である。信仰を守り抜け。魂が救われる唯一の道であるからじゃ」

坂本で軟禁されてから三十日目、幕府からの命令が届いた。

――男はすべて長崎へ追放し、女・子供は望むのであれば京都に留まってもよい。

しかし、誰一人として家族と別れることを望まず、全員が長崎への道を選んだ。

そして大坂へ護送され、海路で長崎へと向かった。

長崎は住民のほとんどが洗礼を受けているキリシタンの町だ。

右近一行は、パーデレや信徒たちから敬愛に満ちた態度で迎えられ、「諸聖人」という意味のトドス・オス・サントス教会に落ち着いた。

このときはまだ、今後どのような沙汰が下されるか判っていない。

右近たちはただただ殉教の時に備え、心静かに過ごした。

生涯を総点検し、罪を告白し、赦しを得る二度とない日々が流れた。

十一

慶長十九年（一六一四）九月、徳川家康はついに右近らの最終処分を決定した。

国外追放である。

それは長崎奉行を通して、右近と如安の家族に告げられた。

長崎に来て以来、使者を送るなどして右近を慰問する諸侯が相次いでいたが、国外追放という前代未聞の処分を伝え聞いた彼らの中で、とりわけ激しく悲憤慷慨《ひふんこうがい》した男がいた。

千利休の弟子としても切磋琢磨した間柄の細川忠興である。

彼は家康に嘆願してでも右近を助けようとした。

だが右近は、家族と一緒に主キリストに従い、短い余生を神にささげる大切な機会を失いたくないから、そのような策はやめるようにと、きっぱり断わった。

いつもと変わらない右近の信念を改めて思い知った忠興は、もはや手の届かない高みへと遠ざかっていく畏友《いゆう》への賛辞をもらした。

「これで右近はこれまでの人生に自ら花押を記した、と言えよう」

出帆を控え、右近は最後まで自分たちのことを案じてくれた忠興にあてて、一通の書状を送った。

「私は南の海に赴き、いのちを天に懸け、名を流す。人生六十年の苦しみはたちまちに過ぎ去る。いかが思われますか。いざ、お別れ致す。これまでのお礼は言い尽くすこともできません」

同年十一月七日、三隻のジャンクがマカオに、翌八日には二隻のジャンクがマニラに向けて長崎を離れた。

いずれもにわかにかき集められた老朽船で、日本から放逐される人々をまるで材木か何かのように詰め込んでいた。

その扱いぶりはひどく、出港の際、乗船者が多すぎて危険だとの指摘に、長谷川という長崎奉行が、

「ならば女や子供は船べりの外側に縛りつけていけ」

と怒鳴ったほどだった。

右近の家族八人が乗ったのはマニラ行きの一隻、エステバン・デ・アコスタ号。ほかに如安の家族九人、モレホン司祭、イエズス会、フランシスコ会などの会員、都の修道女らがいる。

船室に入れたのはわずかで、あとは甲板や通路で過ごすことを余儀なくされた。不衛生のうえ、帆船のジャンクは速度が遅い。船酔いにも悩まされる。

長い追放の旅程で体調を崩していた右近は、船底の片隅で病身に耐えながら祈りと読書にふけった。

船中では、ささいなことで揉め事も起こった。右近は諭した。

「喧嘩をすると、すべて相手が悪いとしか考えられなくなる。しかし、完全な人間などいない。お互いに不足だとへりくだる必要がある。心の器を大きくしてほしいと祈ろうではないか。そういう祈りこそデウスはお聞きになるぞ」

たびたび死者が出る苦しい航海が続いた。

嵐で海水が流れ込み、書物や衣類などが水浸しになったときも右近は動じない。孫たちの助けを借り、乾かす作業に根気よく打ち込んだ。

そういう姿勢が、ここでも周囲の畏敬の的となった。

刑死による殉教は果たされず国外追放にされたという事実は、それだけ家康が右近の存在をおそれていた証左にほかならない。

その時期、豊臣家潰しの画策が進んでおり、家康は右近を日本から追い出すことで不安材料を払拭しようとした。

右近たちが長崎を出港した翌月、大坂冬の陣が始まり、翌年の夏の陣では、ついに豊臣家は滅ぶことになる。

だがそれも、もはや波のかなたに没した故国での小さな騒ぎに過ぎない。

古いジャンク船を取り巻く南の海と悠久の天こそが右近の刻々の現実だった。

航海は悪天候、食料不足など困難を極めたが、慶長十九年（一六一四）十二月二十一日、船はようやくルソン（フィリピン）のマニラに到着した。

強い陽射しと熱風、鮮烈な色彩にあふれる異国は何もかもが驚きの連続だった。

海岸近くにはルソン総督フアン・デ・シルバと政府の代表者、イエズス会、フランシスコ会、ドミニコ会員らが出迎えていた。

当時、ジュスト高山右近という名はバチカンはもとより、広く海外に知られていたので、波止場には大勢のマニラ市民が集まり黒山の人だかりができていた。

要塞からは一斉に祝砲が放たれ、教会は鐘を打ち鳴らした。

およそ一カ月ぶりに陸地を踏んだ右近ら一行が儀杖兵に守られつつマニラ城門に達した時、そこに整列していた歩兵部隊がまた礼砲を撃ち、右近と内藤如安らはまさに凱旋将軍か国王のように遇された。

群衆の中には、右近とその家族の上陸の様子が、大洪水のあとノアが家族を引き連れて箱舟から出てきた光景にそっくりだと叫んで興奮する者さえいた。

官邸に右近を招き入れたシルバ総督は、このキリシタンの勇士と抱擁をかわし、挨拶を述べた。

「幾多の試練と波涛を乗り越え、よくぞ来られた。貴殿をスペイン国王の名において、賓客として手厚くもてなしたい」

一行は、政府の儀杖車でイエズス会の神学院に向かい、多くの貴族たちが騎馬で後続した。右近らは、大司教や高位の聖職者が華麗な祭服を着て居並び、荘厳なパイプオルガンの演奏が流れる聖堂にぬかずき、感謝の祈りをささげた。

宴会の席で、総督は右近とその家族のために数軒の館と十分な禄を与えると申し出た。これに対し、右近は固く辞退する旨を、日本から付き添ってきたモレホン神父を通じて伝えた。

「お心づかいはまことにありがたいのですが、私は日本から放逐された罪人。俸禄など受けるわけには参りません。迷惑のかからぬよう質素に過ごしていきたい」

宿舎として提供されたスペイン風の家屋は居心地がいいが、その後も連日のように歓迎行事やマニラの貴賓の来訪が絶えないため、右近はその応対に忙殺された。

六十三歳という老齢で、長い船旅の疲れもあり、体調を崩していた。そこに不慣れな南国の気候風土、食べ物の違いなどが加わり、ついに高熱を発して床にふしてしまった。

総督をはじめ大司教や神父、市長、市民らが入れ替わり立ち替わり見舞いに訪れ、医師も派遣されたが、右近は起き上がることができない。

マニラに着いて四十日目。

自分の寿命が尽きようとしていることをさとり、モレホン神父をそばに呼び、贖罪のとりなしを要請。そして言った。

「キリシタン本来の面目にあずかった上で生を終えることができるのは、まことに幸い。これぞデウスのガラサ（恩恵）でござる」

「妻や娘、孫たちのことは少しも心配しておりません。彼らも私も、信仰を棄てなかったゆえに追放されてこの地に参りました。彼らの愛と、ここまで私に従って来てくれたことを重んじていますし、これから先、主が彼らにとって真の父親となることを信じております」

数日後、病状は悪化し、右近は遺言を孫たちのために残すべく、妻ジュスタに筆記させた。模範的なキリシタンを目指すように、たとえ日本で禁教令が解かれても、三年間は帰国しないように、という内容だった。

また、遺書には、何よりも肝心なのは信仰を大切にする家庭を築くことだとの信念が表われていた。

右近は用務の整理を手配し、終油の秘蹟を受けた。

やがて危篤状態におちいり、家族が枕もとに顔を寄せた。

「みな、今日までよくついて来てくれた。家族で心を一つにし、迫害にも屈せずに歩むことができた。それが何より誇らしい」

「なぜ泣くのか。私が死んだら、何か不自由でもあるのか。神の教えを信じたために追放された我らである。胸を張れ。よいか、家族の中から教えに反するような者が出たなら、誰かがすぐにその者を正しい道に連れ戻しなさい」
「これからはデウスが親となり、お前たちを守ってくださる。勇気を出しなさい」
呼吸も絶え絶えになり、右近はうわ言のように繰り返した。
「わがアニマ（魂）は、主を仰ぎ見にゆく」
右近の体から引き潮のようにすべての力が消え去っていき、苦痛もやわらいでいく。
右近は目を閉じた。
まぶたの裏に、夢かうつつか帰らぬ日々と人々の姿が明滅する。
それは、たとえようもなく愛しく懐かしい感慨だった。
薄れる意識の中で、右近は歴史の波にいだかれ、どこまでも上昇していく。
やがて光あふれる大海に溶けこんでいった。
慶長二十年二月三日の夜半のことだった。

（完）

あとがき

「一粒の麦」を発行できましたことをとても感謝しています。

ここに至るまで、多くの方々のご支援があり励ましがありました。

夫、池田年男は以前から時々体調不良を訴えていて、そのつど家の近くの内科医院に通院し薬を服用していましたが、なかなか回復に至りませんでした。

若い時から、執筆に従事してきた夫は、高山右近の生涯を描く話しをいただいた時、こころ深く思うことが多くあったのでしょう、どうしても書きあげたかったようです。高山右近と関わりの深い高槻市の名所にも同行し二人でその業績に感動したことを思い出します。

この高山右近の小説の連載を書き上げた、平成三十年四月にやっとわたしの声に耳を傾け、重い腰をあげて大きい病院で身体の精密検査を受けました。

その結果は思いも寄らない、膵臓ガン、余命六カ月というものでした。治療の甲斐なく、その年の十一月二七日 に家族に見送られて旅立ちました。


夫は京都に生まれ育ち、京都の良さを知り尽くしている人でした。京都を中心とした歴史的事実を研鑽し、その上に世界に目を向けて平和を実現したい思いを常々持っていました。その思いを小説・高山右近に込めたのだと思います。

ここに、多くの方々の協力を得て、一冊の本として完成することができました。ご協力いただいたすべての方々に心より感謝いたします。

そして、この本を夫、池田年男に捧げます。

令和元年十一月二七日

池田實穂

この小説は、日曜紙『Ｓｕｎｄａｙ世界日報』に掲載されたものを、単行本として編集し直したものである。

同紙では、『小説　新代表的日本人　高山右近の巻』と題し、平成二八年四月から同三〇年六月まで、約二年二カ月、全一〇七回にわたって連載された。

著者の池田年男氏は、この連載において「加島勲夫」というペンネームを用いている。

著者プロフィール
池田年男　Ikeda Toshio

1949年9月12日　京都市に生まれる
1968年　同志社大学経済学部に入学
　　　　下鴨の正武館道場で剣道を修める
1972年　同志社大学卒業
　　　　ダイヤモンド毛糸大阪本社に入社
　　　　サンケイ新聞社(現産経新聞社)大阪本社に勤務
1978年　仁井實穂と結婚
1984年　世界日報社(本社)に社会部記者として勤務
宗教新聞の記事も長年執筆
2016年　Sunday世界日報に小説高山右近を執筆連載
2018年6月　膵臓ガンが見つかり闘病生活
　　　　　11月27日　永眠・享年70歳
　　　　　妻・實穂との間に1男1女、孫2人

一粒の麦　小説・高山右近

2019年11月27日　第1刷発行

著　者———池田年男

発　行———アートヴィレッジ

〒657-0846　神戸市灘区岩屋北町3-3-18　六甲ビル4F

ＴＥＬ. 078-806-7230

ＦＡＸ. 078-801-0006

ＵＲＬ. http://art-v.jp/